रामधारी सिंह 'दिनकर'

जन्म : 23 सितम्बर, 1908 को बिहार के मुंगेर जिले के सिमरिया नामक गाँव में हुआ था। शिक्षा मोकामा घाट के रेलवे हाईस्कूल तथा फिर पटना कॉलेज में हुई जहाँ से उन्होंने इतिहास विषय लेकर बी.ए. (ऑनर्स) की परीक्षा उत्तीर्ण की। एक विद्यालय के प्रधानाचार्य, सब-रजिस्ट्रार, जन-सम्पर्क के उप-निदेशक, भागलपुर विश्वविद्यालय के कुलपति, भारत सरकार के हिन्दी सलाहकार आदि विभिन्न पदों पर रहकर उन्होंने अपनी प्रशासनिक योग्यता का परिचय दिया। 1924 में पाक्षिक 'छात्र सहोदर' (जबलपुर) में प्रकाशित पहली कविता से साहित्यिक जीवन का आरम्भ।

प्रमुख कृतियाँ : कविता–रेणुका, हुंकार, रसवन्ती, कुरुक्षेत्र, सामधेनी, बापू, धूप और धुआँ, रश्मिरथी, नील कुसुम, उर्वशी, परशुराम की प्रतीक्षा, कोयला और कवित्व, हारे को हरिनाम आदि। **गद्य–**मिट्टी की ओर, अर्धनारीश्वर, संस्कृति के चार अध्याय, काव्य की भूमिका, पन्त, प्रसाद और मैथिलीशरण, शुद्ध कविता की खोज, संस्मरण और श्रद्धांजलियाँ आदि।

सम्मान : 1959 में 'संस्कृति के चार अध्याय' पर साहित्य अकादेमी पुरस्कार और पद्मभूषण की उपाधि। 1962 में भागलपुर विश्वविद्यालय की तरफ से *डॉक्टर ऑफ लिटरेचर* की मानद उपाधि। 1973 में 'उर्वशी' पर भारतीय ज्ञानपीठ पुरस्कार। अनेक बार भारतीय और विदेशी सरकारों के निमंत्रण पर विदेश-यात्रा।

निधन : 24 अप्रैल, 1974

हमारी सांस्कृतिक एकता

रामधारी सिंह 'दिनकर'

लोकभारती पेपरबैक्स

लोकभारती पेपरबैक्स में
पहला संस्करण : 2019
तीसरा संस्करण : 2024

लोकभारती पेपरबैक्स : उत्कृष्ट साहित्य के लोकप्रिय संस्करण

लोकभारती प्रकाशन
पहली मंजिल, दरबारी बिल्डिंग, महात्मा गाँधी मार्ग
प्रयागराज-211 001
द्वारा मुद्रित

शाखाएँ : 1-बी, नेताजी सुभाष मार्ग, दरियागंज, नई दिल्ली-110 002
अशोक राजपथ, साइंस कॉलेज के सामने पटना-800 006
1, अनमोल सोराबजी संतुक लेन, धोबी तलाव, मरीन लाइंस, मुम्बई-400 002
वेबसाइट : www.lokbhartiprakashan.com
ईमेल : info@lokbhartiprakashan.com

बी.के. ऑफसेट
नवीन शाहदरा, दिल्ली-110 032
द्वारा मुद्रित

मूल्य : ₹299

HAMARI SANSKRITIK EKTA
Essays by Ramdhari Singh 'Dinkar'

ISBN : 978-81-89243-75-8

प्राक्कथन

पूज्य राष्ट्रकवि रामधारी सिंह 'दिनकर' को गुजरे छियालीस वर्ष हो गए। अब उनकी 110वीं जयन्ती का वर्ष बीत रहा है।

यूँ तो महाकवि दिनकर जी को राष्ट्रकवि कहा गया है पर महीयसी महादेवी वर्मा ने कहा था कि वे विश्वकवि हैं, क्योंकि उनकी कविताओं में मात्र राष्ट्रीयता की वाणी और उसकी स्वायत्तता का गौरवगान और संघर्ष नहीं है वरन् प्रेम का एक व्यापक क्षितिज है जो उन्हें विश्वकवि की श्रेणी में ले आता है। वस्तुतः दिनकर जी एक ही साथ विश्वकवि, महाकवि, राष्ट्रकवि और जनकवि–सभी हैं। उनकी विभिन्न कविताओं में भिन्न-भिन्न तौर पर उनके काव्य-व्यक्तित्व का वैशिष्ट्य प्रकट होता है।

दिनकर जी आज भी पाठकों के सर्वाधिक प्रिय कवि हैं और प्रासंगिक भी। उनकी कविताओं में आग है, राग है और अध्यात्म है। उनकी कविताओं का अवगाहन कर प्रतीत होता है कि वे अपने समकालीन कवियों से अलग तरीके से पाठकों के समक्ष प्रकट होते हैं।

दिनकर जी ने कहा था कि सच्चा कवि हमेशा जीवित रहता है–उसके प्रति राग और द्वेष के कारण उसके सामने उसका सही मूल्यांकन नहीं हो पाता। किसी कवि का सही मूल्यांकन उसके निधन के पचास वर्ष बाद होता है। और हम देख रहे हैं, जैसे-जैसे समय गुजरता जा रहा है, दिनकर जी की कविताओं की लोकप्रियता बढ़ती जा रही है।

पूर्व में दिनकर जी की सभी किताबें लोकभारती प्रकाशन से कुछ नवीन स्वरूप और अलग नाम देकर प्रकाशित हुई थीं। अब सभी पुस्तकें अपने पुराने नाम और प्रारूप में प्रकाशित हो रही हैं। आशा है, इससे दिनकर-प्रेमी हिन्दी साहित्य जगत् सन्तुष्ट होगा।

–अरविन्द कुमार सिंह

दिनकर भवन
आर्य कुमार रोड
पटना-800004

दो शब्द

इस संग्रह में मेरे कुछ हाल के भाषण और दो-एक लेख संगृहीत हैं। प्रायः सबका विषय भाषा और संस्कृति है। आशा है, देश के सामने जो प्रश्न हैं, उन्हें सुस्पष्ट करने में ये लेख, एक हद तक, सहायक होंगे।

एक ही विषय पर कई बार लिखने और बोलने के कारण कई स्थानों पर पुनरावृत्ति के दोष आ गए हैं जिनके लिए पाठक मुझे क्षमा करेंगे।

पटना
10 अप्रैल, 1956 ई.

—दिनकर

अनुक्रम

हमारी सांस्कृतिक एकता

संस्कृति है क्या?

संस्कृति एक ऐसी चीज है जिसे लक्षणों से तो हम जान सकते हैं, किन्तु उसकी परिभाषा नहीं दे सकते। कुछ अंशों में वह सभ्यता से एक भिन्न गुण है। अंग्रेजी में एक कहावत है कि सभ्यता वह चीज है जो हमारे पास है; संस्कृति वह गुण है जो हममें व्याप्त है। मोटर, महल, सड़क, हवाई जहाज, पोशाक और अच्छा भोजन—ये तथा इनके समान सारी अन्य स्थूल वस्तुएँ, संस्कृति नहीं, सभ्यता के सामान हैं। मगर पोशाक पहनने और भोजन करने में जो कला है, वह संस्कृति की चीज है। इसी प्रकार मोटर बनाने और उसका उपयोग करने, महलों के निर्माण में रुचि का परिचय देने और सड़कों तथा हवाई जहाजों की रचना में जो ज्ञान लगता है, उसे अर्जित करने में संस्कृति अपने को व्यक्त करती है। हर सभ्य आदमी सुसंस्कृत ही होता है, ऐसा नहीं कहा जा सकता; क्योंकि अच्छी पोशाक पहननेवाला आदमी भी तबीयत से नंगा हो सकता है और तबीयत से नंगा होना

संस्कृति के खिलाफ बात है। और यह भी नहीं कहा जा सकता कि हर सुसंस्कृत आदमी सभ्य भी होता है, क्योंकि सभ्यता की पहचान सुख-सुविधा और ठाठ-बाट हैं। मगर बहुत-से ऐसे लोग हैं जो सड़े-गले झोंपड़ों में रहते हैं, जिनके पास काफी कपड़े भी नहीं होते और न कपड़े पहनने के अच्छे ढंग ही उन्हें मालूम होते हैं, लेकिन फिर भी उनमें विनय और सदाचार होता है, वे दूसरों के दुःख से दुखी होते हैं तथा दूसरों का दुःख दूर करने के लिए वे खुद मुसीबत उठाने को भी तैयार रहते हैं।

छोटा नागपुर की आदिवासी जनता पूर्ण रूप से सभ्य तो नहीं कही जा सकती; क्योंकि सभ्यता के बड़े-बड़े उपकरण उसके पास नहीं हैं, लेकिन दया-माया, सच्चाई और सदाचार उसमें कम नहीं हैं। अतएव उसे सुसंस्कृत समझने में कोई उज्र नहीं होना चाहिए। प्राचीन भारत में ऋषिगण जंगलों में रहते थे और जंगलों में वे कोठे और महल बनाकर नहीं रहते थे। फूस की झोंपड़ियों में वास करना, जंगल के जीवों से दोस्ती और प्यार करना, किसी भी मोटे काम को अपने हाथ से करने में हिचकिचाहट नहीं दिखाना, पत्तों पर खाना और मिट्टी के बर्तनों में रसोई पकाना—यही उनकी जिन्दगी थी। और ये लक्षण आज की यूरोपीय परिभाषा के अनुसार सभ्यता के लक्षण नहीं माने जाते हैं। फिर भी वे ऋषिगण सुसंस्कृत ही नहीं थे, बल्कि वे हमारी जाति की संस्कृति का निर्माण करते थे।

सभ्यता और संस्कृति में यह एक मौलिक भेद है जिसे समझे बिना हमें कहीं-कहीं कठिनाई का सामना करना पड़ सकता है।

मगर यह कठिनाई कहीं-कहीं ही आती है। साधारण नियम यही है कि संस्कृति और सभ्यता की प्रगति अधिकतर एक साथ होती है और दोनों का एक-दूसरे पर प्रभाव भी पड़ता रहता है। उदाहरण के लिए, हम जब कोई घर बनाने लगते हैं, तब स्थूल रूप से यह सभ्यता का कार्य होता है। मगर हम घर का कौन-सा नक्शा पसन्द करते हैं, इसका निर्णय हमारी सांस्कृतिक रुचि करती है। और संस्कृति की प्रेरणा से हम जैसा घर बनाते हैं, वह फिर हमारी सभ्यता का अंग बन जाता है। इस प्रकार सभ्यता का संस्कृति पर और संस्कृति का सभ्यता पर पड़नेवाले प्रभाव का क्रम निरन्तर चलता ही रहता है।

यहीं एक यह बात भी समझ लेनी चाहिए कि संस्कृति और प्रकृति में भी भेद है। गुस्सा करना मनुष्य की प्रकृति है, लोभ में पड़ना उसका स्वभाव है; ईर्ष्या, मोह, राग, द्वेष और कामवासना—ये सब-के-सब प्रकृति के गुण हैं। मगर प्रकृति के ये गुण अगर बेरोक छोड़ दिये जाएँ तो आदमी और जानवर में कोई भेद नहीं रह जाए। इसलिए मनुष्य प्रकृति के इन आवेगों पर रोक लगाता है और कोशिश करता है कि वह गुस्से के बस में नहीं, बल्कि गुस्सा ही उसके बस में रहे; वह लोभ, मोह, ईर्ष्या, द्वेष और कामवासना का गुलाम नहीं रहे, बल्कि ये दुर्गुण ही उसके गुलाम रहें और इन दुर्गुणों पर आदमी जितना विजयी होता है, उसकी संस्कृति भी उतनी ही ऊँची समझी जाती है।

निष्कर्ष यह कि संस्कृति सभ्यता की अपेक्षा महीन चीज होती है। यह सभ्यता के भीतर उसी तरह व्याप्त रहती है, जैसे दूध में मक्खन या फूलों में सुगंध। और सभ्यता की अपेक्षा यह टिकाऊ भी अधिक है, क्योंकि सभ्यता की सामग्रियाँ टूट-फूटकर विनष्ट हो जा सकती हैं, लेकिन संस्कृति का विनाश उतनी आसानी से नहीं किया जा सकता।

एक बात और है कि सभ्यता के उपकरण जल्दी से बटोरे भी जा सकते हैं, मगर उनके उपयोग के लिए जो उपयुक्त संस्कृति चाहिए, वह तुरन्त नहीं आ सकती। जो आदमी अचानक धनी हो जाता है या यक-ब-यक किसी ऊँचे पद पर पहुँच जाता है, उसे चिढ़ाने के लिए अंग्रेजी में एक शब्द 'अपस्टार्ट' है। 'अपस्टार्ट' को लोग बुरा समझते हैं और बुरा इसलिए नहीं समझते हैं कि अचानक धनी हो जाना या यक-ब-यक ऊँचे पद पर पहुँच जाना कोई बुरी बात है, मगर इसलिए कि धनियों तथा ऊँचे ओहदेवालों की जो संस्कृति है, वह तुरन्त सीखी नहीं जा सकती। इसलिए ऊँचे ओहदे पर पहुँचा हुआ व्यक्ति यदि पहले से अधिक विनयशील नहीं हो जाए तो वह चिढ़ाने लायक हो जाता है।

संस्कृति ऐसी चीज नहीं कि जिसकी रचना दस-बीस या सौ-पचास वर्षों में की जा सकती हो। अनेक शताब्दियों तक एक समाज के लोग जिस तरह खाते-पीते, रहते-सहते, पढ़ते-लिखते, सोचते-समझते और राज-काज चलाते अथवा धर्म-कर्म करते हैं, उन सभी कार्यों से उनकी

संस्कृति उत्पन्न होती है। हम जो कुछ भी करते हैं, उसमें हमारी संस्कृति की झलक होती है; यहाँ तक कि हमारे उठने-बैठने, पहनने-ओढ़ने, घूमने-फिरने और रोने-हँसने में भी हमारी संस्कृति की पहचान होती है, यद्यपि हमारा कोई भी एक काम हमारी संस्कृति का पर्याय नहीं बन सकता। असल में, संस्कृति जिन्दगी का एक तरीका है और यह तरीका सदियों से जमा होकर उस समाज में छाया रहता है जिसमें हम जन्म लेते हैं। इसलिए जिस समाज में हम पैदा हुए हैं अथवा जिस समाज से मिलकर हम जी रहे हैं, उसकी संस्कृति हमारी संस्कृति है, यद्यपि अपने जीवन में हम जो संस्कार जमा करते हैं, वह भी हमारी संस्कृति का अंग बन जाता है और मरने के बाद हम अन्य वस्तुओं के साथ अपनी संस्कृति की विरासत भी अपनी सन्तानों के लिए छोड़ जाते हैं। इसलिए संस्कृति वह चीज मानी जाती है, जो हमारे सारे जीवन को व्यापे हुए है तथा जिसकी रचना और विकास में अनेक सदियों के अनुभवों का हाथ है। यही नहीं, बल्कि संस्कृति हमारा पीछा जन्म-जन्मान्तर तक करती है। अपने यहाँ एक साधारण कहावत है कि जिसका जैसा संस्कार है, उसका वैसा ही पुनर्जन्म भी होता है। जब हम किसी बालक या बालिका को बहुत तेज पाते हैं तब हम अचानक कह उठते हैं कि यह पूर्वजन्म का संस्कार है। संस्कार या संस्कृति असल में, शरीर का नहीं, आत्मा का गुण है और जबकि सभ्यता की सामग्रियों से हमारा सम्बन्ध शरीर के साथ ही छूट जाता है, तब भी हमारी संस्कृति का प्रभाव हमारी आत्मा के साथ जन्म-जन्मान्तर तक चलता रहता है।

आदिकाल से हमारे लिए जो लोग काव्य और दर्शन रचते आए हैं, चित्र और मूर्ति बनाते आए हैं, वे हमारी संस्कृति के रचयिता हैं। आदिकाल से हम जिस-जिस रूप में शासन चलाते आए हैं, पूजा करते आए हैं, मन्दिर और मकान बनाते आए हैं, नाटक और अभिनय करते आए हैं, बरतन और घर के दूसरे सामान बनाते आए हैं, कपड़े और जेवर पहनते आए हैं, शादी और श्राद्ध करते आए हैं, पर्व और त्योहार मनाते आए हैं अथवा परिवार, पड़ोसी और संसार से दोस्ती या दुश्मनी का जो भी सलूक करते आए हैं— वह सब-का-सब हमारी संस्कृति का ही अंश है। संस्कृति के उपकरण हमारे

पुस्तकालय और संग्रहालय (म्यूजियम), नाटकशाला और सिनेमागृह ही नहीं, बल्कि हमारे राजनीतिक और आर्थिक संगठन भी होते हैं, क्योंकि उन पर भी हमारी रुचि और चरित्र की छाप लगी होती है।

संस्कृति का स्वभाव है कि वह आदान-प्रदान से बढ़ती है। जब भी दो देश वाणिज्य-व्यापार अथवा शत्रुता या मित्रता के कारण आपस में मिलते हैं, तब उनकी संस्कृतियाँ एक-दूसरे को प्रभावित करने लगती हैं, ठीक उसी प्रकार, जैसे दो व्यक्तियों की संगति का प्रभाव दोनों पर पड़ता है। संसार में शायद ही ऐसा कोई देश हो जो यह दावा कर सके कि उस पर किसी अन्य देश की संस्कृति का प्रभाव नहीं पड़ा है। इस प्रकार कोई जाति भी यह नहीं कह सकती कि उस पर किसी दूसरी जाति का प्रभाव नहीं है।

जो जाति केवल देना ही जानती है, लेना कुछ नहीं, उसकी संस्कृति का एक-न-एक दिन दिवाला निकल जाता है। इसके विपरीत जिस जलाशय के पानी लानेवाले दरवाजे बराबर खुले रहते हैं, उसकी संस्कृति कभी नहीं सूखती। उसमें सदा ही स्वच्छ जल लहराता रहता है और कमल के फूल खिलते रहते हैं। कूपमंडूकता और दुनिया से रूठकर अलग बैठने का भाव संस्कृति को ले डूबता है। अक्सर देखा जाता है कि जब हम एक भाषा में किसी अद्भुत कला को विकसित होते देखते हैं, तब तुरन्त पास-पड़ोस या सम्पर्कवाली दूसरी भाषा में हम उसके उत्स की खोज करने लगते हैं। पहले एक भाषा में 'शेली' और 'कीट्स' पैदा होते हैं, तब दूसरी भाषा में 'रवीन्द्र' उत्पन्न होते हैं। पहले एक देश में 'बुद्ध' पैदा होते हैं, तब दूसरे देश में 'ईसा मसीह' का जन्म होता है। अगर मुसलमान इस देश में नहीं आए होते तो कबीर का जन्म नहीं होता और न मोगल-कलम की चित्रकारी ही यहाँ पैदा हुई होती। अगर यूरोप से भारत का सम्पर्क नहीं हुआ होता तो भारत की विचारधारा पर विज्ञान का प्रभाव देर से पड़ता और राममोहन राय, दयानन्द, रामकृष्ण परमहंस, विवेकानन्द और गांधी में से कोई भी सुधारक उस समय जन्म नहीं लेते जिस समय उनका जन्म हुआ। जब भी दो जातियाँ मिलती हैं, उनके सम्पर्क या संघर्ष से जिन्दगी की एक नई धारा फूट निकलती है जिसका प्रभाव दोनों पर पड़ता है। आदान-प्रदान की प्रक्रिया संस्कृति की जान है और इसी के सहारे वह अपने को जिन्दा रखती है।

केवल चित्र, कविता, मूर्ति, मकान और पोशाक पर ही नहीं, सांस्कृतिक सम्पर्क का प्रभाव दर्शन और विचार पर भी पड़ता है। एक देश में जो दार्शनिक और महात्मा उत्पन्न होते हैं, उनकी आवाज दूसरे देशों में भी मिलते-जुलते दार्शनिकों और महात्माओं को जन्म देती है। एक देश में जो धर्म खड़ा होता है, वह दूसरे देशों के धर्मों को भी बहुत कुछ बदल देता है। यही नहीं, बल्कि प्राचीन जगत में तो बहुत-से ऐसे देवी-देवता भी मिलते हैं, जो कई जातियों के संस्कारों से निकलकर एक जगह जमा हुए हैं। एक जाति का धार्मिक रिवाज दूसरी जाति का रिवाज बन जाता है और एक देश की आदत दूसरे देश के लोगों की आदत में समा जाती है। अतएव सांस्कृतिक दृष्टि से वह देश और वह जाति अधिक शक्तिशालिनी और महान समझी जानी चाहिए जिसने विश्व के अधिक-से-अधिक देशों, अधिक-से-अधिक जातियों की संस्कृतियों को अपने भीतर जज्ब करके, उन्हें पचा करके, बड़े-से-बड़े समन्वय को उत्पन्न किया है। भारत देश और भारतीय जाति इस दृष्टि से संसार में सबसे महान है क्योंकि यहाँ की सामासिक संस्कृति में अधिक-से-अधिक जातियों की संस्कृतियाँ पची हुई हैं।

[रेती के फूल]

यह देश एक है

अक्सर कहा जाता है कि भारतवर्ष की एकता उसकी विविधताओं में छिपी हुई है और यह बात जरा भी गलत नहीं है; क्योंकि अपने देश की एकता जितनी प्रकट है, उसकी विविधताएँ भी उतनी ही प्रत्यक्ष हैं।

भारतवर्ष के नक्शे को ध्यान से देखने पर यह साफ दिखाई पड़ता है कि इस देश के तीन भाग प्राकृतिक दृष्टि से बिलकुल स्पष्ट हैं। सबसे पहले तो भारत का उत्तरी भाग है जो लगभग हिमालय के दक्षिण से लेकर विन्ध्याचल के उत्तर तक फैला हुआ है। उसके बाद विन्ध्य से लेकर कृष्णा नदी के उत्तर तक का वह भाग है जिसे हम 'दक्खिनी प्लेटो' कहते हैं। इस प्लेटो के दक्षिण, कृष्णा नदी से लेकर कुमारी अन्तरीप तक का जो भाग है, वह एक प्रायद्वीप जैसा है। अचरज की बात है कि प्रकृति ने भारत के जो ये तीन खंड किये हैं, वे ही खंड भारतवर्ष के इतिहास के भी तीन क्रीडास्थल रहे हैं। पुराने समय में उत्तर भारत में जो राज्य कायम किये गए,

उनमें से अधिकांश विन्ध्य की उत्तरी सीमा तक ही फैलकर रह गए; विन्ध्य को लाँघकर उत्तर भारत को दक्षिण भारत से मिलाने की कोशिशें तो बहुत की गईं, मगर इस काम में कामयाबी किसी-किसी को ही मिली। कहते हैं, पहले-पहल अगस्त्य ऋषि ने विन्ध्याचल को पार करके दक्षिण के लोगों को अपना सन्देश सुनाया था। फिर भगवान श्री रामचन्द्र ने लंका पर चढ़ाई करने के सिलसिले में विन्ध्याचल को पार किया। महाभारत के जमाने में उत्तरी और दक्षिणी भारत के अंश एक राज्य के अधीन थे या नहीं, इसका कोई पक्का सबूत नहीं मिलता। लेकिन रामचन्द्र जी ने उत्तरी और दक्षिणी भारत के बीच जो एकता स्थापित की, वह महाभारत-काल में भी कायम थी और दोनों भागों के लोग आपस में मिलते-जुलते रहते थे।

महाराज युधिष्ठिर के राजसूय यज्ञ में दक्षिण के राजे भी आए थे और कुरुक्षेत्र के मैदान में जो महायुद्ध हुआ था, उसमें भी दक्षिण के वीरों ने हिस्सा लिया था, इसका प्रमाण महाभारत में ही मौजूद है। इसी तरह चन्द्रगुप्त, अशोक, विक्रमादित्य और उनके बाद मुगलों ने इस बात के लिए बड़ी कोशिश की कि किसी तरह सारा देश एक शासन के अधीन लाया जा सके और उन्हें इस कार्य में सफलता भी मिली। लेकिन भारत के इतिहास की एक शिक्षा यह भी है कि इस देश को एक रखने के काम में यहाँ के राजाओं को जो भी सफलता मिली, वह ज्यादा टिकाऊ नहीं हो सकी। इस देश के प्राकृतिक ढाँचे में ही कोई ऐसी बात थी जो सारे देश को एक रहने देने के खिलाफ पड़ती थी। यही कारण था कि जब भी कोई बलवान और दूरदर्शी राजा इस काम में लगा, सफलता थोड़ी-बहुत उसे जरूर मिली। लेकिन स्वार्थी, अदूरदर्शी और कमजोर राजाओं के आते ही देश की एकता टूट गई। और जो कठिनाई विन्ध्य के उत्तर को विन्ध्य के दक्षिण से मिलाने में हुई, वही कठिनाई कृष्णा नदी से उत्तर के भाग को उसके दक्षिण के भाग से मिलाकर एक रखने में होती रही।

इस देश में वैर-फूट का यह भाव इतना प्रबल क्यों रहा, इसके भी कारण हैं। बड़ी-बड़ी नदियों और बड़े-बड़े पहाड़ों के गुण अनेक हैं, लेकिन उनमें एक अवगुण भी होता है कि वे जहाँ रहते हैं, वहाँ देश के भीतर अलग-अलग क्षेत्र बना देते हैं और इन क्षेत्रों में रहनेवाले लोगों के भीतर

एक तरह की प्रान्तीयता या क्षेत्रीय जोश पैदा हो जाता है। पहाड़ों और नदियों ने भारत को भीतर से काटकर उसके अनेक क्षेत्र बना दिये और संयोग की बात कि कई क्षेत्रों में ऐसी जनता का जमघट हो गया जो कोई एक क्षेत्रीय भाषा बोलनेवाली थी। इसके सिवा, यह देश है भी बहुत विशाल। इसके उत्तरी छोर पर काश्मीर पड़ता है जिसकी जलवायु लगभग मध्य एशिया की जलवायु के समान है। इसके विपरीत भारत के दक्षिणी छोर पर कुमारी अन्तरीप है जहाँ के घरों की रचना और लोगों के रंग-रूप आदि में लंका या सीलोन का नमूना शुरू हो जाता है। चेरापूंजी भी इसी देश में है जहाँ साल में पाँच सौ इंच से अधिक वर्षा होती है और थार की मरुभूमि यहीं है जहाँ वर्षा होती ही नहीं अथवा नाममात्र को होती है।

धरती की रूप-रेखा और जलवायु का प्रभाव उस पर बसनेवाले लोगों के शरीर और मस्तिष्क–दोनों पर पड़ता है। पहाड़ और रेगिस्तान की जिन्दगी जरा मुश्किल होती है। यही कारण है कि उनमें बसनेवाले लोग आजाद तबीयत के होते हैं, क्योंकि प्रकृति की कठिनाइयों को झेलते-झेलते उनका शरीर कड़ा और मन साहसी एवं निर्भीक हो जाता है। भारतीय इतिहास में राजपूतों और मराठों की वीरता जो इतनी प्रसिद्ध हुई, उसका एक कारण यह भी है कि बचपन से ही मराठों को पहाड़ी तथा राजपूतों को पहाड़ी और रेगिस्तानी, दोनों ही प्रकार के जीवन से संघर्ष करने का मौका हासिल था। इसके विपरीत नदियों के पठारों में रहनेवाले लोग किसान-तबीयत के हो जाते हैं; क्योंकि पठार की जमीन उपजाऊ होती है और वहाँ रहनेवालों को जीने के लिए ज्यादा मेहनत करने की जरूरत नहीं होती। यही कारण है कि बंगाल, बिहार और उत्तर प्रदेश के किसान वैसे तगड़े नहीं होते, जैसे राजस्थान के राजपूत या उत्तर-पश्चिमी भारत के औसत सिक्ख और पठान लोग होते हैं।

जलवायु एवं क्षेत्रीय सुविधा के अनुसार ही लोगों के पहनावे-ओढ़ावे और खान-पान में भी भेद हो जाता है जो भेद भारत में बहुत ही प्रत्यक्ष है। असल में इन भेदों को मिटाकर अगर हम कोई एक राष्ट्रीय ढंग चलाना चाहें तो उससे अनेक लोगों को बहुत ज्यादा तकलीफ हो जाएगी। उदाहरण के लिए, अगर हम रोटी और उर्द की दाल अथवा रोटी और मांस को देश

का राष्ट्रीय भोजन बना दें तो पंजाबी लोग तो मजे में रहेंगे; लेकिन बिहार और बंगाल के लोगों का हाल बुरा हो जाएगा। इसी तरह अगर हम यह कानून बना दें कि हर हिन्दुस्तानी को चप्पल पहननी ही होगी तो काश्मीर के लोग घबरा उठेंगे, क्योंकि पहाड़ पर चलनेवालों के पाँव में चप्पल ठीक-ठीक नहीं चल सकती। पहनावे-ओढ़ावे में भी जगह-जगह भिन्नता मिलती है और पोशाकें भी जलवायु एवं क्षेत्रीय सुविधा के अनुसार ही यहाँ तरह-तरह की फैली हुई हैं।

मगर विविधता का सबसे बड़ा लक्षण यह है कि हमारे देश में अनेक प्रकार की भाषाएँ फैली हुई हैं और इनके कारण हम आपस में भी अजनबी के समान हो जाते हैं। उत्तर भारत में तो गुजरात से लेकर बंगाल तक की जनता के बीच सम्पर्क खूब हुआ है, इसलिए वहाँ भाषा-भेद की कठिनाई उतनी नहीं अखरती, लेकिन अगर कोई उत्तर भारतवासी दक्षिण में चला जाए अथवा कोई दक्षिण भारतीय उत्तर में चला आए और वह अपनी मातृभाषा के सिवा अन्य कोई भाषा नहीं जानता हो तो वह सचमुच बड़ी मुश्किल में पड़ जाएगा। भाषा-भेद की यह समस्या हमारी राष्ट्रीय एकता की सबसे बड़ी बाधा है। राष्ट्रीय एकता में पहले यह बाधा थी कि पहाड़ों और नदियों को लाँघना आसान नहीं था। मगर अब विज्ञान के अनेक सुगम साधनों के उपलब्ध हो जाने से वह बाधा दूर हो गई है। आज अगर देश के एक कोने में अकाल पड़ता है तो दूसरे कोने से अनाज वहाँ तुरन्त पहुँचा दिया जाता है। इसी प्रकार पहले जब देश के एक कोने में विद्रोह होता था तब दूसरे कोने में पड़ा हुआ राजा जल्दी से फौज भेजकर उसे दबा नहीं सकता था और विद्रोह की सफलता से देश की एकता टूट जाती थी। लेकिन आज तो देश के चाहे जिस कोने में भी विद्रोह हो, हम दिल्ली से फौज भेजकर उसे तुरन्त दबा सकते हैं। प्राकृतिक बाधाएँ अब खत्म हो गई हैं। यही कारण है कि आज हमारी एकता इतनी विशाल हो गई है, जितनी विशाल वह रामायण, महाभारत, मौर्य और मुगल जमानों में कभी नहीं हुई थी। अब भी जो क्षेत्रीय जोश या प्रान्तीय मोह बाकी है, वह धीरे-धीरे कम हो जाएगा, क्योंकि इस जोश को पालनेवाली प्राकृतिक बाधाएँ अब शेष नहीं हैं। मगर भाषा-भेद की समस्या जरा कठिन है और उसका हल तभी

निकलेगा, जब हिन्दीभाषी क्षेत्र में अहिन्दी भाषाओं का तथा अहिन्दीभाषी क्षेत्रों में हिन्दी भाषा का अच्छा प्रचार हो जाए। सौभाग्य की बात है कि इस दिशा में काम शुरू हो गए हैं और कुछ समय बीतते-बीतते हम इस बाधा पर भी विजय प्राप्त कर लेंगे।

यह तो हुई भारत की विविधता की कहानी। अब जरा यह देखने की कोशिश करनी चाहिए कि इस विविधता के भीतर हमारी एकता कहाँ छिपी हुई है। सबसे विचित्र बात तो यह है कि यद्यपि हम अनेक भाषाएँ बोलते हैं (जिनमें 14 भाषाएँ तो ऐसी हैं जिन्हें भारत सरकार ने स्वीकृति दे रखी है। ये भाषाएँ हैं–हिन्दी, उर्दू, बंगला, मराठी, गुजराती, तमिल, तेलगू, मलयालम, कन्नड़, उड़िया, असामी, पंजाबी, काश्मीरी और संस्कृत।) किन्तु भिन्न-भिन्न भाषाओं के भीतर बहनेवाली हमारी भावधारा एक है तथा हम प्रायः एक ही तरह के विचारों और कथा-वस्तुओं को लेकर अपनी-अपनी बोली में साहित्य-रचना करते हैं। रामायण और महाभारत को लेकर भारत की प्रायः सभी भाषाओं के बीच अद्भुत एकता मिलेगी; क्योंकि ये दोनों काव्य सबके उपजीव्य रहे हैं। इसके सिवा, संस्कृत और प्राकृत में भारत का जो साहित्य लिखा गया था, उसका प्रभाव भी सभी भाषाओं की जड़ में काम कर रहा है। विचारों की एकता जाति की सबसे बड़ी एकता होती है। अतएव भारतीय जनता की एकता के असली आधार भारतीय दर्शन और साहित्य हैं जो अनेक भाषाओं में लिखे जाने पर भी अन्त में जाकर एक ही साबित होते हैं। यह भी ध्यान देने की बात है कि फारसी लिपि को छोड़ दें तो भारत की अन्य सभी लिपियों की वर्णमाला एक ही है, यद्यपि वह अलग-अलग लिपियों में लिखी जाती है। जैसे हम हिन्दी में क, ख, ग आदि अक्षर पढ़ते हैं, वैसे ही ये अक्षर भारत की अन्य लिपियों में भी पढ़े जाते हैं यद्यपि उनके लिखने का ढंग और है।

हमारी एकता का एक दूसरा प्रमाण यह है कि उत्तर या दक्षिण, चाहे जहाँ भी चले जाइए, आपको जगह-जगह पर एक ही संस्कृति के मन्दिर दिखाई देंगे, एक ही तरह के आदमियों से मुलाकात होगी जो चन्दन लगाते हैं, स्नान-पूजा करते हैं, तीर्थ-व्रत में विश्वास करते हैं अथवा जो नई रोशनी को अपना लेने के कारण इन बातों को कुछ शंका की दृष्टि से देखते हैं।

उत्तर भारत के लोगों का जो स्वभाव है, जीवन को देखने की उनकी जो दृष्टि है, वही स्वभाव और वही दृष्टि दक्षिणवालों की भी है। भाषा की दीवार के टूटते ही उत्तर भारतीय और दक्षिण भारतीय के बीच कोई भी भेद नहीं रह जाता और वे आपस में एक-दूसरे के बहुत करीब आ जाते हैं। असल में भाषा की दीवार के आर-पार बैठे हुए भी वे एक ही हैं। वे एक धर्म के अनुयायी और संस्कृति की एक ही विरासत के भागीदार हैं; उन्होंने देश की आजादी के लिए एक होकर लड़ाई लड़ी और आज उनकी पार्लियामेंट और शासन-विधान भी एक हैं।

और जो बात हिन्दुओं के बारे में कही जा रही है, वही बहुत दूर तक मुसलमानों के बारे में भी कही जा सकती है। देश के सभी कोनों में बसनेवाले मुसलमानों के भीतर जहाँ एक धर्म को लेकर एक तरह की आपसी एकता है, वहाँ वे संस्कृति की दृष्टि से हिन्दुओं के भी बहुत करीब हैं, क्योंकि ज्यादा मुसलमान तो ऐसे ही हैं जिनके पूर्वज हिन्दू थे और जो इस्लाम धर्म में जाने के समय अपनी हिन्दू-आदतें अपने साथ ले गए हैं। इसके सिवा, अनेक सदियों तक हिन्दू-मुसलमान साथ रहते आए हैं और इस लम्बी संगति के फलस्वरूप उनके बीच संस्कृति और तहजीब की बहुत-सी समान बातें पैदा हो गई हैं जो उन्हें दिनोंदिन आपस में नजदीक लाती जा रही हैं।

धार्मिक विश्वास की एकता मनुष्यों की सांस्कृतिक एकता को जरूर पुष्ट करती है। इस दृष्टि से एक तरह की एकता तो वह है जो हिन्दू समाज में मिलेगी, जो मुस्लिम समाज में मिलेगी, जो पारसी या क्रिस्तानी समाज में मिलेगी। लेकिन धर्म के केन्द्र से बाहर जो संस्कृति की विशाल परिधि है, उसके भीतर बसनेवाले सभी भारतीयों के बीच एक तरह की सांस्कृतिक एकता भी है जो उन्हें दूसरे देशों के लोगों से अलग करती है। संसार के हर एक देश पर अगर हम अलग-अलग विचार करें तो हमें पता चलेगा कि प्रत्येक देश की एक निजी सांस्कृतिक विशेषता होती है, जो उस देश के प्रत्येक निवासी की चाल-ढाल, बातचीत, रहन-सहन, खान-पान, तौर-तरीके और आदतों से टपकती रहती है। चीन से आनेवाला आदमी विलायत से आनेवालों के बीच नहीं छिप सकता, और यद्यपि अफ्रीका के

लोग भी काले ही होते हैं, मगर वे भारतवासियों के बीच नहीं खप सकते। भारतवर्ष में भी यूरोपीय पोशाकें खूब चली हुई हैं, लेकिन यूरोपीय लिबास में सजे हुए सौ हिन्दुस्तानियों के बीच एक अंग्रेज को खड़ा कर दीजिए, वह आसानी से अलग पहचान लिया जाएगा। इसी तरह भारत के हिन्दू ही नहीं, बल्कि हिन्दुस्तानी, क्रिस्तान, पारसी और मुसलमान भी भारत से बाहर जाने पर आसानी से पहचान लिये जाते हैं कि वे हिन्दुतानी हैं और यह बात कुछ आज पैदा नहीं हुई है, बल्कि इतिहास के किसी भी काल में भारतवासी, भारतवासी ही थे तथा अन्य देशों के लोगों के बीच वे खप नहीं सकते थे। यही वह सांस्कृतिक एकता या शक्ति है जो भारत को एक रखे हुए है। यही वह विशेषता है जो उन लोगों में पैदा होती है जो एक देश में रहते हैं, एक तरह की जिन्दगी बसर करते हैं और एक तरह के दर्शन और एक तरह की आदतों का विकास करके एक राष्ट्र के सदस्य हो जाते हैं।

ऊपर एक जगह हमने भूगोल को दोष दिया है कि उसने पहाड़ों और नदियों के द्वारा इस देश को भीतर से बाँट रखा है, जिससे इस देश में क्षेत्रीय जोश और प्रान्तीय भावनाओं के विकास के लिए मौका निकल आया है। मगर हम भूगोल का उपकार भी नहीं भूल सकते। भारत के भीतर यद्यपि प्रान्तीय भेदों को लिये हुए अनेक क्षेत्र मौजूद हैं, लेकिन इन तमाम भिन्नताओं को समेटकर भारत को एक पूर्ण देश बनाने का काम भी हमारे भूगोल ने ही किया है। पहाड़ों और समुद्रों से घिरे हुए इस विशाल देश में जो एक मौलिक एकता का भाव है, वह हमारे भूगोल की देन है। भीतर से कुछ-कुछ बँटा हुआ और बाहर से बिलकुल एक भारत की यह विशेषता बहुत पुरानी है। यह ठीक है कि प्रान्तीयता के जोश में आकर कोई-कोई क्षेत्र राष्ट्र की एकता से अलग होकर अपना स्वतंत्र अस्तित्व कायम करने के लिए जब-तब कोशिश करते रहे हैं, मगर यह भी ठीक है कि सारे देश को एकच्छत्र शासन (चक्रवर्ती राज्य) के अन्दर लाने का सपना भी यहाँ बराबर मौजूद रहा है। देश की इस मौलिक एकता के भाव ने प्रान्तीयता के सामने कभी भी हार नहीं मानी। भारतीय इतिहास की सबसे बड़ी शिक्षा यह है कि इस देश में राष्ट्रीयता और प्रान्तीयता के बीच बराबर संघर्ष चलता रहा है। कभी तो ऐसा हुआ कि किसी बलवान राजा

के अन्दर देश एक हो गया और कभी ऐसा हुआ कि इस एकता में कहीं पर प्रान्तीयता ने छेद कर दिया और फिर उस छेद को भरने की कोशिश की जाने लगी।

प्राचीन भारत में चक्रवर्ती सम्राट कहलाने के लिए यहाँ के राजे अक्सर बड़ी-बड़ी लड़ाइयाँ लड़ा करते थे। मगर इन लड़ाइयों के भीतर सिर्फ यही भाव नहीं था कि राजे अपना प्रभुत्व फैलाना चाहते थे, कुछ यह बात भी थी कि इस देश की भौगोलिक परिस्थिति ही सारे देश को एक देखना चाहती थी और भौगोलिक परिस्थिति की इसी प्रेरणा से देश के सभी बड़े राजे इस बात के लिए उद्योग खड़ा कर देते थे कि सारा देश उनके अन्दर एक हो जाए।

भूगोल ने भारत की जो चौहद्दी बाँध दी है, उसके साथ दस्तन्दाजी करने की कोशिश कभी भी कामयाब नहीं हुई। सीमा के बाहर की दुनिया से भारत को अलग रखकर उसे भीतरी एकता के सूत्र में बाँधने की प्रेरणा यहाँ के भूगोल की सबसे बड़ी शिक्षा रही है। और इसी प्रेरणा के कारण वे लोग बराबर असफल रहे जो देश के भीतर के किसी भाग को प्रान्तीयता के जोश में आकर स्वतंत्र राज्य का रूप देना चाहते थे। भारत का कोई भी भाग समूचे भारत से अलग जाकर स्वतंत्र होने की चेष्टा करे, यह अस्वाभाविक बात है। इस तरह यह भी अस्वाभाविक है कि हम दुनिया के किसी ऐसे हिस्से को भारत के साथ बाँध रखने की कोशिश करें जो भारत की चौहद्दी से बाहर पड़ता है और जिसे भारत का भूगोल अपने भीतर पचा नहीं सकता। दुनिया के हिस्से को काटकर उसे भारत के साथ मिला रखने का काम उतना ही अप्राकृतिक साबित हुआ है जितना कि हिन्दुस्तान के किसी अंग को काटकर उसे अलग जिन्दा रखने की कोशिश। मौर्यों ने एक समय कन्धार (अफगानिस्तान) को भारत में मिला लिया था। लेकिन कन्धार भारत में रखा नहीं जा सका। यूनानियों ने पंजाब को काटकर कन्धार में मिला लिया था; मगर उनकी भी कोशिश बेकार हुई और पंजाब भारत में वापस आ गया। महमूद गजनी ने काबुल में बैठकर भारत पर राज्य करना चाहा, लेकिन इस अस्वाभाविक कार्य में उसे सफलता नहीं मिली। पठान बादशाहों ने दिल्ली में बैठकर पश्चिमोत्तर सीमा के पार की

जमीन पर हुकूमत करनी चाही मगर वे भी नाकामयाब रहे। सिन्ध पर जब मुसलमानों ने पहले-पहल कब्जा किया, तब वे भी चाहते थे कि सिन्ध ईरान का अंग रहे और वे ईरान से ही उस पर हुकूमत चलाएँ, लेकिन यह भारत के भूगोल के खिलाफ बात थी, इसलिए उनकी कोशिश भी बेकार हुई। असली बात यह है कि जैसे दुनिया के और भी कई देश दुनिया से अलग और अपने-आपमें पूर्ण हैं, वैसे ही प्रकृति ने भारतवर्ष को भी एक स्वतंत्र देश के रूप में सिरजा है, जो दुनिया से अलग और अपने-आपमें पूर्ण है तथा जिसके भीतर बसनेवाले सब लोग भारतीय हैं।

[रेती के फूल]

भारतीय जनता की रचना

मनुष्य पहले-पहल कहाँ उत्पन्न हुआ, यह प्रश्न मनोरंजक तो है, लेकिन इसका ठीक-ठीक उत्तर अब तक निश्चित नहीं किया जा सका है। बाइबल को अपना धर्मग्रंथ माननेवाले लोगों का खयाल है कि आदमी पहले-पहल सीरिया में जनमा था। इसी तरह, पश्चिमी एशिया, मध्य एशिया, बर्मा, अफ्रीका और उत्तरी ध्रुव के पास का प्रान्त—इन सारे भू-भागों के बारे में समय-समय पर अटकल लगाई गई है कि हो-न-हो, आदमी इन्हीं में से किसी एक देश में उत्पन्न हुआ होगा। एक अन्दाजा यह भी है कि आदमी चूँकि, प्रधानतः; लोमहीन प्राणी है, इसलिए उसकी उत्पत्ति किसी गर्म देश में हुई होगी। इसी विचार के लोग अफ्रीका, भारतवर्ष अथवा उससे भी दक्षिण-पूर्व के भागों को आदिमनुष्य का जन्मस्थान मानते हैं। एक अनुमान यह है कि आदमी दक्षिण भारत में जन्मा होगा। एक दूसरा अनुमान यह है कि भारत-समुद्र में पहले जो बड़ा स्थल-भाग था, आदमी वहीं जन्मा था।

अफ्रीका के पक्ष में एक दलील यह दी जाती है कि वहाँ चिम्पांजी और गोरिल्ला बन्दर बहुतायत से पाए जाते हैं। इसके सिवा, अफ्रीका में बहुत-सी हड्डियाँ पाई गई हैं, जिनके बारे में यह अनुमान है कि वे आदिमानवों की हड्डियाँ होंगी।

इतिहास-कांग्रेस के ग्वालियरवाले अधिवेशन में (दिसम्बर, 1952) सभापति के पद से भाषण देते हुए डॉक्टर राधाकुमुद मुखर्जी ने यह मत दिया था कि आदिमनुष्य पंजाब और शिवालिक की ऊँची भूमि पर विकसित हुआ होगा, इस बात के प्रमाण मिलते हैं। मुखर्जी महोदय का मत यह दिखता है कि मनुष्य भारत में ही उत्पन्न हुआ था और इसी देश में उसकी सभ्यता भी विकसित हुई। पंजाब में हिमालय के पास मनुष्य का आदिजन्म, फिर सिन्धु की तराई में कृषि-सभ्यता का विकास और सिन्धु के पठार में भारत की प्राचीनतम सभ्यता का अवशेष पाया जाना–ये सारी बातें आपस में एक-दूसरे को पुष्ट करनेवाली हैं और अजब नहीं कि अध्ययन और खोज करने पर मुखर्जी महोदय का अनुमान सत्य ही प्रमाणित हो!

इंग्लैंड के एक वैज्ञानिक मिस्टर डारविन ने जब से यह सिद्ध कर दिखाया कि आदमी बन्दर से बढ़कर आदमी हुआ है, तब से विकासवाद के सिद्धान्त पर यह मानने की प्रथा चल पड़ी है कि मनुष्य के पूर्वज बन्दर की ही योनि से निकले थे।

लेकिन सभी पंडित अभी यह मानने को तैयार नहीं हैं कि आदमी निश्चित रूप से बन्दर से ही विकसित हुआ है। फिर भी, जो लोग विकासवाद के सिद्धान्त को पूर्णरूप से मान चुके हैं, उनका खयाल है कि एप. गिब्बन, ओरंग, उत्तान और चिम्पांजी–बन्दरों की इन्हीं चार जातियों का विकास मनुष्य के रूप में हुआ है। और जिन पंडितों का ऐसा विश्वास है, वे घूम-फिरकर अफ्रीका को ही मनुष्य के जन्म का आदिस्थान मानना चाहते हैं। लेकिन कुछ दूसरे पंडितों का विचार है कि आदमी जिस जीव से बढ़कर आदमी हुआ है, वह बन्दर तो नहीं था; हाँ, वह बन्दरों के समान ही कोई अन्य स्थलचारी जीव था। एक दूसरा अनुमान यह भी है कि आदमी, शुरू से ही, आदमी था और उसकी पैदाइश एक साथ अनेक देशों में हुई।

इस अनिश्चितता के बीच अधिकांश पंडित यह मानते हैं कि भारत में जो भी लोग मौजूद हैं, उनके पूर्वज इस देश में अन्य देशों से आए थे और अन्य देशों से आकर ही उन्होंने आपस में मिश्रित होकर इस देश में उस जनसमूह की रचना की, जिसे हम भारतीय जनता कहते हैं। और भारत की मिट्टी पर अनन्त काल से कितनी विभिन्न जातियों, कितने प्रकार के लोगों का समागम होता रहा है, यह किस्सा भी काफी मजेदार है। अगर ईसाइयों और मुसलमानों को छोड़ भी दें, तब भी इस देश में एक के बाद एक, कम-से-कम ग्यारह जातियों के आगमन और समागम का प्रमाण मिलता है, जिन्होंने इस देश को ही अपना देश मान लिया और जिनका एक-एक सदस्य यहाँ की संस्कृति और समाज में भली भाँति पच-खपकर आर्य अथवा हिन्दू हो गया। नीग्रो, औष्ट्रिक, द्रविड़, आर्य, यूनानी, यूची, शक, आभीर, हूण, मंगोल और मुस्लिम आक्रमण के पूर्व आनेवाले तुर्क–इन सभी जातियों के लोग कई झुंडों में इस देश में आए और हिन्दू समाज में दाखिल होकर सब-के-सब उसके अंग हो गए। असल में, हम जिसे हिन्दू-संस्कृति कहते हैं, वह किसी एक जाति की देन नहीं, बल्कि इन सभी जातियों की संस्कृतियों के मिश्रण का परिणाम है।

आदमी की नस्ल पहचानने वाले शास्त्र

हजारों वर्षों से एक ही भू-भाग में एक ही तरह की जलवायु तथा एक ही सामाजिक ढाँचे और एक ही आर्थिक पद्धति के भीतर जीते रहने के कारण भारतीय समाज के सभी लोगों के रूप-रंग, वेश-भूषा, रहन-सहन, भाव-विचार और जीवन विषयक दृष्टिकोण में जो अद्भुत एकता आ गई है, उसे देखते हुए एक नस्ल के लोगों को दूसरी नस्ल के लोगों से अलग करने का काम अस्वाभाविक और जरा मुश्किल भी मालूम होता है। लेकिन तब भी ऐसी कुछ कसौटियाँ मौजूद हैं, जिनके आधार पर बिलगाव किया जा सकता है। दुनिया में जितनी भी जातियाँ बसती हैं, उनकी मूल नस्लों की पहचान भाषा और शरीर के गठन को देखकर की जाती है और इस विषय का अध्ययन अब अलग-अलग शास्त्रों के रूप में विकसित हो गया है, जिनके

प्रयोग से मानव-जाति के बहुत पुराने इतिहास की रचना में बहुत सहायता मिली है। भाषा का अध्ययन करनेवाले शास्त्र को भाषा-विज्ञान (Philology) कहते हैं। साहित्य से सम्बद्ध रहने के कारण इस विषय के जानकार अब काफी लोग हो गए हैं। किन्तु रंग-रूप और कद-ढाँचे की कसौटी पर भी मनुष्य-जाति का अध्ययन एक-दूसरे शास्त्र के द्वारा किया जाता है, जिसे मानुषमिति (Anthropometry) या जनविज्ञान (Anthropology) कहते हैं। भाषा-भेद को देखकर मनुष्य की नस्ल का पता लगाना अपेक्षाकृत कुछ सरल कार्य हो गया है; मगर रंग-रूप और शरीर के ढाँचे को देखकर आदमी के मूल खानदान का पता लगाना उतना आसान नहीं है, क्योंकि जलवायु के प्रभाव और विवाह-शादी के द्वारा रक्त के मिश्रण के कारण इस क्षेत्र में बड़ी-बड़ी उलझनें पैदा हो जाती हैं। फिर भी जनविज्ञान ने जो कसौटियाँ बनाई हैं, उन पर आदमी की नस्ल की पहचान बहुत दूर तक सही-सही कर ली जाती है।

जनविज्ञान की पहली कसौटी रंग की है। जनविज्ञानियों का एक साधारण विश्वास है कि गोरे रंग के लोग आर्य-वंश के हैं और जिनका रंग पक्का काला है, वे आर्येतर हैं अथवा आर्यों और आर्येतरों के बीच जो वैवाहिक मिश्रण हुआ है, उसका उन पर काफी प्रभाव है। खोपड़ी की लम्बाई-चौड़ाई देखकर भी नस्ल की पहचान की जाती है। इसी तरह नाक की ऊँचाई, चौड़ाई, उसका खड़ा या चिपटा होना भी आदमी की नस्ल को सूचित करता है। फिर आदमी का कद या डील, उसके मुँह या जबड़े का आगे बढ़ा या न बढ़ा होना भी उसकी नस्ल की पहचान है।

जनविज्ञान ने संसार की सभी जातियों को मुख्यतः तीन नस्लों में बाँट रखा है। डॉक्टर राधाकुमुद मुखर्जी का कहना है कि पहली नस्ल गोरे लोगों की है, जिन्हें हम कॉकेशियन (Caucasian) कहते हैं, दूसरी नस्ल के वे लोग हैं जिनका रंग पीला होता है और जो मंगोल जाति के हैं (चीनी, तिब्बती आदि) तथा तीसरी नस्ल उन लोगों की है जिनका रंग काला होता है और जो इथोपियन (Ethiopian) परिवार के हैं। कॉकेशस रूस से दक्षिण, प्रायः एशिया-यूरोप के बीच का भू-भाग है और इथोपिया अफ्रीका में है। यह विभाजन मुख्यतः रंगों के आधार पर किया गया है, क्योंकि रंग की

दृष्टि से संसार में तीन ही प्रकार के लोग हैं–गोरे, काले और पीले; बाकी रंग इन्हीं रंगों में से किसी-न-किसी की कम या ज्यादा छाँह लिये हुए हैं और वे अक्सर दो रंगों के मिश्रण से अथवा जलवायु के परिणामस्वरूप उत्पन्न हुए हैं। भारतीय जनता में इन तीनों रंगों के प्रतिनिधि मौजूद हैं और रंगों की दृष्टि से भी भारतीय मानवता विश्व-मानवता का अद्‌भुत प्रतीक मानी जा सकती है।

जनविज्ञान की कसौटी और भारतीय जनता

एक दूसरी दृष्टि से विचार करने पर भारतवर्ष में चार प्रकार के लोग मिलते हैं। एक तरह के लोग वे हैं जिनका कद छोटा, रंग काला, नाक चौड़ी और बाल घुँघराले होते हैं। इस जाति के लोग, अक्सर, जंगलों में बसते हैं। ये ही लोग उन आदिवासियों की सन्तान हैं जो आर्य और द्रविड़ों के आगमन से पूर्व इस देश में आकर बसे थे और जो शायद जंगली जीवन के आदी होने के कारण ही अब तक भी शहरों से दूर, जंगलों में रहने में सुख मानते हैं।

एक दूसरी तरह के लोग हैं जिनका कद छोटा, रंग काला, मस्तक लम्बा, सिर के बाल घने और नाक चौड़ी होती है। रंग और कद में वे प्रायः आदिवासी लोगों से थोड़ी समानता रखते हैं, किन्तु ये उनसे बिलकुल भिन्न हैं। विंध्याचल के नीचे सारे दक्षिण भारत में इन्हीं लोगों की प्रधानता है। ये द्रविड़ जाति के लोग हैं जिनके पूर्वज आर्यों से भी पूर्व इस देश में आए थे और जिन्होंने पहले-पहल भारत में नगर-सभ्यता की नींव डाली थी।

तीसरी जाति के लोगों का कद लम्बा, वर्ण गौर, दाढ़ी-मूँछ घनी, मस्तक लम्बा तथा नाक पतली और नुकीली होती है। ये आर्य जाति के लोग हैं। आरम्भिक आर्यों के जिस रंग-रूप का वर्णन पुराने साहित्य में मिलता है, वह अब बहुत कुछ बदल गया है। कारण, शायद यह है कि भारत की जलवायु उष्ण है और कहा जाता है कि उष्णता से रंग काला पड़ता है। फिर द्रविड़ों और आदिवासियों के साथ उनका जो वैवाहिक मिश्रण हुआ है, उसके चलते भी आर्यों का पहले का रंग अब फीका पड़ गया है।

एक चौथे प्रकार के लोग बर्मा, असम, भूटान और नेपाल में तथा उत्तर प्रदेश, पंजाब, बंगाल और कश्मीर के उत्तरी किनारे पर पाए जाते हैं। इनका मस्तक चौड़ा, रंग काला-पीला, आकृति चिपटी तथा नाक चौड़ी और पसरी हुई होती है। इनके चेहरे पर दाढ़ी-मूँछ भी कम उगती हैं। ये मंगोल जाति के लोग हैं जो भारत में तिब्बत और चीन से उस समय आए, जब आर्य यहाँ पुराने हो चुके थे और जब नीग्रो, औष्ट्रिक, द्रविड़ और आर्य जातियों की संस्कृतियों के मेल से भारत में आर्य या हिन्दू-सभ्यता की नींव भली भाँति डाली जा चुकी थी।

इस प्रकार अत्यन्त प्राचीन काल में आर्य, द्रविड़, आदिवासी और मंगोल–इन चार जातियों को लेकर भारतीय जनता की रचना हुई थी। हम जिन्हें आदिवासी कहते हैं, उनके भीतर नीग्रो और औष्ट्रिक नामक उन दोनों जातियों के लोग शामिल हैं जो जातियाँ द्रविड़ों से पूर्व इस देश में आई थीं। नीग्रो और औष्ट्रिक जातियों के मिश्रण से बने हुए लोग मुंड या शबर भी कहे जाते हैं। इसी प्रकार, मंगोल जातिवालों का भी प्राचीन नाम किरात है।

भाषा की कसौटी और भारतीय जनता

भाषा की दृष्टि से देखने पर इस देश में '76.4 फीसदी आर्य-भाषी, 20.6 फीसदी द्रविड़-भाषी तथा 3 फीसदी शबर-किरात-भाषी हैं' (**जयचन्द्र**)।

मंगोल जाति के लोगों की भाषा तिब्बती-चीनी परिवार की भाषा है, यद्यपि उन पर आर्य-भाषाओं का भी बहुत प्रभाव है। द्रविड़-परिवार की भाषाएँ तमिल, मलयालम, कन्नड़ और तेलगू हैं। इन भाषा-भाषियों का क्षेत्र सिमटकर दक्षिण चला गया है। इन भाषाओं के अनेक शब्द और प्रयोग आर्य-भाषाओं में आ गए हैं और संस्कृत के भी बहुत काफी शब्द उनमें मिल गए हैं; लेकिन तब भी दक्षिण भारत की ये चार भाषाएँ दक्षिण में ही प्रचलित हैं। दक्षिण भारत से बाहर दो-एक जगहों पर ही इनके निशान मिलते हैं जो इस बात के यादगार हैं कि द्रविड़ लोग कभी भारत भर में फैले हुए थे। उदाहरणार्थ, बलूचिस्तान की ब्राहुई भाषा द्रविड़-भाषा

है और बिहार के आदिवासियों की ओराँव जाति जो भाषा बोलती है, वह भी द्राविड़ी से मिलती-जुलती है।

आदिवासियों के बीच कई बोलियाँ प्रचलित हैं जो वर्गीकरण की दृष्टि से औष्ट्रिक भाषा-समूह में रखी जाती हैं।

हिन्दी, उर्दू, बंगला, मराठी, गुजराती, उड़िया, पंजाबी, असमी, गोरखाली आदि भाषाएँ आर्य-भाषाएँ हैं जो संस्कृत के प्रभाव से उत्पन्न हुई हैं। भारत के बाहर, आर्य-भाषाओं का सम्बन्ध हिन्द-जर्मन-भाषा-समूह से है। कहते हैं, हिन्द-जर्मन-भाषाएँ बोलनेवाले लोग किसी समय एक ही जगह रहते थे और उसी कबीले की भाषा से संसार की समस्त आर्य-भाषाएँ निकली हैं।

इस सम्बन्ध की विशद विवेचना करते हुए श्री जयचन्द्र विद्यालंकार ने लिखा है : 'प्राचीन पारसी, यूनानी, लातीनी, केल्ट, त्यूतनी या जर्मन और स्लाव आदि भाषाओं के साथ हमारी संस्कृत का बहुत निकट का सम्बन्ध था और वह नाता उनके आजकल के वंशजों के साथ भी चला आता है। लातीनी प्राचीन इटली की भाषा थी और अब इटली, फ्रांस और स्पेन में उसकी वंशज-भाषाएँ मौजूद हैं। प्राचीन केल्ट की मुख्य वंशज आजकल की गैलिक अर्थात् आयरलैंड की भाषा है। जर्मन, ओलंदेज (डच), अंग्रेजी, डेन, स्वीडिश आदि भाषाएँ जर्मन या त्यूतनी परिवार की हैं। आधुनिक रूस तथा पूर्वी यूरोप की भाषाएँ स्लाव परिवार की हैं। इन सब भाषाओं का परिवार आर्यवंश कहलाता है।'

हिन्द-जर्मन-परिवार की भाषाओं में जो समानता है, उसी से यह अनुमान किया गया है कि प्रायः समस्त यूरोप के लोग उसी परिवार से निकले हैं, जिस परिवार के भारतवासी आर्य थे, और भारतीय आर्यों का ऋग्वेद केवल भारतीय आर्यों की ही नहीं, बल्कि विश्व-भर के आर्यों की सबसे प्राचीन पुस्तक है। 19वीं सदी में जब इस सत्य का प्रचार हुआ, तब विश्व-भर के अनेक विद्वान संस्कृत का अध्ययन करने लगे और इसी अध्ययन के परिणामस्वरूप आर्यवंश के विस्तृत इतिहास की रचना की जाने लगी। संस्कृत को सभी आर्यों की मूल भाषा सिद्ध करते हुए मैक्समूलर ने लिखा था कि संसार-भर की आर्य-भाषाओं में जितने भी शब्द हैं, वे संस्कृत की सिर्फ पाँच सौ धातुओं से निकले हैं।

विभिन्न भाषाओं के आधार पर भारत में जातियों की जो नस्लें पहचानी गई हैं, उनका उल्लेख करते हुए सुप्रसिद्ध भाषातत्त्वज्ञ डॉक्टर सुनीतिकुमार चटर्जी ने लिखा है कि भारतीय जनता की रचना जिन लोगों को लेकर हुई है, वे मुख्यतः तीन भाषाओं से विभक्त किये जा सकते हैं, अर्थात् औष्ट्रिक, द्राविड़ी और हिन्द-यूरोपीय (हिन्द-जर्मनी)। नीग्रो से लेकर आर्य तक जो भी लोग इस देश में आए, उनकी भाषाएँ इन भाषाओं के भीतर समाई हुई हैं। असल में, भारतीय जनता की रचना आर्यों के आगमन के बाद ही पूरी हो गई और जिसे हम आर्य या हिन्दू-सभ्यता कहते हैं, उसकी नींव भी तभी बाँध दी गई। आर्यों ने भारत में जातियों और संस्कृतियों का जो समन्वय किया, उसी से हमारे हिन्दू समाज और हिन्दू-संस्कृति का निर्माण हुआ। बाद में मंगोल, यूनानी, यूची, शक, आभीर, हूण और तुर्क, जो भी आए, उन्हें इस समन्वय में दस्तंदाजी करने की हिम्मत नहीं हुई और वे सम्पूर्ण भाव से इस समन्वय के सामने सिर झुकाते और उसमें विलीन होते चले गए। इस स्थिति को देखते हुए श्री जयचन्द्र विद्यालंकार ने एक सूक्ति कही है कि 'भारतवर्ष की जनता मुख्यतः आर्य और द्रविड़ नस्लों की बनी हुई है और उसमें थोड़ी-सी छौंक शबर और किरात (मुंड और तिब्बतबर्मी) की है।'

नीग्रो जाति का आगमन

अटकल और सबूत से जो बात अभी तक सामने लाई जा सकी है, उसके आधार पर साधारणतया यह समझा जाता है कि भारत में पहला आगमन नीग्रो जाति का था। यह जाति भारत में पश्चिम की ओर से आई थी और सम्भवतः अफ्रीका से आई थी। इसकी एक शाखा भारत से निकलकर आस्ट्रेलिया भी गई, जहाँ उसके वंशज अब तक मौजूद हैं। भारत से आस्ट्रेलिया जाते हुए रास्ते में इंडोनेशिया, पोलीनेशिया और मलेनेशिया में भी इस जाति की टुकड़ियाँ रह गईं। मलाया, फिलिपाइन, न्यूगिनी और अंडमान में भी जो नीग्रो हैं, वे भारत से ही गए हुए हैं। लेकिन भारत में नीग्रो लगभग खत्म हो चुके हैं। अनुमान यह है कि या तो वे अपने पीछे

आनेवाले औष्ट्रिक लोगों के द्वारा मार डाले गए अथवा उनसे मिलकर एक हो गए और उनकी अपनी अलग सत्ता नहीं रह गई। अब इनके थोड़े-से निशान दक्षिण भारत की आदिम जातियों में अथवा असम की नागा जाति में बचे हुए हैं।

इतिहासकार इस जाति के लोगों को प्राचीन प्रस्तरकालीन मनुष्यों में गिनते हैं। शायद नीग्रो जाति के लोग खाद्य-सामग्रियों का संचय करते थे, उन्हें उपजाते नहीं थे। उनकी भाषा का भी नमूना अब सिर्फ अंडमान में ही शेष है। बाकी जगहों पर वे अपने पड़ोसियों की ही भाषाएँ, कुछ बिगड़े रूपों में बोलते हैं।

नीग्रो जाति के बाद औष्ट्रिक, औष्ट्रिक के बाद द्रविड़ और द्रविड़ के बाद आर्य जाति के आने के बाद इस देश में सांस्कृतिक समन्वय का काम शुरू होता है। अतएव नीग्रो और आर्य–इन दो जातियों के बीच समय की काफी दूरी पड़ती है। इसलिए आर्यों ने हमें जो सभ्यता दी, उस पर नीग्रो सभ्यता का कहाँ, क्या प्रभाव है, यह आसानी से नहीं जाना जा सकता। फिर भी डॉक्टर सुनीतिकुमार चटर्जी का अनुमान है कि 'बादुड़' शब्द (जिसका प्रयोग बंगाल और बिहार में एक प्रकार से चमगादड़ के अर्थ में होता है) नीग्रो भंडार का होगा। नीग्रो जाति असभ्य होते हुए भी बड़ी साहसी रही होगी, अन्यथा नावों के सहारे वह भारत-समुद्र की सैर करने की हिम्मत नहीं करती।

औष्ट्रिक जाति का आगमन

सुनीति बाबू का खयाल है कि हिन्दुस्तान की जनसंख्या का एक प्रमुख भाग औष्ट्रिक जाति की देन है। इनका औष्ट्रिक या आग्नेय नाम इसलिए पड़ा कि ये लोग भारत और यूरोप के अग्निकोण में पाए जाते हैं। इस वंश के लोग मादागास्कर और विंध्यमेखला से लेकर प्रशान्त महासागर से ईस्टर द्वीप तक फैले हुए हैं। इनका भारत में आगमन नीग्रो जाति के बाद हुआ और इस जाति के लोग पूरब और पश्चिम की ओर से भारत में होकर कई बार गुजरे थे। इस क्रम में नीग्रो और मंगोल जातियों के साथ इनका

वैवाहिक मिश्रण हुआ हो तो कोई आश्चर्य नहीं। भारतवर्ष के कोल और मुंड जाति के लोग; असम, बर्मा और हिन्द-चीन की मौन-खमेर जाति, निकोबर द्वीप के निकोबरी तथा इंडोनेशिया, मलेनेशिया और पोलीनेशिया के बहुत-से काले लोग इसी औष्ट्रिक वंश की मिश्रित सन्तान हैं। असल में कश्मीर से लेकर प्रशान्त महासागर के पूर्वी द्वीप-समूह तक जो भी पक्के काले और वनवासी लोग हैं, उन्हें औष्ट्रिक जाति का ही उत्तराधिकारी समझना चाहिए।

अब तो केवल कोल और मुंडा जाति की ही भाषा ऐसी भारतीय भाषा है, जो औष्ट्रिक परिवार की समझी जाती है तथा असम और बर्मा की भी केवल मौन-खमेर भाषा ही औष्ट्रिक है। किन्तु जब आर्य यहाँ आए थे, तब औष्ट्रिक भाषा इस देश में खूब प्रचलित थी और उस भाषा के अनेक शब्दों ने आर्य-भाषा में प्रवेश पा लिया। विशेषतः वन और वनजन्तु (Flora और Fauna) सम्बन्धी आर्य-भाषाओं में ऐसे कितने ही शब्द हैं, जिनकी व्युत्पत्ति औष्ट्रिक धातुओं से बतलाई जाती है।

केवल वनवासी ही नहीं, गाँवों के पास रहनेवाली अनेक निम्न जातियों के लोगों का जो अत्यन्त विशाल समुदाय है (जैसे डोम, भुइयाँ, मुसहर आदि), वह औष्ट्रिक भंडार से आया है। उनमें से कुछ ही हैं, जिन्होंने अपनी भाषा को कायम रखा है। बाकी लोगों ने अपने मालिकों की भाषा सीख ली है अथवा कंजरों के समान कुछ घुमक्कड़ जातियाँ भी हैं जिनकी भाषा में अनेक भाषाओं का मिश्रित रूप है।

जब आर्य आए, औष्ट्रिक लोग सिन्धु की तराई में भी विद्यमान थे। आर्यों ने उन्हीं का नाम निषाद रखा तथा उनके काले रंग और चिपटी नाक की हँसी भी उड़ाई थी। ईसा से लगभग 1500 वर्ष पूर्व ही उत्तर भारत के बहुत-से औष्ट्रिक लोग आर्य हो गए, यद्यपि बौद्ध काल में भी चांडालों की बस्ती और उनकी स्वतंत्र भाषा के जीवित होने का प्रमाण मिलता है। इन चार-पाँच हजार वर्षों के मिश्रण और समन्वय के बाद भी हमारे देश में आज जो भी वनवासी जातियाँ हैं, सम्भावना यही है कि वे औष्ट्रिक खानदान की हैं और उनकी भाषाओं का भी कुछ-न-कुछ सम्बन्ध औष्ट्रिक भाषा-समूह से है।

द्रविड़ जाति का आगमन

औष्ट्रिक जाति के बाद इस देश में दूसरा प्रमुख आगमन द्रविड़ जाति का हुआ। द्रविड़ों के पूर्वज रूम सागर (मेडिटेरेनियन) के किनारे रहते थे और वहीं से वे लोग एक के बाद एक तीन झुंडों में भारत आए। इन तीनों झुंडों के लोगों के मस्तक लम्बे थे और तीनों द्राविड़ी भाषा बोलनेवाले थे। जब वे भारत आए, उस समय भी उनकी सभ्यता खूब विकसित थी और यहाँ आकर तो उन्होंने उसका और भी विकास कर लिया। औष्ट्रिक जाति के लोग कृषिजीवी और ग्रामीण थे, किन्तु द्रविड़ नगर-सभ्यता के प्रेमी और अन्तरराष्ट्रीय वाणिज्य में अत्यन्त दक्ष थे। द्रविड़ों ने आते ही सारे देश को जीत लिया और यहाँ की औष्ट्रिक जाति पर उनका शासन चलने लगा। इतिहास अब इस विषय में पूर्ण रूप से सन्तुष्ट है कि द्रविड़ जाति प्राचीन विश्व की एक अत्यन्त सुसभ्य जाति थी। अतएव समझना चाहिए कि औष्ट्रिक सभ्यता एवं द्रविड़ सभ्यता के बीच आदान-प्रदान का काम इस देश में द्रविड़ों की प्रधानता होते ही आरम्भ हो गया होगा।

आर्यों के प्राचीन साहित्य से पता चलता है कि यहाँ आने पर उन्हें दो प्रकार के लोगों से युद्ध करना पड़ा था। इनमें से एक को उन्होंने निषाद कहा है (जो औष्ट्रिक जाति के लोग थे) और दूसरे को वे दास या दस्यु कहते हैं। 'दस्यु' शब्द का बुरा अर्थ बाद को चला। पहले यह शब्द दस्यु या दास जाति के लिए प्रयुक्त होता था। सुनीति बाबू का विचार है कि जब आर्य इस देश में आए, उस समय पूर्वी ईरान से लेकर पश्चिमोत्तर भारत (अफगानिस्तान, पंजाब और सिन्ध) तक दस्यु जाति फैली हुई थी और आर्यों की मुठभेड़ इसी जाति से हुई थी।

आर्यों का आगमन

आर्यों की जाति बड़ी पराक्रमी थी। सभ्यता में आर्य शायद द्रविड़ों से नीचे थे; क्योंकि किसी खास जगह पर जमकर कुछ सदियों तक रहने का उन्हें सुयोग नहीं मिला था। किन्तु उनमें मेधा, भावुकता और वीरता कूट-कूटकर

भरी थी। वे भारत में आकर द्रविड़ों और औष्ट्रिकों पर विजयी हुए और विजय पाने के बाद उन्होंने समाज का एक ऐसा ढाँचा खड़ा किया, जिसमें सभी जातियाँ आसानी से अपनी-अपनी जगह बनाकर बैठ गईं और आर्यों के नेतृत्व में सांस्कृतिक समन्वय का वह अद्भुत कार्य आरम्भ हुआ, जिस पर हम आज भी अचरज करते हैं और जिसका परिणाम हमारा यह पुरातन भारतीय अथवा हिन्दू समाज है।

आर्यों का आदिनिवास-स्थान

आर्यों के आदिनिवास-स्थान के बारे में विद्वानों में बड़ा मतभेद है। पश्चिम के प्रायः सभी बड़े विद्वानों का कहना है कि आर्य भारत में बाहर से आए थे और उनका आदिनिवास-स्थान कहीं मध्य एशिया में या उसके पास था। लोकमान्य बाल गंगाधर तिलक का विचार था कि आर्य पहले उत्तरी ध्रुव के पास रहते थे। डॉक्टर अविनाशचन्द्र दत्त आर्यों का आदिनिवास-स्थान काश्मीर और पंजाब बतलाते हैं। डॉक्टर गंगानाथ झा का कहना है कि आर्यों का मूलनिवास-स्थान ब्रह्मर्षि देश था। श्री डी.एस. त्रिवेदी कहते हैं कि उनका आदिनिवास-स्थान देविका नदी के किनारे मुलतान में पड़ता था और श्री एल.डी. कल्ला हिमालय की उपत्यका और कश्मीर को आर्यों का आदिनिवास-स्थान बतलाते हैं। श्री सम्पूर्णानन्द जी वर्मा अविनाशचन्द्र दत्त की खोजों को सही मानते हैं और उनका भी विचार है कि आर्य कश्मीर और पंजाब में ही रहते थे।

आर्य भारत में बाहर से नहीं आए, यह अटकल इसलिए लगाई जाती है कि आर्यों के प्राचीन साहित्य वेद में किसी ऐसे स्थान या किसी ऐसी वस्तु का उल्लेख नहीं मिलता जिसका सम्बन्ध सिर्फ मध्य एशिया अथवा किसी ऐसी जगह से हो जो भारत से बाहर है। विदेश से आनेवाली जाति अपने देश की याद सदियों तक किया करती है। लेकिन आर्य हमेशा सप्तसिन्धु की याद करते हैं जिससे यह मालूम होता है कि वे सप्तसिन्धु को ही अपना देश मानते थे। लेकिन इस अनुमान को मान लेने में कठिनाई यह है कि अगर आर्य यहीं के निवासी थे, तो उनके साहित्य से

यह बात क्यों जाहिर होती है कि सप्तसिन्धु के किनारे उन्हें शत्रुओं से सामना करना पड़ा था, दस्युओं और निषादों से उन्हें लड़ाई लड़नी पड़ी थी और देश में आगे बढ़ने में उन्हें काफी मशक्कत हुई थी? फिर इस बात का क्या जवाब है कि फारस और यूरोप की भाषाओं में संस्कृत शब्दों की भरमार है? फारसी की बनिस्बत यूरोप की आर्य-भाषाओं में संस्कृत के शब्द कुछ कम जरूर हैं, लेकिन उसका कारण यह है कि आर्यों की यूरोप जानेवाली शाखा मूल खानदान से पहले अलग हुई और ईरानवाली शाखा बाद को। कुछ जीव-जन्तु-सम्बन्धी बातों से भी यह अनुमान पुष्ट होता है कि आर्य यहाँ बाहर से ही आए हैं। उदाहरण के लिए ऋग्वेद में सिंह का तो उल्लेख है, मगर बाघ का नहीं है; मृगहस्ती का तो जिक्र आया है, लेकिन हाथी का नहीं आया है। हाथी और बाघ—ये भारत के खास जीव हैं जो मध्य एशिया में नहीं होते। इस पर से यह अटकल लगाई जाती है कि चूँकि वैदिक आर्य भारत में खास जानवरों से परिचित नहीं हैं, इसलिए उनका बाहर से आना ही ज्यादा स्वाभाविक मालूम होता है। ऋग्वेद की रचना पंजाब में हुई थी, यह प्रायः मान्य मत हो गया है। यह भी ठीक है कि जो लोग आर्यों को इसी देश के वासी मानते हैं, उनका भी विचार है कि वे कश्मीर के आसपास रहते होंगे। लेकिन कश्मीर तो खुद मध्य एशिया की दक्षिणी सीमा के समान है। सम्भव है, आर्य मध्य एशिया से ही भारत आते रहे हों और उनका आना तब शुरू हुआ हो जब ऋग्वेद की रचना नहीं हुई थी! ऋग्वेद के रचना-काल तक आते-आते वे अपने मूलनिवास की बातें भूल गए और सप्तसिन्धु को ही अपना देश मानने लगे।

आर्य इस देश में कई दलों में आए थे तथा एक दल और दूसरे दल के आने के बीच समय की काफी दूरी भी पड़ी थी। आर्यों का जो पहला दल भारत में आया, वह पूरब की ओर बढ़ते-बढ़ते मगध पहुँच गया। पहले दल के इन्हीं आर्यों ने मगध में व्रात्य-सभ्यता को जन्म दिया। जब वेदों की रचना करनेवाले आर्य (जिन्हें नार्डिक कहते हैं) भारत आए और यहाँ बस गए तब उन्होंने देखा कि उनके भाई जो पहले आए थे और आकर मगध में बस गए थे, वे बहुत बातों में उनसे भिन्न हो गए हैं। इसलिए आर्यों ने

अपने साहित्य में मगध के व्रात्यों की निन्दा की है। पूरब और पश्चिम के आर्यों के बीच का यह तनाव दिनोंदिन बढ़ता ही गया; क्योंकि मगध में आर्य या ब्राह्मण-धर्म की नींव उतनी पुरानी और मजबूत नहीं थी, जितनी वह पश्चिमी भारत में थी। बुद्ध तथा महावीर ने जब ब्राह्मणों की श्रेष्ठता के खिलाफ बगावत की, तब इन विद्रोही नेताओं को सबसे पहले समर्थन मगधवालों ने ही दिया।

विभिन्न जातियों का मिश्रण

हिन्दू समाज पहले जिन अनेक जातियों के मेल से बना था, ऊपर का विवरण उसका एक कच्चा खाका मात्र है। नीग्रो कौन हैं, इसका अब पता नहीं चलता। ऊँचे समाज से जो लोग अलग जी रहे हैं, उन्हीं में नीग्रो और औष्ट्रिक जातियों के निशान होंगे। यह भी फकत अनुमान-ही-अनुमान है। इसी तरह द्रविड़ों के पूर्वज तो कई दलों में आए थे, लेकिन उनकी पारस्परिक भिन्नता अब पता लगाने की चीज नहीं रह गई है। और आर्यों के भी तीन-चार दलों के आपसी भेद अब खत्म हो चुके हैं। खुद आर्य और द्रविड़ लोगों के बीच शादी-सम्बन्धों से इतना अधिक मिश्रण हो चुका है कि 'मैं जरूर आर्य हूँ और तुम जरूर द्रविड़ हो'–ऐसी कसम खाने की गुंजाइश बहुत कम रह गई है। चार हजार वर्षों की एक साथ की जिन्दगी कुछ थोड़ी नहीं होती। इतने दिनों में तो लोहा भी बदलकर मिट्टी और मिट्टी भी बदलकर इस्पात बन जा सकती है।

वनवासी जातियाँ यद्यपि अपना अस्तित्व अलग रखे हुए हैं, मगर समन्वय का प्रभाव उन पर भी पड़ा है। एक साधारण गलती यह की जाती है कि जो जातियाँ जंगलों में बसती हैं, उन्हें हम आँख मूँदकर नीग्रो अथवा औष्ट्रिक वर्ग में डाल देते हैं। मगर कौन कह सकता है कि जंगली जातियों में से सब-की-सब नीग्रो या आग्नेय वंश की ही हैं तथा उनका आर्यों या द्रविड़ों से कोई सम्पर्क नहीं हुआ है? छोटानागपुर के ओराँव जो भाषा बोलते हैं, वह द्रविड़ परिवार की भाषा से मिलती है। इसके विपरीत, मुंडा जाति की भाषा औष्ट्रिक परिवार की भाषा है। लेकिन

भाषा-भेद होने पर भी उनकी संस्कृतियों में कोई भेद नहीं है। भाषा-भेद से तो यही अनुमान लगाया जा सकता है कि ओराँव लोगों के पूर्वज द्रविड़ रहे होंगे और मुंडा जाति के आग्नेय। लेकिन एक ही प्रकार का जीवन अपनाने के कारण एक ही तरह से प्रकृति के कोप और वरदान के अधीन रहने के कारण उनके बीच एक तरह की सांस्कृतिक एकता उत्पन्न हो गई है, उनके पारस्परिक भेद कम हो गए हैं और समानता की मात्रा बढ़ गई है।

यही हाल अन्य जातियों का भी हुआ होगा। ऊपर के विवरण से जो बात सामने आती है, वह यह है कि सबसे पहले भारत में नीग्रो जाति के लोग आए थे और उनके बाद औष्ट्रिक या आग्नेय जाति के लोग। आज भारत के वनों में जो जातियाँ रहती हैं, वे मुख्यतः इन्हीं दो जातियों की सन्तानें हैं। तब कई दलों में रोमसागर के पास से मेडिटेरेनियनी लोग आए जिन्होंने भारत में द्रविड़-सभ्यता की स्थापना की। उनके बाद तीन या चार दलों में आर्य आए। आर्यों का पिछला दल (नार्डिक) बड़ा ही कुशल और कल्पनाशील था। इसी के आगमन के बाद भारत में विभिन्न जातियों की संस्कृतियों के बीच समन्वय का क्रम आरम्भ हुआ जिसके परिणामस्वरूप आर्य या हिन्दू-संस्कृति का प्रादुर्भाव हुआ।

हिन्दू नाम

'हिन्दू' शब्द हमारे प्राचीन साहित्य में नहीं मिलता है। भारतवर्ष में इसका सबसे पहला उल्लेख ईसा की आठवीं सदी में लिखे गए एक तंत्र ग्रंथ में है जहाँ इस शब्द का प्रयोग धर्मावलम्बी के अर्थ में नहीं किया जाकर एक गिरोह या जाति के अर्थ में किया गया है। डॉक्टर राधाकुमुद मुखर्जी के अनुसार भारत के बाहर इस शब्द का प्राचीनतम उल्लेख अवेस्ता और डेरियस (522-486 ई. पू.) के शिलालेखों में प्राप्त है तथा वे भी कहते हैं कि 'हिन्दू' शब्द विदेशी है तथा संस्कृत और पालि में इसका कहीं भी प्रयोग नहीं मिलता। इस शब्द का जो इतिहास है, उसके अनुसार यह किसी एक अर्थ का वाचक नहीं माना जा सकता, बल्कि इसका वास्तविक अर्थ

भारत का कोई भी निवासी ही हो सकता है।' भारतवासियों का हिन्दू नाम विदेशियों का दिया हुआ है। सातवीं सदी में इत्सिंग नामक एक चीनी यात्री भारतवर्ष आया था। उसने लिखा है कि मध्य एशिया के लोग भारतवर्ष को हिन्दू कहते हैं, यद्यपि यहाँ के लोग अपने देश को आर्यदेश कहते हैं। असल में बात यह हुई कि मध्य एशिया और पश्चिमी जगत् के लोग भारत में पश्चिमोत्तर मार्ग से आते थे। सिन्धु नदी भारत की पश्चिमोत्तर सीमा के पास पड़ती थी और उधर से आनेवाले लोग उसी नदी से इस देश की पहचान करते थे। उनमें से ईरान के पास वाले लोग 'स' का सही उच्चारण नहीं कर सकने के कारण सिन्धु को हिन्दू कहने लगे और यूनानवाले लोग 'स' और 'द' का सही उच्चारण नहीं कर सकने के कारण हिन्दू को 'इंडो' कहने लगे। इस प्रकार, आर्यावर्त का नाम हिन्दू-हिन्दुस्थान और इंडो-इंडिया चल पड़ा।

भारत में सभ्यता का आरम्भ

ऐसा लगता है कि औष्ट्रिक या आग्नेय जाति के लोग आरम्भ से ही आनन्दी, अन्धविश्वासी और भीरु थे। आज के आदिवासियों के समान वे थोड़ी कमाई से ही सन्तुष्ट होकर जीने के अभ्यासी थे। इसीलिए वे संचय बढ़ाकर बड़े ग्राम या नगर बसाने की ओर प्रवृत्त नहीं हुए। वे जो वनों में जा बसे, उसका कारण सिर्फ यही नहीं था कि द्रविड़ों या आर्यों ने उन पर अत्याचार किया और वे नगरों से निकलकर वनों में चले गए, बल्कि यह भी कि वन में रहकर कृषिकर्म द्वारा जीवन-निर्वाह करके जिन्दगी को सरल-सीधे ढंग से गुजार देने की उन्हें आदत पड़ गई थी।

लेकिन, जब द्रविड़ जाति के लोग इस देश में आने लगे, उन्होंने ग्राम और नगर बसाना आरम्भ कर दिया। मोहनजोदड़ो और हड़प्पा की खुदाई में जिस सभ्यता के निशान निकले हैं, वह सभ्यता नगर-सभ्यता थी और उस सभ्यता के लोग स्नानागार तथा नालियों की पद्धति को भी अपने लिए आवश्यक समझते थे। अभी तक यह निश्चित नहीं किया जा सका है कि यह सभ्यता द्रविड़ों की थी या नहीं। लेकिन अन्दाज है कि वह उन दिनों

की सभ्यता थी जब आर्य इस देश में नहीं आए थे। अतएव अनुमान लगाया जाता है कि द्रविड़ों को छोड़कर वह सभ्यता किसी और की नहीं रही होगी। अगर यह अनुमान गलत नहीं हो तो हमें मानना चाहिए कि आर्यों के पूर्व द्रविड़ों ने इस देश में नगर-सभ्यता का विकास कर लिया था। इसका एक प्रमाण यह भी है कि आर्य अपने देवता इन्द्र को पुरन्दर कहते थे। पुरन्दर का अर्थ है पुरों यानी नगरों का नाश करनेवाला। अवश्य ही नगरों के ये अधिपति द्रविड़ थे, जिनके खिलाफ लड़ने और जिनके नगरों का विध्वंस करने के कारण आर्यों ने अपने सबसे बड़े देवता को पुरन्दर नाम दिया।

अभी हाल तक लोग यह मानते थे कि आर्यों के आगमन के पूर्व भारतवर्ष असभ्य था तथा आर्यों ने ही इस देश को सभ्य बनाया। लेकिन अब यह बात नहीं मानी जाती है। सच तो यह है कि जब रोम ने यूनान पर चढ़ाई की तब यूनान हार तो गया, मगर सभ्यता का पाठ रोमनों ने यूनानियों से ही पढ़ा। इसी प्रकार भारतवर्ष में भी हारे हुए द्रविड़ों ने विजयी आर्यों को सभ्यता की शिक्षा दी। आर्यों की जाति बड़ी ही तेजस्वी और वीर थी; किन्तु जिस समय वह भारत पहुँची, उस समय तक वह एक तरह की घुमक्कड़ जाति थी जिसे किसी निश्चित भूभाग में काफी दिनों तक बसकर गाँव या नगर बसाने का अवसर नहीं मिला था। लेकिन द्रविड़ जाति भारत में बसकर अपनी सभ्यता का बहुत दूर तक विकास कर चुकी थी और धर्म-सदाचार तथा पूजा-पाठ एवं देवी-देवताओं की बहुत-सी ऐसी कल्पनाएँ जो आगे चलकर आर्य-संस्कृति का अंग हो गईं, द्रविड़ों के बीच ही काफी दूर तक पनप चुकी थीं। द्रविड़ और आर्य-सभ्यताओं के बीच यह सम्मिश्रण कैसे हुआ, यह अगले अध्याय में बताया जाएगा।

भारत में आनेवाली अन्य जातियाँ

आरम्भ में नीग्रो, नीग्रो के बाद औष्ट्रिक, औष्ट्रिक के बाद द्रविड़ और द्रविड़ के बाद आर्य—पुराने जमाने में भारत में बाहर से आनेवाली जातियों का

यही क्रम रहा था। मगर बाहर से आनेवालों में सबसे आखिरी गिरोह आर्यों का ही रहा हो, यह बात नहीं है। कदाचित्, बुद्धदेव के समय कुछ मंगोल लोग भी भारत में आए। ईसा से पूर्व चतुर्थ शताब्दी में भारत पर सिकन्दर की चढ़ाई हुई। मौर्य-साम्राज्य के पतन के बाद पश्चिम से यूनानियों का बड़ा दल इस देश में आया। ईसा से प्रायः एक सौ वर्ष पूर्व युची और शक जातियों के लोग हिन्दुस्तान आए। चौथी शताब्दी में यहाँ हूणों का बहुत बड़ा दल आया। शायद ईसा से एक-दो वर्ष पूर्व आभीर जाति भी इस देश में आकर बस गई थी। यह उन जातियों का विवरण है जो मुसलमानों के पूर्व इस देश में आकर बस गई थीं। मगर जब मुसलमान इस देश में आए तब यहाँ केवल हिन्दू जाति का ही निवास था। नीग्रो, औष्ट्रिक, द्रविड़ और आर्य, यूनानी, युची, शक और आभीर तथा हूण और मंगोल–इनका कहीं कोई अलग अस्तित्व नहीं बचा था, और सब-के-सब हिन्दू समाज के चार वर्णों में बँटकर भली भाँति पच-खप चुके थे। कई प्रकार की औषधियों को कड़ाह में डालकर जब काढ़ा बनाते हैं, तब उस काढ़े का स्वाद हर एक औषधि के अलग-अलग स्वाद से सर्वथा भिन्न हो जाता है। असल में उस काढ़े का स्वाद सभी औषधियों के स्वादों के मिश्रण का परिणाम होता है। भारतीय संस्कृति भी इस देश में आकर बसनेवाली अनेक जातियों की संस्कृतियों के मेल से तैयार हुई है और अब यह पता लगाना बहुत मुश्किल है कि उसके भीतर किस जाति की संस्कृति का कितना अंश है। चूँकि काढ़ा औटने का काम आर्यों ने किया, इसलिए भारतीय संस्कृति पर आर्यों के नाम का लेबल साफ पढ़ा जा सकता है। लेकिन इस बात से इनकार नहीं किया जा सकता है कि औषधियाँ आर्यों ने अनेक जातियों से लीं और सबका उन्होंने उचित मात्रा में परिपाक किया।

हिन्दू-संस्कृति की पाचनशक्ति

हिन्दू-संस्कृति की पाचनशक्ति बड़ी ही प्रचंड मानी जाती है। इसका कारण शायद यह है कि जब आर्य इस संस्कृति का निर्माण करने लगे, तब उनके सामने अनेक जातियों को एक संस्कृति में पचाकर समन्वित

करने का सवाल था जो उनके आगमन के पहले से ही इस देश में बस रही थीं। अतएव उन्होंने आरम्भ से ही हिन्दू-संस्कृति का ऐसा लचीला रूप पसन्द किया जो प्रत्येक नई संस्कृति से लिपटकर उसे अपनी बना सके। नीग्रो से लेकर हूणों तक इस देश में आनेवाली सभी जातियाँ इसी लचीलेपन के कारण हिन्दू समाज में खप गईं। कालक्रम में हिन्दू धर्म के भीतर से ही उसके विरुद्ध एक प्रचंड सांस्कृतिक विद्रोह उठा, जिसे हम बौद्ध-धर्म के नाम से जानते हैं। किन्तु धीरे-धीरे वह विद्रोह भी लौटकर उसी धर्म में समा गया, जिससे उसका जन्म हुआ था।

हिन्दू-संस्कृति ने अनेक संस्कृतियों को पीकर अपनी ताकत बढ़ाई है–यहाँ तक कि इस्लाम, जो अपने व्यक्तित्व को स्वतंत्र रखने का मंसूबा लेकर चला था, वह भी भारत में आकर काफी बदल गया। यद्यपि मुसलमान धर्म के मामले में अपनी सत्ता को स्वतंत्र रख सकने में बहुत दूर तक कामयाब हुए, लेकिन संस्कृति की दृष्टि से वे भी भारतीय हो गए हैं।

हिन्दू या भारतीय संस्कृति की इस विशेषता को लोग बड़े विस्मय से देखते हैं। सुप्रसिद्ध इतिहासकार मिस्टर डाइवेल ने लिखा है कि 'भारतीय संस्कृति एक महासमुद्र के समान है जिसमें नदियाँ आ-आकर विलीन होती रही हैं।'

मुसलमानी आक्रमण से पूर्व जो तुर्क लोग इस देश में आए थे, उनका क्या हाल हुआ, इसका रहस्य बतलाते हुए एक अन्य सुप्रसिद्ध इतिहासकार मिस्टर स्मिथ ने लिखा है कि 'विदेशी लोगों ने भी अपने पहले आनेवाले शकों और युचियों के समान ही हिन्दू धर्म की पाचनशक्ति के सामने अपने घुटने टेक दिये और बड़ी ही शीघ्रता से वे हिन्दुत्व में विलीन हो गए।' आर्यों और द्रविड़ों के मिलन से भारतीय संस्कृति ने जो रूप पकड़ा, यह उसी की ताकत थी कि इस समन्वय के बाद जो भी जातियाँ इस देश में आईं, वे भारतीय संस्कृति के समुद्र में एक के बाद एक, विलीन होती चली गईं।

जैसाकि जवाहरलाल नेहरू ने लिखा है : 'ईरानी और यूनानी लोग, पार्थियन और बैक्ट्रियन लोग, सीथियन और हूण लोग, मुसलमानों से पहले आनेवाले तुर्क और ईसा की आरम्भिक सदियों में आनेवाले ईसाई, यहूदी

और पारसी—ये सब-के-सब एक के बाद एक भारत में आए और उनके आने से समाज ने एक हलके कम्पन का भी अनुभव किया; मगर अन्त में जाकर वे सब-के-सब भारतीय संस्कृति के महासमुद्र में विलीन हो गए। उनका कहीं कोई अस्तित्व नहीं बचा।'

एक अन्य विचारक मिस्टर सी. ई. एम. जोड ने लिखा है कि 'मानव-जाति को भारतवासियों ने जो सबसे बड़ी चीज वरदान के रूप में दी है, वह यह है कि भारतवासी हमेशा ही अनेक जातियों के लोगों और अनेक प्रकार के विचारों के बीच समन्वय स्थापित करने को तैयार रहे हैं। और सभी प्रकार की विविधताओं के बीच एकता करने की उनकी लियाकत और ताकत लाजवाब रही है।'

मिस्टर जोड ने भारत की इस अपूर्व क्षमता की जो प्रशंसा की है, वह इसलिए कि संसार के सामने आज जो सबसे बड़ा सवाल है, वह यह है कि दुनिया की अनेक जातियों, अनेक वादों और विचारों तथा अनेक संस्कृतियों के बीच समन्वय स्थापित करके हम विश्व-संस्कृति का निर्माण कैसे कर सकते हैं? स्पष्ट ही संसार को उसी मार्ग को अपनाना पड़ेगा जिस मार्ग पर चलकर भारतवर्ष अपने यहाँ की विभिन्न संस्कृतियों के बीच एकता या मेल बिठाता रहा है। इसीलिए मिस्टर जोड ने भारत की इस योग्यता को विश्व-मानवता के लिए सबसे बड़ा वरदान कहा है।

अनेक संस्कृतियों और जातियों के मिलन से भारतीय संस्कृति में जो एक प्रकार की विश्वजनीनता उत्पन्न हुई है, वह संसार के लिए सचमुच एक वरदान है। और पिछले दो सौ वर्षों से सारा संसार उसका प्रशंसक रहा है।

उन्नीसवीं सदी में अपनी अपूर्व भारत-शक्ति से सारे यूरोप को चौंका देनेवाले मैक्समूलर ने एक जगह लिखा है कि 'अगर मैं अपने-आपसे यह पूछूँ कि केवल यूनानी, रोमन और यहूदी भावनाओं एवं विचारों पर पलनेवाले हम यूरोपीय लोगों के आन्तरिक जीवन को अधिक समृद्ध, अधिक पूर्ण और अधिक विश्वजनीन, संक्षेप में, अधिक मानवीय बनाने का नुस्खा हमें किस जाति के साहित्य में मिलेगा, तो बिना किसी हिचकिचाहट के मेरी उँगली हिन्दुस्तान की ओर उठ जाएगी।'

इसी प्रकार बीसवीं सदी के अद्‌भुत चिन्तक और विश्व-मानवता के अपूर्व उपासक स्वर्गीय रोम्यां रोलां ने लिखा है कि 'अगर इस धरती पर कोई एक ऐसी जगह है जहाँ सभ्यता के आरम्भिक दिनों से ही मनुष्यों के सारे सपने आश्रय और पनाह पाते रहे हैं, तो वह जगह हिन्दुस्तान है।'

यह विश्वजनीनता, विभिन्न जातियों को एक महाजाति के साँचे में ढालने का यह अद्‌भुत प्रयास और अनेक वादों, विचारों और धर्मों के बीच एकता लाने का यह निराला ढंग सभी युगों में भारतीय समाज की विशेषता रहा है। आगे के अध्यायों में हम देखेंगे कि यह महान कार्य हमारे देश में किस प्रकार चलाया गया था और उसमें इसे कैसी सफलता प्राप्त हुई।

आर्य और आर्येतर संस्कृतियों का मिलन

जिसे हम हिन्दू धर्म या हिन्दू-संस्कृति कहते हैं, उसका आरम्भ कब और कैसे हुआ, यह बड़ा ही पेचीदा सवाल है और उसके समझने का सबसे अच्छा तरीका यह है कि हम इस विषय में अपना दिमाग साफ कर लें कि जिसे हम हिन्दू-जाति कहते हैं, उसमें कौन-कौन से लोग शामिल हैं। जैसाकि पिछले अध्याय में दिखलाया गया है, उसमें आर्य, द्रविड़, औष्ट्रिक और नीग्रो–सभी जातियों के लोग हैं तथा उसके भीतर वे लोग भी समाए हुए हैं जो आर्यों के आगमन के बाद मुसलमानों के आक्रमण के पूर्व इस देश में अनेक दलों में आए थे। यहाँ यह बात ध्यान रखने योग्य है कि मूल हिन्दू-जाति की रचना का काम आर्यों के यहाँ बस जाने के बाद ही पूरा हो गया और आर्यों के बाद जो भी लोग इस देश में आए, वे आँख मूँदकर हिन्दू बनते चले गए।

जाति-प्रथा का जन्म

मगर आर्यों ने हिन्दू-जाति की रचना कैसे की, कैसे उन्होंने अनेक जातियों के लोगों को हिन्दू समाज में संगठित कर दिया, यह इतिहास अभी ठीक से नहीं लिखा गया है और प्रामाणिक विवरण के अभाव में हम केवल अनुमान और कल्पना के बल पर ही इस संगठन के काम का थोड़ा अन्दाजा लगा सकते हैं।

ऐसा लगता है कि आर्य जब इस देश में आए, उसके पहले ही उनके भीतर चतुर्वर्ण की भावना विकसित हो चुकी थी। मनुष्य को चार जातियों में बाँटने की भावना, शायद, प्राचीन विश्व में अच्छी समझी जाती थी, यद्यपि भारत को छोड़कर अन्यत्र इसके प्रयोग का पक्का प्रमाण नहीं मिलता। यूनान के दार्शनिक प्लेटो या अफलातून ने अपनी पुस्तक 'रिपब्लिक' में मनुष्यों की चार जातियों का उल्लेख किया है और आर्यों की ईरानी शाखावाली जाति को भी इस तरह के बँटवारे की बात मालूम थी। लेकिन जाति की प्रथा व्यवहार में कैसे आई, इसका ठीक-ठीक विवरण अभी तक तैयार नहीं किया जा सका है।

एक अनुमान यह है कि जाति-प्रथा का आश्रय आर्यों ने इसलिए लिया कि जब वे इस देश में आकर बस गए, तब यहाँ अनेक जातियों के लोग बस रहे थे और आर्यों को ऐसा मालूम हुआ कि विभिन्न जातियों की रचना के द्वारा वे इन तमाम लोगों को एक समाज में समेटकर बाँध सकते हैं। यहाँ द्रविड़ जाति के लोग थे जो धर्म-कर्म और सभ्यता-संस्कृति में बहुत ऊँचे थे। तब औष्ट्रिक और शायद, नीग्रो जाति के भी लोग थे, जिनका अधिकांश जंगलों में अथवा गाँवों से बाहर या उनके किनारों पर बसता था तथा इन लोगों की सभ्यता भी अविकसित थी। और इन सबके ऊपर आर्य थे, जो अपने को श्रेष्ठ समझते थे और जिन्हें अपनी संस्कृति और मेधा पर नाज था। फिर बहुत-से ऐसे लोग भी रहे होंगे, जो इन जातियों के बीच वैवाहिक मिश्रण से उत्पन्न हुए थे। इस प्रकार उन दिनों भारत में ऐसे लोगों की भरमार थी जिनमें से कुछ तो पूर्ण रूप से सभ्य थे और कुछ केवल अर्धसभ्य; कुछ धनी और कुछ गरीब थे; कुछ ऐसे थे जो

ऊँची बातें समझ सकते थे और कुछ ऐसे भी, जिन्हें ऊँची बातों से कोई सरोकार नहीं था। साथ ही इनमें से प्रत्येक जाति के पास अपनी कथा-कहानियाँ, अपने देवी-देवता, अपने रस्म-रिवाज और अपना धर्म था। इन्हीं नाना प्रकार के लोगों को एक समाज में बाँधने का भारी काम आर्यों के आगे था जिसे पूरा करने के लिए उन्होंने जाति-प्रथा का आश्रय लिया।

जातियों का जो रूप हम देखते हैं, वह आरम्भ में नहीं था। फिर भी आज हम जो कुछ देखते हैं, उससे भी यह अन्दाजा लगाना कठिन है कि जातियाँ सिर्फ पेशों या व्यवसायों पर ही नहीं बनी हैं, उसके भीतर सभ्यता और संस्कृति के अनेक स्तर भी छिपे हुए हैं। ऊँची जाति की संस्कृति ऊँची और नीची जाति की संस्कृति नीची होती है, क्योंकि ऊँची जातिवालों के पुरखे कुछ अधिक धनी थे, उन्हें पढ़ने-लिखने और महीन काम करने का मौका अधिक मिला था, इसलिए उनके खानदान में ऊँची संस्कृति की परम्परा चल पड़ी। इसी प्रकार, एक ही जाति में भी कुछ गोत्रों के लोग अपने को औरों से अधिक ऊँचा समझते हैं। अछूत जातियों में भी कुछ लोग कम अछूत और कुछ लोग ज्यादा अछूत समझे जाते हैं। असल में समाज के भीतर संस्कृतियों के जो ऊँचे-नीचे अनेक धरातल हैं, उन धरातलों पर भी जातियों का विभाजन देखा जा सकता है।

आर्यों ने जातिवाद का आश्रय इसलिए लिया है कि उन्हें इस देश में अनेक वर्गों और लोगों को एक ही समाज के अन्दर अपनी-अपनी सभ्यता और संस्कृति के अनुसार उचित स्थानों पर बिठाना था। असल में, जातिवाद के रूप में आर्यों ने समाज के भीतर एक 'गैलरी' खड़ी कर दी, जिसमें नीचे से ऊपर तक सभी श्रेणियों के लोग अपनी-अपनी हैसियत के अनुसार आसानी से बैठ सकते थे।

एक तरह से सोचिए तो आर्यों की यह बड़ी ही सूक्ष्म नीति थी, क्योंकि जाति की गैलरी में निचली सीढ़ी पर बैठे हुए लोग बराबर यह चाहते होंगे कि किसी तरह वे ऊपरवाली सीढ़ी पर पहुँच जाएँ तो बड़ा अच्छा हो। और जो व्यक्ति या परिवार ऊपर पहुँचने की लियाकत दिखलाता था, वह ऊपरवाली जाति में पहुँच भी जाता था। हारी हुई जाति के लोग विजयी जाति के लोगों के पास तभी पहुँचते हैं, जब वे विजयी

जाति की संस्कृति की नकल करें। जब मुसलमान इस देश के राजा हुए, तब दरबारों में सिर्फ उन्हीं हिन्दुओं की इज्जत होती थी जो फारसी जानते थे, जो रहन-सहन और पहनावे-ओढ़ावे में मुसलमान सुलतानों की नकल करते थे। यही हाल अंग्रेजों के जमाने में भी था, क्योंकि अंग्रेज उन्हीं हिन्दुस्तानियों को आगे बढ़ के लेते थे, जो अंग्रेजी में बोल सकते थे तथा जिनका पहनावा-ओढ़ावा भी अंग्रेजों के समान था। आर्य इस देश में विजेता बनकर आए थे और जो बात मुसलमानी और अंग्रेजी राज्य के जमाने में यहाँ देखने को आई, वह थोड़ी-बहुत मात्रा में आर्यों के आगमन के समय भी रही होगी। अगर भारत का आर्यीकरण आर्यों का ध्येय रहा हो तो जातिवाद की प्रथा ने इसमें भी उनकी भरपूर सहायता की होगी, क्योंकि जातिवाद का नेतृत्व ब्राह्मणों के हाथ में था और पुरोहित की मंजूरी के बिना जाति बदलना कठिन होता गया।

जो लोग आर्यों के रस्म-रिवाज, रहन-सहन और सामाजिक आचार आदि को सीख लेते थे, जाति की गैलरी में उनकी तरक्की आसानी से हो जाती थी। यह बात इससे भी सिद्ध है कि सुयोग्य द्रविड़ आरम्भ से ही ब्राह्मण मान लिये गए थे और आरम्भ से ही उनमें से अनेक लोग केवल द्रविड़ों के ही नहीं, आर्यों के भी पुरोहित का काम करने लगे थे। जातिप्रथा के चालू करने में आर्यों का यह उद्‌देश्य नहीं था कि वे द्रविड़, औष्ट्रिक अथवा नीग्रो समाज की छूत से बच सकें, बल्कि यह कि इन तमाम जातियों के लोगों को वे आर्य-सभ्यता में रँगना चाहते थे और जो लोग भी उनकी सभ्यता सीख लेते थे, समाज में उनकी उन्नति आसानी से हो जाती थी। यह प्राचीन संस्कार आज भी हिन्दू समाज में अपना काम कर रहा है और हम आए-दिन देखते ही रहते हैं कि जो हीन जातियाँ ऊपर उठना चाहती हैं, वे अखाद्य खाने और अपेय पीने की आदत तथा अन्य कुरीतियों को छोड़कर जनेऊ धारण कर लेती हैं तथा कोशिश करने लगती हैं कि समाज उनकी गिनती द्विजों में कर ले।

आरम्भ में जाति-परिवर्तन पर कड़ी रोक नहीं थी, इसके अनेक प्रमाण मिलते हैं। श्री जयचन्द्र विद्यालंकार ने लिखा है कि 'जात-पाँत की ठीक जात-पाँत के रूप में स्थापना दसवीं शताब्दी में आकर हुई और उसके

बाद भी मिश्रण पूरी तरह बन्द नहीं हो गया। शहाबुद्दीन गोरी के समय तक हम हिन्दू जातियों में बाहर के लोगों को सम्मिलित होते देखते हैं। सन् 1178 ई. में गुजरात के नाबालिग राजा मूलराज द्वितीय की माता से हारकर गोरी की मुस्लिम सेना का बहुत बड़ा अंश कैद हो गया था। उन कैदियों की दाढ़ी-मूँछ मुँड़वाकर विजेताओं ने सरदारों को तो राजपूतों में शामिल कर लिया था और साधारण सिपाहियों को कोलियों, खाँटों, बाब्रियों और मेड़ों में।'

जाति की प्रथा ने हिन्दू समाज की सेवा इसी रूप में की है। इस प्रथा का उद्देश्य ही भारतीय संस्कृति के ढाँचे में यहाँ आनेवाली हर एक जाति को कस लेना था। यूनानी, शक, आभीर, युची और हूण तथा मुस्लिम आक्रमण से पहले आनेवाले तुर्क, जातिप्रथा के जन्म के बाद जो भी लोग इस देश में आए, उन्हें भारतीय समाज के अन्दर पचाने में सबसे अधिक योगदान इसी प्रथा ने दिया, क्योंकि इस देश में यह समस्या ही नहीं थी कि नवागन्तुक जाति के लोग समाज में कहाँ पर रखे जाएँ। जातियों की श्रेणियाँ अनेक थीं और वे दिन-ब-दिन बढ़ती ही जा रही थीं। अतएव नवागन्तुक लोगों में से हर एक को अपनी वैयक्तिक अथवा पारिवारिक संस्कृति के अनुसार जाति के ढाँचे में उपयुक्त स्थान आसानी से मिल जाता था।

आज तो जाति-प्रथा में केवल दोष-ही-दोष रह गए हैं, मगर जब यह प्रथा जारी हुई थी, उस समय इस देश को एक करने तथा यहाँ बसनेवाली अनेक जातियों को एक समाज के अन्दर लाने में इस प्रथा ने जबर्दस्त सहायता पहुँचाई थी। जिस समस्या के मुकाबले, आर्यों ने जातिप्रथा का शस्त्र निकाला, वैसी ही समस्याएँ कुछ और देशों में भी खड़ी हुईं। लेकिन वहाँ जो समाधान निकाले गए, वे क्रूर और अमानुषिक थे। जब कोई जाति, अपने से भिन्न किसी अन्य जाति पर विजयी होती है, तब उसके सामने यह सवाल आता है कि हारी हुई जाति से क्या सलूक किया जाए। कहीं-कहीं तो लोग हारी हुई जाति के सदस्यों को मार ही डालते हैं। अमरीका और आस्ट्रेलिया में जब यह समस्या खड़ी हुई, तब गोरों ने कालों को चुन-चुनकर मार डाला और स्वयं निष्कंटक होकर उन देशों में बस

गए। आज भी दक्षिण अफ्रीका में जो गोरे और काले की समस्या पेश है, वह बहुत-कुछ वैसी ही है, जैसी आर्यों के आने के बाद इस देश में उठी होगी। और आज भी अफ्रीका की सरकार उस समस्या का समाधान दमन और अत्याचार से ही करना चाह रही है। लेकिन भारत में आर्यों ने जिस नीति से काम लिया, वह तलवार से अधिक गौरवपूर्ण और उससे कहीं ज्यादा कारगर भी थी।

समन्वय की प्रक्रिया

भारत की अन्य जातियों ने आर्यों के द्वारा चलाई गई जाति-प्रथा को स्वीकार कर लिया, यह हमारे देश में संस्कृति-समन्वय का पहला कदम था। इससे इतना हुआ कि आर्य, द्रविड़, औष्ट्रिक और नीग्रो–सभी खानदानों के लोग एक समाज के सदस्य हो गए जिनका नाम आगे चलकर हिन्दू समाज पड़ गया। लेकिन समन्वय की बातें यहीं नहीं रुकीं और न यही हुआ कि आर्यों ने अपनी संस्कृति बाकी लोगों पर लाद दी। आर्य अपनी संस्कृति का प्रचार करने को उत्सुक थे, यह ठीक है लेकिन सभी जातियों का जब एक समाज हो गया, तब सबकी आदतें, सबके रस्म-रिवाज और सबके धर्म एक-दूसरे को प्रभावित करने लगे तथा इस प्रभाव से आर्य भी नहीं बच सके। बल्कि अचरज तो यह है कि आर्य जिन बातों का खास तौर से जोर देते थे, वे बातें पोथियों और पंडितों तक ही सीमित रह गईं और विशाल जनता ने अधिकांश में उन बातों को अपना लिया, जो बातें द्रविड़-समाज में प्रचलित थीं अथवा जो रिवाज औष्ट्रिक जातियों के लोगों से चले आ रहे थे। हिन्दू धर्म और हिन्दू-संस्कृति का आज जो रूप है, उसके भीतर प्रधानता उन बातों की नहीं है जो ऋग्वेद में लिखी मिलती हैं, बल्कि हमारे समाज की बहुत-सी रीतियाँ और हमारे धर्म के बहुत-से अनुष्ठान ऐसे हैं जिनका उल्लेख वेदों में नहीं मिलता। और जिन बातों का उल्लेख वेदों में नहीं मिलता, उनके बारे में विद्वानों का मत है कि या तो वे आर्येतर (जिनमें औष्ट्रिक की शामिल हैं) सभ्यता की देन हैं अथवा उनका विकास आर्यों के आने के बाद आर्य और आर्येतर, दोनों

संस्कृतियों के मेल से हुआ है। डॉक्टर सुनीतिकुमार चटर्जी का तो यहाँ तक कहना है कि हिन्दू-संस्कृति का बारह आना उपादान आर्येतर-संस्कृतियों से आया है। सिर्फ चार आना ऐसा है जिसे हम शुद्धतः आर्य-संस्कृति की देन कह सकते हैं।

इस देश की प्राचीनतम संस्कृति का ज्ञान हमें प्रधानतः दो सूत्रों से होता है। एक तो है ऋग्वेद, जो वेदों में सबसे प्राचीन है और जो केवल भारत का ही नहीं, सारे संसार का प्राचीनतम ग्रंथ है। इसकी रचना कब हुई, यह ठीक से ज्ञात नहीं हुआ है। कुछ लोग कहते हैं कि इसकी रचना आर्यों ने भारत आने के पूर्व ही आरम्भ कर दी थी। कुछ दूसरे लोग हैं जिनका खयाल है कि ऋग्वेद तब रचा गया, जब आर्य भारत में आ चुके थे। बात चाहे जो भी हो, किन्तु इतना सत्य है कि आर्यों की अपनी संस्कृति क्या थी, इस विषय में ऋग्वेद हमारा प्राचीनतम प्रमाण है। इसके बाद दूसरा प्रमाण मोहनजोदड़ो और हड़प्पा हैं। ये दोनों स्थान पंजाब और सिन्ध में हैं और यहाँ जो खुदाई हुई, उससे बहुत-सी ऐसी सामग्रियाँ हाथ लगी हैं, जिनसे मालूम होता है कि जब आर्य यहाँ नहीं आए थे, तब भी इन जगहों पर बहुत बड़ी सभ्यता मौजूद थी। यह सभ्यता किसकी थी, इसका ठीक निर्णय अभी नहीं हो पाया है, लेकिन अनुमान है कि यह द्रविड़ों की सभ्यता रही होगी।

विद्वानों ने हिन्दू-संस्कृति का अब तक जो अध्ययन किया है, उसमें उनका तरीका यह रहा है कि वे हिन्दू धर्म के किसी एक रूप को लेकर पीछे की ओर चलने लगते हैं और जाते-जाते वेदों में उसका मूल खोजते हैं। किन्तु वेदों में हमारी संस्कृति के कई रूपों के केवल बीज ही मिलते हैं। इन बीजों का विकास कैसे हुआ, यह कथा अधूरी रह जाए अगर हम यह विश्वास करके नहीं चलें कि आर्य-संस्कृति के बहुत-से बीजों का विकास द्रविड़ संस्कृति के सम्पर्क में आकर हुआ। यही कारण है कि ऋग्वेद में जिस तत्त्व के बीज हैं, मोहनजोदड़ो और हड़प्पा की खुदाई में उनसे मिलते-जुलते प्रमाण उपलब्ध होते हैं।

केवल वेदों से हिन्दू धर्म के विकास की सारी समस्याएँ हल नहीं होतीं। उदाहरण के लिए, शिव की पूजा हिन्दू समाज में जिस रूप में

प्रचलित है, शिव का वह रूप वेद में नहीं मिलता। वेद के रुद्र-शिव प्रकृति के उग्र रूपों (आँधी, तूफान, बाढ़, बिजली, वज्रपात, महामारी, भूकम्प आदि) की कल्पना पर आधारित हैं। किन्तु वे भाँग और धतूरा क्यों खाने लगे, गजाजिन और मुंडमाल क्यों पहनने लगे, श्मशान की धूल अंगों में क्यों लगाने लगे, बैलों की सवारी क्यों करने लगे, साँपों को शरीर में क्यों लिपटाने लगे और उनके नाम पर लिंग की पूजा क्यों चल पड़ी, इन शंकाओं का समाधान हमें वेदों में नहीं मिलता है। अतएव शिव-भावना के विकास की कथा को समझने के लिए हमें आर्यों के समाज से बाहर द्रविड़ और औष्ट्रिक समाजों की ओर देखना ही पड़ता है। इसी प्रकार उमा की परमेश्वरी के रूप में कल्पना उपनिषद् में मिलती है। सिर्फ यही समझ में नहीं आता कि उनके चामुंडा, काली आदि कराल रूपों की कल्पना कैसे चल पड़ी। साँपों की पूजा; भूत, प्रेत और पिशाच का भय, नाना प्रकार के टोटके, और ऐसी ही अन्य अनेक बातें हिन्दू धर्म में कई हजार साल से चिपकी हुई हैं, जिनका मूल हम वेद में नहीं पाते तथा जिनके बारे में यह अनुमान है कि वे आर्येतर-समाज से, प्रधानतः औष्ट्रिक और नीग्रो संस्कृतियों से आकर हिन्दू धर्म में मिल गई हैं।

आर्यों की जाति भावुक और प्रकृतिपूजक थी। उसके प्रधान देवता अग्नि, इन्द्र, वरुण, पूषण, सोम, उषा और पर्जन्य थे। यह कैसे हुआ कि वेदों के इन देवताओं की पूजा रुक गई और हिन्दू समाज के प्रधान देवता विष्णु और शिव बन बैठे तथा उनके नेतृत्व में तैंतीस करोड़ देवता आन जुटे? और जैसे ऋग्वेद के थोड़े-से देवताओं की जगह पर हिन्दू धर्म में तैंतीस करोड़ देवताओं को स्थान मिल गया, वैसे ही हिन्दू समाज में ऐसे सैकड़ों व्रत, आचार, अनुष्ठान और रिवाज भी चल पड़े, जिनका उल्लेख वेदों में नहीं मिलता है। इसी प्रकार, वेदों के बाद जब पुराणों का जमाना आया, तब पुराणों में अद्‌भुत कथाओं और कहानियों का अम्बार लग गया। ये कथाएँ और कहानियाँ केवल आर्यों के मस्तिष्क की उपज नहीं थीं, बल्कि द्रविड़, औष्ट्रिक एवं नीग्रो समाज में दन्तकथाओं के रूप में जो कहानियाँ प्रचलित थीं, वे आर्यों के साहित्य में भी घुस पड़ीं और ऋषियों ने आवश्यकतानुसार उन्हें जब-तब कुछ नया रूप भी दे दिया। इसका एक

प्रमाण यह भी है कि पुराणों की बहुत ज्यादा कहानियाँ ऐसी हैं जो किसी-न-किसी रूप में दक्षिण के प्राचीन साहित्य में भी मिलती हैं तथा जिनका समावेश बौद्ध जातकों में भी पाया जाता है। अगर वनवासी लोगों की दन्तकथाओं का संग्रह किया जाए तो उनसे भी इस अनुमान को समर्थन मिल सकता है।

यह समन्वय कैसे सम्भव हुआ, इसका एक कारण तो यह है कि समाज का सदस्य हो जाने पर लोगों के रीति-रिवाज आपस में एक-दूसरे पर प्रभाव डाले बिना नहीं रह सकते। दूसरे, आर्यों का उद्देश्य अन्य जातियों के सम्पर्क से बचना नहीं, बल्कि उनके समाज में आर्य-संस्कृति का प्रचार करना था और वे लोगों की अपनी सांस्कृतिक विरासत को एकदम तोड़ना नहीं चाहते थे। अगर आर्य इस मिश्रण को रोकना भी चाहते, तो शायद नहीं रोक सकते थे। क्योंकि शादी-विवाह के द्वारा जब आर्येतर स्त्रियाँ आर्यों के घर जाने लगीं, तब उनके साथ कुछ पैतृक देवता और धार्मिक रिवाज भी आर्यों के घरों में प्रवेश पाने लगे। इस प्रकार आर्यों के यहाँ बहुत-से ऐसे रिवाज आ गए, जिन्हें आर्य दिल से पसन्द नहीं करते थे। साथ ही, जब आर्य और द्रविड़ का संघर्ष मिट गया, तब द्रविड़ राजे और पंडित भी आर्यों से एकाकार हो गए और उनके बीच कोई बड़ा भेद नहीं रह गया। फिर जो आर्य स्त्रियाँ द्रविड़ों के घर गईं, उनके साथ आर्य-संस्कार भी द्रविड़ों के परिवारों में पहुँचे और धीरे-धीरे आर्यों और द्रविड़ों के बीच वे बातें प्रमुखता पाने लगीं, जो उनकी विभिन्नता को घटाने और उनकी एकता को बढ़ानेवाली थीं। कालक्रम में यह सम्बन्ध इतना प्रगाढ़ हो गया कि सारे देश में आर्य और द्रविड़ एक-से दिखाई देने लगे और उनका रस्म-रिवाज, इतिहास-पुराण, साहित्य और संस्कृति, सब-कुछ एक हो गया। आर्य बहुत मात्रा में द्रविड़ और द्रविड़ बहुत मात्रा में आर्य हो गए और इन्हीं दोनों जातियों ने मिलकर उस संस्कृति, जाति या समाज का निर्माण किया, जिसे हम हिन्दू समाज कहते हैं। विदेशियों ने हमें जो हिन्दू नाम दिया, हमारी एकता उस नाम से भी बढ़ी है, क्योंकि अब हम संसार में आर्य या द्रविड़ नहीं, बल्कि हिन्दू नामक एक ही नाम से विख्यात हैं। यह समझना निरी मूर्खता है कि हिन्दू-संस्कृति के मानी आर्य-संस्कृति

होते हैं और आर्य-संस्कृति वह संस्कृति है जो सिर्फ वेदों से निकली है। वेद में जो कुछ था, वह भारतीय जनता की संस्कृति के समुद्र में ठीक उसी तरह डूब गया, जैसे आर्य-द्रविड़-संस्कृतियों के मिलन से उत्पन्न हिन्दू-संस्कृति के समुद्र में आर्यों के बाद इस देश में आनेवाली अनेक जातियों की संस्कृतियाँ विलीन हो गईं। ऋग्वेद, शायद, केवल आर्यों का ही ग्रंथ था, लेकिन उसके बाद उपनिषदों, पुराणों, स्मृतियों और दर्शनों का जो निर्माण हुआ, उसके पीछे केवल आर्य ही नहीं, द्रविड़ संस्कृति का भी जबर्दस्त प्रभाव काम करता था और इस विशाल हिन्दू-साहित्य पर द्रविड़ों का भी उतना ही अधिकार है जितना आर्यों का।

विंध्य के उत्तर को हम, सामान्यतः आर्य एवं उसके दक्षिण को द्रविड़ देश कहते हैं। आर्य और द्रविड़ संस्कृतियों के मिलन के बाद भी आरम्भ में हिन्दुत्व का नेतृत्व उत्तर भारत के हाथ रहा। लेकिन शंकराचार्य (सातवीं सदी) के समय से यह नेतृत्व, निश्चित रूप से, दक्षिण चला गया और तब से हिन्दू धर्म के प्रधान नेता, दार्शनिक और महात्मा, अधिकतर, दक्षिण में ही उत्पन्न होते रहे हैं।

समन्वय की उपमा

दो आदमी जब आपस में दोस्त हो जाते हैं, तब दोनों का थोड़ा-बहुत प्रभाव दोनों पर पड़ने लगता है। इसी प्रकार, जब दो देश, दो जातियाँ या दो संस्कृतियाँ आपस में मिलती हैं, तब वे भी एक-दूसरे को प्रभावित करने लगती हैं और सैकड़ों-हजारों साल के बाद वे मिलकर एक ऐसा समान रूप पकड़ लेती हैं, जिसमें उनके बिलगाव का कोई लक्षण शेष नहीं रह जाता। यही सांस्कृतिक समन्वय का सर्वोत्तम उदाहरण है। समन्वय की दो उपमाएँ आज के संसार में बहुत प्रचलित हैं। एक समन्वय वह है जिसका उदाहरण चींटियाँ उपस्थित करती हैं। चींटियाँ अनेक प्रकार के अनाजों के कणों को एक जगह एकत्र कर देती हैं। यह भी एक समन्वय है; लेकिन इस समन्वय की कमजोरी यह है कि अनेक अनाजों के दाने एक जगह पर जमा हो जाने पर भी अलग-अलग पहचाने जा सकते हैं। इसके विपरीत,

एक दूसरे प्रकार के समन्वय का उदाहरण मधुमक्खियाँ उपस्थित करती हैं। वे नाना प्रकार के फूलों का रस ला-ला करके मधु तैयार करती हैं। जाहिर है कि मधु में अनेक प्रकार के फूलों का रस जमा होता है। मगर जब मधु तैयार हो जाता है, तब हम विभिन्न फूलों के रसों का स्वाद अलग-अलग नहीं जान सकते। यही समन्वय उत्तम कोटि का समन्वय होता है और इसी प्रकार के समन्वय का उदाहरण आर्य-आर्येतर-संस्कृतियों के मिश्रण में देखा जा सकता है।

आर्य-आर्येतर-संस्कृतियों का समन्वय कुछ दस-बीस या सौ-दो सौ साल में नहीं हुआ, बल्कि इसके परिपक्व होने में हजारों साल लगे हैं और हजारों साल के परिपाक के बाद अब हिन्दू-संस्कृति का जैसा रूप निखरा है, उसमें आर्य और आर्येतर-लक्षणों का बिलगाव नहीं चल सकता। अब तो शिव और विष्णु उत्तर भारतवालों के लिए भी उतने ही अपने हैं, जितने दक्षिणवालों के लिए और रामायण, महाभारत, उपनिषद्, पुराण, स्मृतियाँ और धर्मशास्त्र, यहाँ तक कि चारों वेदों पर भी दक्षिण भारत के हिन्दुओं में वही श्रद्धा और उत्साह है जो श्रद्धा और उत्साह उत्तर के हिन्दुओं में देखा जा सकता है। यही नहीं, बल्कि हिन्दी, मराठी, गुजराती और बंगला के साथ-साथ तमिल, तेलगू, कन्नड़ और मलयालम, उत्तर और दक्षिण भारत की इन तमाम भाषाओं में जो भी साहित्य लिखा गया या लिखा जा रहा है, उस सारे साहित्य की सामग्रियाँ रामायण, महाभारत, उपनिषद् और पुराण के एक ही भंडार से ली गई हैं और सभी भाषाओं के बीच भारत का एक ही हृदय ध्वनित होता है, उसकी एक ही आत्मा अनेक भाषाओं में बोलती है और तमाम देश में फैले हुए हमारे कवि, पंडित, लेखक और उपन्यासकार अपनी-अपनी भाषाओं में एक ही सन्देश दे रहे हैं जो भारत की राष्ट्रीय आत्मा का सन्देश है, जो भारत के एक ही हृदय का उद्‌गार है। रामेश्वरम्, कन्याकुमारी, मीनाक्षी देवी, श्रीरंगम्, शुचीन्द्रम् और त्रिवेन्द्रम्—ये हिन्दुओं के ऐसे तीर्थस्थान हैं, जहाँ उत्तर भारत के लोग भी बहुत काफी संख्या में जाया करते हैं। इसी प्रकार, उत्तर भारत के तीर्थों में भी दक्षिण भारत के हिन्दू भक्त आते ही रहते हैं।

समन्वय के कुछ उदाहरण

जैसाकि ऊपर कहा जा चुका है, यह सिद्ध करना अत्यन्त कठिन है कि हिन्दू-संस्कृति की कौन-सी बात द्रविड़-सभ्यता से आई है और कौन-सी बात आर्य-सभ्यता से। किन्तु बहुत-से लक्षण ऐसे मिलते हैं जिनसे हम आसानी से कुछ थोड़ा अनुमान लगा सकते हैं। हमारे देवी-देवताओं में से अनेक ऐसे हैं, जिनके विकास में केवल आर्य ही नहीं, द्रविड़ कल्पना का भी हाथ है और हमारे व्रतों और अनुष्ठानों में भी कइयों का विकास दोनों ही सभ्यताओं के योग से हुआ है। नीचे जो थोड़े-से उदाहरण दिये जा रहे हैं, उनसे यह बात स्पष्ट हो जाती है।

शैव धर्म

विद्वानों में अब यह मत प्रचलित हो गया है कि शैव धर्म द्रविड़-संस्कृति की देन है। ऐसा मानने का मुख्य कारण यह है कि ऋग्वेद में 'बाण की तरह चमकते आनेवाले' जिस रुद्र का उल्लेख है, वे रुद्र मरुतों के स्वामी हैं और उनका ठीक-ठीक मेल हिन्दुओं की आज की शैव-भावना से नहीं बैठता। आर्य बड़े ही भावुक और प्रकृति-पूजक लोग थे। उन्होंने प्रकृति के प्रिय और रमणीय रूपों पर जैसी उषा देवी की कल्पना की थी, उसी प्रकार उसके भयानक रूपों पर उन्होंने रुद्र की कल्पना उतारी थी। यजुर्वेद के शतरुद्रीय अध्याय में रुद्र के साथ शिव और गिरीश का भी उल्लेख मिलता है और उसके बाद श्वेताश्वतरोपनिषद् में रुद्र की कल्पना बहुत-कुछ ब्रह्म का स्थान ले लेती है। लेकिन ये शैव-भावना की सीढ़ियाँ हैं जो आर्य और आर्येतर संस्कृतियों के मिलन के बाद बढ़ती गई हैं। विचारने की मुख्य बात यह है कि मोहनजोदड़ो और हड़प्पा की खुदाई में शिव की मूर्तियाँ भी मिली हैं, जिनसे यह अनुमान होता है कि आर्यों के आगमन से पूर्व इस देश में शिव की पूजा प्रचलित थी। फिर यह बात भी है कि शिवपुराण में स्पष्ट कथा आती है कि ऋषियों ने शिव पर क्रोध किया और उन्हें शाप दे डाला, जिससे उनके लिंग के नौ टुकड़े हो गए। शिवपुराण के आधार पर ही हिन्दू

शिव का प्रसाद खाना निषिद्ध मानते हैं। एक कथा यह भी है कि दक्षप्रजापति के यज्ञ में शिव को स्थान नहीं दिया गया था। इन सारी बातों से विद्वान यह अनुमान लगाते हैं कि आर्यों के यहाँ शिव-भावना की स्वीकृति जरा विलम्ब से हुई है और आरम्भ में समाज के धार्मिक नेता इस बात के लिए तैयार नहीं थे कि लोग शिव को आर्य-देवता के रूप में ग्रहण करें। सम्भवतः जब आर्यों का द्रविड़ों के साथ विवाह-सम्बन्ध होने लगा, तब द्रविड़ स्त्रियों के साथ शिव की भावना आर्यों के घरों में पहुँची और यद्यपि आर्य पंडित और पुरोहित इस भावना के प्रसार को अनेक उपायों से रोकना चाहते थे, तथापि गृहों में नारियों की प्रधानता होने के कारण आर्य-परिवारों में भी यह भावना बढ़ती ही गई। अब तो नर-नारी, दोनों ही शिव की भक्ति बड़ी ही श्रद्धा से करते हैं, किन्तु तुलना करने पर आज भी यह देखा जा सकता है कि शिव की पूजा नरों से अधिक नारियों में प्रचलित है।

यही नहीं, बल्कि शिव-सम्बन्धी कल्पना के विकास में औष्ट्रिक और नीग्रो संस्कृतियों की भी कुछ देन है। डॉक्टर भंडारकर का कहना है कि रुद्र-शिव का सम्बन्ध आरम्भ में जंगली जातियों से भी रहा होगा या यह भी सम्भव है कि जंगली जातियों के बीच प्रचलित देवताओं के भी गुण बाद को चलकर, रुद्र-शिव की कल्पना में आ मिले। शिव का भाँग-धतूरा खाना और श्मशान में वास करना तथा उनके साथ शव, सर्प, खप्पर एवं हाथी के चमड़े का सम्बन्ध—ये सारी बातें जंगली लोगों के संस्कार से आई होंगी जो सर्पपूजक रहे होंगे तथा जिनके देवता भी जंगली गुणों से युक्त रहे होंगे। हाथी के चमड़े (गजाजिन) वाली बात खुद में एक प्रमाण है; क्योंकि हाथी मध्य एशिया में नहीं होते। फिर यह कैसे सम्भव है कि मध्य एशिया से आनेवाले आर्यों ने भारत में आने से पहले ही अपने देवता के लिए गजाजिन के लिबास की कल्पना कर ली? डॉक्टर सुनीतिकुमार चटर्जी एक और नया प्रमाण देते हैं कि द्रविड़ लोग भारत में रोमसागर (मेडिटेरेनियन) के पास से आए थे तथा सम्भवतः शिव तथा शक्ति-विषयक दार्शनिक भाव भी वे वहीं से साथ लाए थे। द्रविड़ों का मूल निवास कहीं एजियन समुद्र के पास पड़ता था, जहाँ सिंह पर चढ़नेवाली देवी माता और साँड़ पर चढ़नेवाले

देव पिता की कल्पना पहले से ही प्रचलित थी। यहाँ यह बात भी ध्यान में आती है कि मोहनजोदड़ो में जो शिव की मूर्ति और बैल की प्रतिमा मिली है, उसका सम्बन्ध द्रविड़ों की शिवपूजा से अवश्य रहा होगा।

कार्त्तिकेय और गणेश

शिव की पूजा के साथ द्रविड़ों का अधिक पुराना और निकट का सम्बन्ध है, इस अनुमान का एक आधार यह भी माना जा सकता है कि उत्तर भारत में मुख्य-रूप से शिव और उमा की ही पूजा प्रचलित है, जबकि दक्षिण में शिव के पूरे परिवार की पूजा का बड़ा ही व्यापक प्रचार है और शिव तथा उमा के साथ वहाँ कार्तिकेय और गणेश की पूजा भी बड़े ही उत्साह से की जाती है। उत्तर भारत में कार्तिकेय की मूर्त्ति सिर्फ विजया दशमी के अवसर पर दुर्गा के साथ बनाई जाती है और गणेश जी, अक्सर, शुभ और लाभ के बीच दुकानों पर विराजा करते हैं, लेकिन दक्षिण के मन्दिरों में दोनों भाइयों की बड़ी-बड़ी विशाल मूर्तियाँ देखने में आती हैं, जिनकी बनावट से वीरता टपकती है। दक्षिण में कार्तिकेय विषयक अनेक कथाएँ भी प्रचलित हैं और उनके नाम भी अनेक हैं। कार्तिकेय, षडानन और स्कन्द के अलावा कार्तिकेय का एक नाम सुब्रह्मण्यम् भी दक्षिण में खूब प्रचलित है।

पंडितों का विचार है कि द्रविड़ों के यहाँ यौवन, युद्ध और वीरता के एक अलग देवता थे, जिनका नाम मुरुकन था। कालक्रम में यही शिवजी के पुत्र कुमार स्कन्द हो गए, जिनका चरित उत्तर के हिन्दू सिर्फ पुराणों में पढ़ते हैं, किन्तु दक्षिण में जो उत्साह के साथ सत्कृत और पूजित होते आ रहे हैं।

गणेश की कल्पना भी आरम्भ में विघ्नेश के रूप में चली थी और जैसाकि मनुष्य की देह पर हाथी का मस्तक लगाये हुए उनका भयानक रूप है, वैसे ही लोग उन्हें डरकर ही पूजते थे। कहते हैं, जब बौद्ध धर्म की महायान-शाखा का जन्म हुआ, ये विघ्नेश ज्यों-के-त्यों उसमें आ विराजे और प्रत्येक अनुष्ठान के आरम्भ में उनकी प्रसन्नता के लिए पूजा की जाने

लगी। किन्तु धीरे-धीरे ब्राह्मणों ने उन्हें विघ्नहर बना डाला और विघ्नहर-रूप में ही वे हमारे पौराणिक धर्म के साथ रहे हैं। एक बात यह भी ध्यान देने योग्य है कि उत्तर भारत में गणेश की मूर्तियाँ प्रायः खिलौनों के समान छोटी होती हैं, जबकि दक्षिण के मन्दिरों में गणेश की बड़ी-बड़ी विशाल और भयानक मूर्तियों के दर्शन होते हैं। गणेश के गजमस्तक होने की बात पर विचार करें तब तो स्पष्ट ही गणेश की कल्पना शुद्ध भारतीय मालूम होगी, क्योंकि आर्य जिस देश से यहाँ आए थे, उस देश में हाथी होते ही नहीं हैं। यह भी ध्यान देने की बात है कि गणेश की ॐमयी व्याख्या सातवीं सदी में ज्ञानेश्वर जी ने की और महाराष्ट्र में शारदा गणेशजी की पत्नी मानी जाती हैं, यद्यपि दक्षिण भारत में गणेशजी को लोग अविवाहित और ब्रह्मचारी ही मानते हैं।

शिव के आर्य और द्रविड़ नाम

शिव-सम्बन्धी आर्य और द्रविड़ नामों की तुलना से भी यह अनुमान पुष्ट होता है कि शिव की कल्पना अधिकांश में आर्येतर कल्पना है और मुख्यतः वह द्रविड़ संस्कार से आई है। सुनीति बाबू के मतानुसार शिव का तमिल नाम सिवन् है, जिसका अर्थ लाल या रक्त वर्ण होता है। प्राचीन काल में शिव का एक आर्य-नाम भी 'नील- लोहित' मिलता है, जिसके भीतर शिव की गरलपान वाली कथा का संकेत है। इसी प्रकार, संस्कृत के 'शम्भु' शब्द की तुलना तमिल के 'सेम्बू' शब्द से की जाती है, जिसका तमिल में अर्थ ताबा या लाल धातु होता है। इसलिए अनुमान है कि द्रविड़ों के यहाँ जो ताम्रवर्ण के प्रतापी देवता थे, वही आर्यों के मरुत-स्वामी रुद्र से मिल गए तथा औष्ट्रिक जातिवालों के पास जो अनेक जंगली देवता थे, उनके भी गुण धीरे-धीरे आकर रुद्र-शिव की भावना के साथ जुड़ने लगे। इस तरह, बहुत काल के बीत जाने पर शिव का रूप अत्यन्त विकसित हो गया और उसके एक छोर पर तो आर्यों की रुद्र-सम्बन्धी दार्शनिक भावना प्रतिष्ठित हुई, जिसे आर्य और द्रविड़, दोनों जातियों के शिष्टवर्ग ने अपनाया और दूसरे छोर पर शिव के पारिवारिक रूप, उनके अवढर और दयालु होने की

बात तथा उनके योगीश्वर, भूतेश और फक्कड़ एवं अघोर होने की कथाएँ आ जुड़ीं, जिससे जनसाधारण को सन्तोष मिलने लगा।

वैष्णव धर्म

शैव धर्म के भीतर द्रविड़ प्रभाव के जितने प्रमाण मिलते हैं, वैष्णव धर्म के भीतर उस प्रभाव के उतने अधिक प्रमाण नहीं मिलते। मगर यहाँ भी कई शंकाएँ हैं, जिनका समाधान केवल यह मान लेने से नहीं हो सकता कि वैष्णव धर्म में सब-का-सब सिर्फ आर्यों का दिया हुआ है। उदाहरण के लिए, पंडितों को यह शंका होती है कि गौर वर्ण के आर्यों ने काले रंग के विष्णु की कल्पना क्यों की। यह ठीक है कि ऋग्वेद में 'विष्णु' शब्द का उल्लेख मिलता है, मगर वह 'सूर्य' के अर्थ में है। तो जो देवता सूर्य के समान उज्ज्वल और चमकीला था, वह काला कैसे बन गया? इससे भी बड़ी शंका की बात यह है कि गोपाल कृष्ण का उल्लेख आर्यों के प्राचीन साहित्य में नहीं मिलता और राधा का उल्लेख, जो वैष्णव धर्म में इतनी पूजित हैं, वैष्णव मत के अत्यन्त प्रमुख पुराण श्रीमद्भागवत में नहीं है। अगर वैष्णव धर्म आर्यों का बिलकुल अपना आविष्कार होता, तो इस धर्म के सभी पहलुओं के बीज आरम्भ के आर्य साहित्य (वेद, उपनिषद्, ब्राह्मण आदि) में अवश्य मिलते। मगर बात वैसी नहीं है। इसलिए यह मानना अधिक युक्तिसंगत है कि यह धर्म भी द्रविड़, आभीर आदि अनेक जातियों की धार्मिक कल्पनाओं की सहायता से विकसित हुआ है।

डॉक्टर सुनीतिकुमार चटर्जी का विचार है कि आर्यों के सूर्यवाचक देवता विष्णु भारत में आकर द्रविड़ों के एक आकाश-देव से मिल गए, जिनका रंग, द्रविड़ों के ही अनुसार, आकाश के ही सदृश नीला अथवा श्याम था। तमिल भाषा में आकाश को 'विन्' भी कहते हैं, जिसका विष्णु शब्द से निकट का सम्बन्ध हो सकता है।

डॉक्टर भंडारकर के अनुसार प्राचीन काल में वैष्णव धर्म, मुख्यतः तीन तत्त्वों के योग से उत्पन्न हुआ था। पहला तत्त्व तो यह विष्णु नाम ही है, जिसका वेद में उल्लेख, सूर्य के अर्थ में मिलता है। दूसरा तत्त्व नारायण

धर्म का है, जिसका विवरण महाभारत के शान्तिपर्व के नारायणीय उपाख्यान में है। और तीसरा तत्त्व वासुदेव-मत का है। यह वासुदेव-मत वसुदेव नामक एक ऐतिहासिक पुरुष (समय 600 ई. पू.) के इर्द-गिर्द विकसित हुआ था। इन्हीं तीन तत्त्वों ने एक होकर वैष्णव धर्म को उत्पन्न किया। लेकिन उसमें कृष्ण के ग्वाल-रूप की कल्पना और राधा के साथ उनके प्रेम की कथा बाद को आई और ये कथाएँ शायद आर्येतर जातियों में प्रचलित थीं।

कृष्ण नाम की प्राचीनता

कृष्ण के नाम के साथ गाय, चरवाहा, खेती और किसानी की कथाएँ देखकर तथा यह देखकर कि उनके भाई बलराम हल लेकर चलते हैं, पश्चिम के विद्वानों ने यह अनुमान लगाया था कि पहले कृष्ण फसल और वनस्पति के देवता रहे होंगे। मगर भारतीय पंडित इस अनुमान को नहीं मानते। कृष्ण नाम बहुत प्राचीन है। पाणिनि (चौथी सदी ई. पू.) ने एक जगह कृष्ण और अर्जुन का उल्लेख किया है। मेगास्थनीज (ई. पू. तीसरी सदी) कहता है कि मदुरा और कृष्णपुर में कृष्ण की पूजा होती थी। महानारायण उपनिषद् (ई. पू. 200) का प्रमाण है कि कृष्ण उस समय विष्णु के अवतार माने जाने लगे थे। पतंजलि (ई. पू. 150 के लगभग) के भाष्य में भी वासुदेव का उल्लेख आर्य-जाति के देवता के रूप में मिलता है।

कृष्ण ऐतिहासिक पुरुष हैं, इसमें सन्देह करने की कोई गुंजाइश नहीं दिखती और वे अवतार के रूप में पूजित भी बहुत दिनों से चले आ रहे हैं। उनका सम्बन्ध फसल और गाय से था, यह भी विदित बात है। प्राचीन ग्रंथों में उनके साथ जो प्रेम की कथाएँ नहीं मिलती हैं, उससे भी यही प्रमाणित होता है कि वे प्रेमी और हल्के जीव नहीं, बल्कि देश और धर्म के बहुत बड़े नेता थे। अवश्य ही गोपाल-लीला, रास और चीरहरण की कथाएँ तथा उनका रसिक रूप बाद के बहके हुए कवियों और भक्तों की कल्पनाएँ हैं, जिन्हें इन लोगों ने कृष्ण-चरित में जबर्दस्ती ठूँस दिया।

राधा नाम पर विचार

वैष्णवों के तीन प्रसिद्ध पुराण हरिवंश, विष्णुपुराण और भागवत हैं। लेकिन इनमें से किसी में भी राधा नाम का उल्लेख नहीं है। भागवत में कथा आई है कि कृष्ण ने सभी गोपियों को छोड़कर एक गोपी से अलग मुलाकात की। बस, भक्तगण इसे ले उड़े और उसी गोपी को राधा मानने लगे। पंडितों का यह भी विचार है कि कृष्ण-चरित के साथ बाललीला की कथा पहले शुरू हुई, राधा तथा अन्य गोपियों के साथ उनकी प्रेमलीला की कहानियाँ बहुत बाद को आई हैं।

राधा का नाम कैसे चला, यह गहरे विवाद का विषय है। नारद 'पाँच-रात्र-संहिता' में लिखा है कि एक ही भगवान पुरुष और स्त्री-रूप में प्रकट होते हैं। सम्भव है, इस दार्शनिक कल्पना से ही बाद के कवियों ने, जैसे शिव के साथ पार्वती और विष्णु के साथ लक्ष्मी हैं, वैसे ही कृष्ण के साथ एक जोड़ी मिलाने के लिए राधा की कल्पना कर ली हो! लेकिन यह राधा नाम आया कहाँ से? और फिर यह क्यों हुआ कि बालक कृष्ण के साथ युवती राधा की अनमेल जोड़ी मिला दी गई? भागवत-सम्प्रदाय और माध्व-सम्प्रदाय—ये राधा को नहीं मानते हैं। असम में भी वैष्णवों के बीच राधा की पूजा का चलन नहीं है। दूसरी ओर, जो भी सम्प्रदाय भागवत के बादवाले पुराणों को मानते हैं, वे राधा को भी स्वीकार करते हैं। इसलिए यह बहुत सम्भव दीखता है कि आर्यों के वैष्णव धर्म में कृष्ण की बाललीला और राधा से उनके प्रेम की कल्पना किसी आर्येतर जाति से आई हो! इस सम्बन्ध में एक मत यह है कि बाललीला की कल्पना आभीर-जाति के किसी बाल देवता से मिली है और राधा द्रविड़-समाज में कोई प्रेम की देवी रही होंगी। कालक्रम में, ये दोनों कथाएँ वासुदेव धर्म से आ मिलीं और धीरे-धीरे बदलकर कृष्ण का वह रूप हो गया, जिसे हम आज देखते हैं। इस अनुमान को एक समर्थन तो इस बात से भी मिलना चाहिए कि राधावाद के प्रचारक निम्बार्क महाराज दक्षिण के ही थे और उत्तर भारत में फैलने के पहले कृष्ण-भक्ति के सिलसिले में राधा-भक्ति का भी प्रचार दक्षिण में ही हुआ, जिसके प्रचारक सैकड़ों आलवार भक्त

थे। दक्षिण की भगतिन ओंदाल, जो मीरा से बहुत पहले हुई, अपने-आपको राधा मानती थीं। इसके विपरीत डॉक्टर फरकोहार यह कहते हैं कि 'कोई आधार नहीं मिलने से अनुमान यही होता है कि राधा की कल्पना भागवत की साख गोपी को लेकर वृन्दावन में उठी और वहीं से यह सर्वत्र फैली है।'

भक्ती द्राविड़ ऊपजी

यहीं एक यह बात भी विचार में लाने योग्य है कि वैष्णव मत में भक्ति की जो प्रधानता है, वह मुख्यतः द्रविड़ों की देन है। आर्यों का आरम्भिक धर्म कर्मकांड और यज्ञ तक ही सीमित था। उनके आरम्भिक साहित्य से उनकी भावुकता का तो प्रमाण मिलता है, मगर इसका प्रमाण नहीं मिलता कि वे भक्त भी थे। भक्ति, असल में, आर्यों के पूर्व ही इस देश में थोड़ा-बहुत विकसित हो चुकी थी और आर्यों का ध्यान उसकी ओर तब गया, जब वे कर्मकांड से कुछ थकने-से लगे। आगे चलकर जब देश में भक्ति की बाढ़ उमड़ी, तब उसकी प्रधान धारा भी दक्षिण से ही आई, जिसे आज भी संत-महात्मा बड़ी ही श्रद्धा से याद करते हैं :

भक्ती द्राविड़ ऊपजी, लाये रामानन्द,
परगट कियो कबीर ने सात द्वीप, नौ खंड।

उत्तर भारत में जब वैष्णव भक्तों का जमाना आया, उसके पहले ही दक्षिण के आलवार संतों में भक्ति का बहुत-कुछ विकास हो चुका था और वहीं से भक्ति की लहर उत्तर भारत में पहुँची। यह ध्यान देने की बात है कि आरम्भ में भक्ति को प्रमुखता देनेवाले रामानुज, मध्व, निम्बार्क और वल्लभाचार्य–प्रायः सभी महात्मा दक्षिण में ही जनमे थे। उत्तर में मीरा का जब जन्म हुआ, उसके बहुत पहले दक्षिण में ओंदाल नाम की प्रसिद्ध भगतिन हो चुकी थी, जो कृष्ण को अपना पति मानती थी और जिसके बारे में मीरा की ही तरह यह कथा प्रचलित है कि वह कृष्ण के भीतर विलीन हो गई।

इन सारी बातों का कुछ-न-कुछ ऐतिहासिक महत्त्व है, जिससे यह अनुमान आसानी से लगाया जा सकता है कि विष्णु, नारायण और वासुदेव–वैष्णव धर्म के ये तीन अंग, सम्भवतः, आर्यों की देन हैं। बाकी इस धर्म में जो प्रेम की विह्वलता और भक्ति की प्रधानता है, वह द्रविड़ों से आई है तथा उसके कुछ अंश आभीर एवं दूसरी जातियों की भी देन हैं। कृष्ण का गोपियों के प्रति प्रेम, उनकी चीरहरण लीला, उनका सोलह हजार नारियों का एक पति होना आदि रसीली बातें ऐसी हैं, जो आभीर और दूसरी जातियों में प्रचलित रही होंगी और वहीं से वे वैष्णव धर्म में आ मिली हैं। मुख्य बात यह है कि हिन्दू धर्म में शायद ही कोई चीज हो जो शुरू से आखिर तक केवल आर्य या केवल द्रविड़ की देन समझी जा सकती है।

हिन्दू-संस्कृति का रचयिता

असल में, ईसा ने जैसे ईसाइयत को और मुहम्मद ने जैसे इस्लाम को जन्म दिया, हिन्दू धर्म ठीक उसी प्रकार किसी एक पुरुष की रचना नहीं है। यही कारण है कि अगर आप किसी हिन्दू से यह पूछ लें कि तुम्हारा धर्म-ग्रंथ कौन-सा है, तो वह सहसा कोई एक नाम बता नहीं सकेगा। इसी प्रकार, अगर आप उससे यह प्रश्न करें कि तुम्हारा अवतार, मुख्य धार्मिक नेता, नबी या पैगम्बर कौन है, तब भी किसी एक अवतार या महात्मा का नाम उससे लेते नहीं बनेगा। और यही ठीक भी है। क्योंकि हमारा धर्म न तो एक महात्मा से आया है, न किसी एक सम्प्रदाय से। जब आर्य यहाँ आए, उसके पहले ही सभ्यता का विकास यहाँ हो चुका था और धर्म तथा संस्कृति के अनेक अंग रूप ग्रहण कर चुके थे। आर्यों ने इन सभी को लेकर आर्य-धर्म का संगठन किया। इसके बाद भी जो जातियाँ भारतवर्ष में आईं, वे यद्यपि भारतीय संस्कृति के समुद्र में विलीन हो गईं, फिर भी हमारी संस्कृति को उनकी भी कुछ-न-कुछ देन है। यह देन कभी तो हमारे धर्म में चिपक गई, कभी हमारी पोशाक में और कभी हमारे खान-पान अथवा रहन-सहन के दूसरे ढंगों में। हिन्दुओं ने उनको भी अपना पूज्य अवतार

मान लिया, जो किसी समय हिन्दू धर्म के खिलाफ बगावत करने को उठे थे। हमारे दर्शनों में नास्तिक दर्शनों की भी संख्या काफी है और समाज में उनका आदर भी है। हमारे आदिकवि ने रावण का भी उल्लेख, अक्सर 'महात्मा' विशेषण के साथ आदरपूर्वक किया है। ये सारी बातें बतलाती हैं कि इस देश में, आरम्भ से ही, धर्म के विषय में बड़ी ही सहिष्णुता और उदारता बरती गई है। हिन्दू-संस्कृति ने अपने को कूप-मंडूक नहीं बनाया और इसे जहाँ से भी कोई अच्छी चीज मिलनेवाली थी, उसे इसने आगे बढ़कर स्वीकार कर लिया। यही कारण है कि हिन्दू धर्म में हम विश्व के तमाम धर्मों के असली तत्त्वों का निचोड़ पाते हैं। यही नहीं, बल्कि भारतवर्ष के लम्बे इतिहास में जब भी कोई अद्भुत धार्मिक चिन्तन किया गया, हिन्दुत्व ने उसे प्रसन्नता से स्वीकार कर लिया। इसलिए अब हमारी संस्कृति वही नहीं है जो वेदकालीन आर्यों की थी, और शुद्ध-शुद्ध वह भी नहीं, जिसकी रचना आर्यों और द्रविड़ों ने मिलकर की थी। आर्यों और द्रविड़ों के मिलने के बाद भी अनेक जातियाँ इस देश में आईं और उन सबने हमारी संस्कृति को कुछ-न-कुछ अंशदान दिया है। हमारे अपने देश में बुद्ध और महावीर के नेतृत्व में प्रबल धार्मिक विद्रोह हुए और उन विद्रोहों की भी कुछ-न-कुछ छाप हमारे धर्म और संस्कृति पर मौजूद है।

औष्ट्रिक जाति की देन

जिस हिन्दू अथवा भारतीय संस्कृति के हम सभी लोग भक्त हैं, उसकी नींव पड़े हजारों वर्ष हो गए। अब यह पता लगाना बहुत कठिन है कि इस संस्कृति के उत्थान में किस जाति ने क्या योगदान दिया था। फिर भी अनुमान के बल पर इस योगदान की खास-खास बातों का थोड़ा-बहुत ज्ञान प्राप्त किया जा सकता है। उदाहरण के लिए, चन्द्रमा को देखकर तिथि गिनने का रिवाज औष्ट्रिक सभ्यता की देन है एवं पूर्ण चन्द्र के लिए 'राका' और नये चाँद के लिए 'कुहू'—ये शब्द भी औष्ट्रिक भंडार से आए हैं। कहते हैं, चावल की खेती भी यहाँ औष्ट्रिक जाति के लोगों ने शुरू की थी और पुनर्जन्म की कल्पना भी फसल को देखकर उन्होंने आरम्भ की थी।

पत्थर के खंड को देवता मानने की प्रथा यहाँ औष्ट्रिकों ने ही चलाई थी। और तो और, सुनीति बाबू का अनुमान है कि 'गंगा' शब्द भी औष्ट्रिक शब्द-भंडार से आया है। औष्ट्रिक परिवार की जो अनेक भाषाएँ भारत से लेकर दक्खिन-चीन तक फैली हुई हैं, उनमें से कोई तो नदी को गंगा कहती है, कोई खोंग और दक्खिन-चीन की औष्ट्रिक भाषाओं में नदी के लिए 'कियांग, कंग या घंघ' शब्द चलता है। यहाँ यह स्मरण रखने की बात है कि अनेक ग्रामों की जनता में आज भी 'गंगा' शब्द नदी शब्द का पर्याय माना जाता है। बिहार में ऐसे बहुत-से गाँव हैं, जहाँ के लोग किसी भी नदी में नहाने को गंगा नहाना कहते हैं। असल में, इस अनुमान के लिए बहुत बड़ा आधार है कि हमारी निम्नकोटि की जनता का विशाल समुदाय औष्ट्रिक भंडार से आया है और उसके भीतर जो अन्धविश्वास, रूढ़िप्रियता, भीरुता और अन्य विचित्र-विचित्र आदतें हैं, वे सब-की-सब औष्ट्रिक सभ्यता की यादगार हैं।

कथा-किंवदन्तियों का जो एक विशाल भंडार हिन्दू-पुराणों में जमा हुआ है, उसका भी बहुत बड़ा अंश औष्ट्रिक सभ्यता से आया हुआ है। किसी-किसी पंडित का अब यह भी अनुमान होने लगा है कि स्वयं राम-कथा की रचना करने में औष्ट्रिक जाति के बीच प्रचलित कथाओं से भी सहायता ली गई है तथा पम्पापुर के बानरों और लंका के राक्षसों के सम्बन्ध में जो विचित्र कल्पनाएँ रामायण में मिलती हैं, उनका आधार औष्ट्रिक लोगों की ही लोक-कथाएँ रही होंगी। किंवदन्तियाँ और लोककथाएँ पहले देहाती लोगों के बीच फैलती हैं और बाद को चलकर साहित्य में भी उनका प्रवेश हो जाता है। आर्य, द्रविड़ और आग्नेय वंश के लोग जब आपस में मिले होंगे, तब परस्पर उनकी लोककथाएँ भी एक-दूसरे के घर में प्रवेश पाने लगी होंगी। पंडितों का कहना है कि बौद्ध-जातकों में जो कथाएँ हैं, वे भी लोक-कथा के स्तर से उठकर साहित्य में पहुँची हैं और फिर वहाँ से उन्होंने पुराणों में प्रवेश किया। यही कारण है कि पुराणों और जातकों की कितनी ही कथाएँ एक समान लगती हैं अथवा उनमें थोड़ा ही फेर-फार है। यह भी हुआ कि वीरों और देवी-देवताओं की बहुत-सी ऐसी कथाएँ जो द्रविड़ और औष्ट्रिक समाजों में प्रचलित थीं, आर्यों के आगमन के बाद भी

जीवित रहीं। बाद को चलकर जब समन्वय की प्रक्रिया गहरी हो गई, तब ये कथाएँ आर्यभाषा में पहुँच गईं और उनका उपयोग आर्य वीरों एवं आर्य देवी-देवताओं का गौरव बढ़ाने के लिए किया जाने लगा।

देवर और भैंसुर की प्रथा भी शायद औष्ट्रिक लोगों से आई है। सिन्दूर का प्रयोग और अनुष्ठानों में नारियल और पान रखने के रिवाज भी सम्भवतः औष्ट्रिक रिवाजों के यादगार हैं। औष्ट्रिक जाति के लोग देवता के सामने बलिदान किये गए पशु का रक्त मस्तक में लगाना शुभ मानते थे। वही रिवाज सिन्दूर लगाने में बदल गया।

पूजा और होम

सामान्य नियम यह मालूम होता है कि आर्यों की अपनी देन, अधिकांश में, दर्शन और विचारों तक ही सीमित रह गई। जनता के दैनिक जीवन के कार्य और धार्मिक अनुष्ठान एवं जनता के लिए रचे गए आगमों या पुराणों में अधिकतर वे ही बातें हैं, जो या तो द्रविड़-समाज में प्रचलित थीं अथवा जो औष्ट्रिक समाज से आर्य-संस्कृति में आ मिलीं। इसका एक साधारण उदाहरण पूजा और होम है। यह एक मानी हुई बात है कि हवन का यज्ञों में बहुत बड़ा स्थान था और यह प्रथा अवश्यमेव आर्यों के साथ आई थी। लेकिन पूजा का उल्लेख वेद में नहीं मिलता। पूजा में पुष्प, दीप, अक्षत और चन्दन का महत्त्व होता है। 'पूजा' शब्द को देखकर लोगों ने 'पूज्' धातु का अनुमान कर लिया था, लेकिन पंडितों को यह जानकर विस्मय होता था कि यह 'पूज्' धातु प्राचीन संस्कृत अथवा हिन्द-जर्मन परिवार की अन्य भाषाओं में क्यों नहीं मिलती है। किन्तु अब एक विद्वान ने इस सभ्यता का समाधान यह कहकर कर दिया है कि 'पूजा' शब्द द्राविड़ी 'पू' से निकला है जिसका अर्थ पुष्प होता है। इस 'पू' को अगर दूसरे द्राविड़ी शब्द जै (करना) से मिला दें तो पूजा के स्थान पर 'पूजै' शब्द बनेगा, जिसका अर्थ पुष्पकर्म होगा। पंडितों का अनुमान है कि आर्यों का हवन 'पशुकर्म' था, किन्तु, द्रविड़ों का 'पूजै' पुष्पकर्म। कालक्रम में यह पुष्पकर्म भी आर्यों के यहाँ गृहीत हो गया। कार्पेंटर ने 'पूजा' शब्द की व्युत्पत्ति

द्रविड़ धातु 'पुसु' से बतलाई है, जिसका अर्थ 'लेपन' होता है। लेपन से हम 'चन्दन-लेपन' या 'सिन्दूर-लेपन' का भी अर्थ ले सकते हैं। लेकिन सुनीति बाबू का मत है कि ऐसा अर्थ करने पर इस प्रथा को मूलतः औष्ट्रिक मानना होगा।

बात चाहे जो हो, लेकिन इस अनुमान के लिए बहुत बड़ा आधार मिल जाता है कि पूजा-प्रथा आर्यों की अपनी चीज नहीं है। यह या तो द्रविड़ अथवा औष्ट्रिक जाति की देन है। और यहाँ भी यह देखकर विस्मय होता है कि आर्यों का होम तो सिमटकर पंडितों और पुरोहितों तक ही रह गया, मगर पूजा घर-घर में फैल गई। यह भी स्मरण रखने की बात है कि आर्यों के प्राचीन धर्म में हवन और पशुहिंसा की प्रधानता थी, लेकिन पत्र, पुष्प, फल और तोय से पूजा करने की विधि का महत्त्व पहले-पहल गीता में उद्घोषित हुआ, जबकि दक्षिण का भक्तिवाद भली भाँति उत्तर पहुँच चुका होगा।

बुद्ध से पहले का हिन्दुत्व

पिछले अध्याय में आर्य-आर्येतर संस्कृतियों के समन्वय की जो कहानी कही गई है, वह किसी-किसी को सनसनीखेज भी मालूम हो सकती है, क्योंकि यह दृष्टिकोण हमारे अब तक के लिखे इतिहासों में प्रमुखता प्राप्त नहीं कर सका है। ऐसे शंकालु पाठकों के समाधान के लिए हम सिर्फ यह निवेदन करेंगे कि अत्यन्त प्राचीन भारत के इतिहास की रचना में कल्पना और अनुमान का बहुत बड़ा हाथ रहा है और हमने भी जो कथा गढ़ी है, वह अनुमान के बल पर ही गढ़ी है। लेकिन जिन तथ्यों को जोड़कर यह कथा गढ़ी गई है, वे मनगढ़ंत नहीं हैं; बल्कि वे उन शोधकों की खोज के परिणाम हैं, जिसके परिश्रम से हमारा इतिहास निर्मित हो रहा है। अगर कोई यह पूछे कि यह समन्वय कब हुआ तो इसका भी सही-सही उत्तर देने का हमारे पास कोई आधार नहीं है। हम सिर्फ यही कह सकते हैं कि आर्यों और आर्येतर जातियों की संस्कृतियों के बीच कोई बहुत बड़ा

समन्वय अवश्य हुआ है। अन्यथा हिन्दू-संस्कृति में हम द्रविड़ और औष्ट्रिक संस्कृतियों का इतना गहरा पुट नहीं पाते। एक मत यह भी है कि आर्य-आर्येतर-संस्कृतियों के बीच समन्वय का काम वेदों की रचना के पहले ही समाप्त हो गया था। इस मत के माननेवाले कहते हैं कि वेदों में हम आर्य-आर्येतर-संघर्ष के प्रमाण नहीं पाते। काला रंग द्रविड़ों और औष्ट्रिक लोगों का था और घुँघराले बाल औष्ट्रिक एवं नीग्रो लोगों के रहे होंगे। लेकिन राम और कृष्ण की प्रशंसा में अपने यहाँ जो वर्णन मिलते हैं, उनमें उनका रंग काला और बाल घुँघराले कहे गए हैं। सम्भव है, काले रंग की प्रशंसा द्रविड़ों के यहाँ शुरू हुई हो, लेकिन द्रविड़ और आर्य इतने एकाकार हो गए कि काले रंग की प्रशंसा में भी दोनों को एक समान उत्साह मिलने लगा।

कब आर्य आए, कब उनका द्रविड़ों से संघर्ष हुआ, कितने दिनों के संघर्ष के बाद वे मित्र बन गए और कितने काल तक मित्र रहने पर उनका स्वभाव, उनका दृष्टिकोण, उनका धर्म, उनकी संस्कृति और उनकी सभ्यता एक हो गई–इन सवालों के जवाब नहीं दिये जा सकते। असल में ये बातें बहुत-बहुत पुरानी हैं और इनका काल-निर्णय करने में बड़े-बड़े विद्वानों का दिमाग फटने लगता है। यूरोप वालों ने हमारे इतिहास का एक हद तक उद्धार भी किया, मगर एक दूसरी दृष्टि से उन्होंने हम पर एक बौद्धिक अत्याचार भी किया है। वह बौद्धिक अत्याचार यह है कि उन्होंने हमारे इतिहास को तीन-साढ़े तीन हजार वर्षों के भीतर समेट देने का अन्यायपूर्ण प्रयास किया है। बुद्धदेव को हुए लगभग 2600 वर्ष हुए हैं। उनके पहले उपनिषदों की रचना हुई और उनसे भी पूर्व वेद बने थे। वेद लिखे चाहे जब भी गए हों, मगर उनकी मौखिक रचना लिखे जाने के बहुत पूर्व ही हुई होगी; क्योंकि बाप के मुख से बेटे के कान में और बेटे के मुख से पोते के कान में पड़ते रहने के कारण ही वेदों का परम्परागत नाम 'श्रुति' चला आता है। अब यहाँ यह बात ध्यान देने योग्य है कि मोहनजोदड़ो और हड़प्पा में जिस सभ्यता के निशान मिले हैं, वह सभ्यता वेदों से भी पुरानी थी और उसका काल आज से लगभग पाँच हजार वर्ष पुराना समझा जाता है। मोहनजोदड़ो में शिव की जो मूर्तियाँ मिली हैं और शक्ति-पूजा के जो

प्रमाण मिले हैं, उस पर से विद्वानों ने यह अनुमान लगाया है कि ये द्रविड़-सभ्यता के निशान हैं, और इनका प्रभाव आर्यों पर बाद को पड़ा। लेकिन यह क्यों नहीं कहा जा सकता है कि मोहनजोदड़ो की सभ्यता पर भी आर्य-आर्येतर-संस्कृतियों के समन्वय का प्रभाव है? और अगर हम यह बात मानें तो आर्यों और आर्येतर के मिलन का इतिहास कितना पुराना हो जा सकता है?

इतिहास के साथ अन्याय

असल में, यूरोप के लोग यह मानना नहीं चाहते थे कि संसार की कोई भी सभ्यता चार हजार वर्ष से अधिक पुरानी हो सकती है। यूरोप के सभी विद्वान ईसाई थे और बाइबल (Old testament) ने इस बात का समर्थन किया है कि यह दुनिया ही अधिक-से-अधिक चार हजार साल की है। इसलिए भारत और चीन जैसे देशों का इतिहास ईसाई पंडितों के धार्मिक विश्वास में बाधक होता था, क्योंकि इन देशों की सभ्यता चार हजार साल की सीमा के बहुत बाहर पहुँचती थी। कुछ यह बात भी थी कि वे हमारे इतिहास को छोटा बताकर हमारे मन पर यूरोप की गरिमा को लादना चाहते थे।

यूरोप का दोष यह रहा है कि वह भारत की बातों को भारत की भाषा में और भारतीय दृष्टिकोण से नहीं समझ सकता। भारत के लोगों का विश्वास है कि उपनिषद् मनुष्य की सबसे बड़ी आध्यात्मिक उड़ान थे और किसी भी देश का मनुष्य उससे आगे बढ़कर आज तक नहीं सोच सका है। किन्तु यूरोपवाले औपनिषदिक चिन्तन की प्रशंसा तो करते हैं, मगर फिर भी उनमें से अनेक का यह भाव है कि उपनिषदों में महज प्राथमिक चिन्तन (Primitive thoughts) ही हैं, क्योंकि यूरोपवाले विकास के सिद्धान्त में विश्वास करते हैं और मानते हैं कि पहले का मनुष्य अनगढ़ और अन्धविश्वासी था तथा वह आरम्भ से ही थोड़ा-थोड़ा विकास करके अब उन्नत अवस्था में पहुँचा है। पश्चिमी जगत् के लिए यह सिद्धान्त ठीक है, क्योंकि वहाँ के लोगों का विकास बहुत-कुछ विकासवादी सिद्धान्तों के ही

अनुसार हुआ है। मगर भारत में तो बहुत अधिक अच्छी बातें वेदों के युग में अथवा ठीक उसके बाद ही सम्पन्न हो गई थीं, बल्कि उसके बाद हम एक प्रकार के पतन में ही रहते आए हैं तथा हमारी नये ढंग की उन्नति उन्नीसवीं सदी में आकर यूरोपीय लोगों से मिलने के बाद ही शुरू हुई। यही कारण है कि वेदों और उपनिषदों के जमाने को यहाँ की जनता एक खास तरह की ममता से देखती रही है और बार-बार उसका यह भाव होता रहा है कि किसी प्रकार फिर उसी स्वर्णयुग की ओर लौट चलें। इसे भी हम प्रत्यावर्तन (Revivalism) की प्रवृत्ति कहके टाल दे सकते हैं, मगर तब भी यह बात अपनी जगह पर अटल रह जाती है कि प्राचीन आर्य-काल को यह देश उन्नति का आदर्श मानता रहा है।

यूरोपवालों की आदत है कि वे हमारे प्राचीनतम साहित्य को अनगढ़ और प्राथमिक कहते हैं तथा उसके बाद वाले साहित्य को कृत्रिम एवं पतनशील। उनके मत के एक ओर वेद जहाँ कोरी भावुकता का भंडार और उपनिषद् प्राथमिक अध्यात्म के अनुमान तथा पुराण गप्पों के ग्रंथ हैं, वहाँ वे भारवि, माघ और श्रीहर्ष को भी पतनशील युग का कवि कहते हैं, जिनमें जीवन की उद्दामता नहीं, बल्कि केवल कलाबाजी का चमत्कार है। यह बात अगर मैक्डोनेल और कीथ (दोनों ने संस्कृत-साहित्य का इतिहास लिखा है) तक ही सीमित रहती, तो भी उतना दुःख नहीं होता, जितना यह देखकर होता है कि भारतीय विद्वान भी (दे. सुशील कुमार दे विरचित 'History of Sanskrit Literature') मौलिक प्रकाश के अभाव में इन्हीं पश्चिमी विद्वानों की बातों को दुहराते हैं और इस बात को एकदम भूल जाते हैं कि भारतवर्ष में माघ, भारवि और श्रीहर्ष का कितना ऊँचा स्थान है और जनता उन्हें कितने आदर से देखती है।

लेकिन गुलाम देश का आदमी केवल शरीर ही नहीं, बुद्धि से भी गुलाम हो जाता है। यूरोपवाले परिश्रमी थे, ज्ञान के प्रेमी थे, उन्होंने इस देश के साहित्य का अनुवाद करके उसे नये संसार के सामने उपस्थित किया और उनसे हमारे इतिहास की भी सेवा हुई। लेकिन इन बातों के साथ हमें यह बात भी नहीं भूलनी चाहिए कि उनका एक उद्देश्य इस देश के लोगों पर अपनी ज्ञान-गरिमा का रौब जमाना था। इस देश के

हृदय में यह भाव भर देना था कि तुम यूरोप के सामने हीन हो। तुम स्वयं जंगली और असभ्य थे तथा यूरोप ने ही तुम्हें पहले भी प्रकाश दिया था, जिसकी तुम्हें याद नहीं है। कालिदास ने इतने अच्छे नाटक कैसे लिखे, यह बात उनकी समझ में तब तक नहीं आई, जब तक उन्होंने यह कहना शुरू नहीं किया कि कालिदास के नाटकों पर यूनानी नाटकों का प्रभाव है। इसी प्रकार, कृष्ण नाम का मेल उन्होंने क्राइस्ट के नाम से बिठाया (क्योंकि दोनों नामों के पहले ककार विद्यमान था) और कहने लगे कि यह नाम भारत में ईसा मसीह के जन्म के बाद चला है। और गुलाम देश के पंडित का यह हाल देखिए कि डॉक्टर भंडारकर ने इस शंका को सही मान लिया। पता नहीं, हमारे इस परम पूजित विद्वान का ध्यान इस बात की ओर क्यों नहीं गया कि कृष्ण नाम दो हजार वर्ष से कहीं अधिक प्राचीन है।

और ये बातें क्यों हुईं, इसका भी कारण है। अंग्रेजी राज्य के आरम्भ के साथ-साथ इस देश में ईसाइयत का प्रचार भी आरम्भ हो गया था तथा ईसाई धर्म-प्रचारकों का काम भारत की जनता के आत्मविश्वास को हिलाये बिना नहीं चल सकता था। इसलिए वे लोग हमारे पुराणों और तंत्र-ग्रंथों को गालियाँ देने लगे। भला यह कैसे हो सकता था कि ईसाई विद्वान और इतिहासकार अपने धर्म-प्रचारकों की सहायता नहीं करते और भारतीय साहित्य तथा सभ्यता को वही सम्मान देते, जिसका वह अधिकारी था? अकबर ने अपने 'दीने-इलाही' के प्रचार के लिए संस्कृत में 'अल्लोपनिषद्' लिखवाया था; पादरियों ने अपनी बाइबल के तीन-तीन संस्कृत अनुवाद प्रकाशित करवाए और इन्हीं अनुवादों के काम के लिए पाश्चात्य विद्वानों ने संस्कृत-अंग्रेजी कोश भी तैयार किये। इस संस्कृत-भक्ति का प्रेरक कारण क्या था, इसका रहस्य खोलते हुए मोनियर विलियम ने (जिसने संस्कृत नाटकों का अंग्रेजी में अनुवाद किया तथा संस्कृत-अंग्रेजी कोश की रचना की) अपने ग्रंथ 'संस्कृत-इंग्लिश डिक्शनरी' के सन् 1899 वाले संस्करण की भूमिका में लिखा है कि इस अत्यन्त श्रमसाध्य कार्य में वह इसलिए लगा कि इससे भारत में ईसाइयत के प्रचार में सहायता मिले।

भगवान बुद्ध का समय फिर भी इतिहास की सीमा के पास पड़ता है। किन्तु प्रागैतिहासिक काल के भारतीय इतिहास के बारे में पश्चिम के इतिहासकारों ने जो मतवाद चलाए, उनमें से अनेक ऐसे हैं, जो परस्पर एक दूसरे का खंडन करते हैं और उनका मेल इस देश की जनता की भावना और विश्वास से नहीं बैठता। ऊपर जो यूरोपीय विद्वानों की कुछ भ्रान्तियों का उल्लेख किया गया है, वह इसलिए कि हम अपने प्राचीन साहित्य, इतिहास और परम्परा को समझने में जरा सावधानी से काम लें और आँख मूँदकर उन बातों को स्वीकार नहीं कर लें, जो बातें इतने दिनों के शोध के फलस्वरूप हमारे सामने रखी गई हैं।

वैदिक साहित्य

वेदों की रचना मौखिक रूप से की गई थी। पीछे जब लिखने की कला का आविष्कार हुआ, तब वेदों की ऋचाएँ लिपिबद्ध कर दी गईं। इसलिए वेद अब हमें संहिताओं के ही रूप में मिलते हैं। संहिताएँ वेदों के लिखित रूप हैं, वे वेदों के संकलन या संग्रह हैं।

चारों वेदों की गिनती में ऋक् का नाम सदैव पहले आता है और प्रायः सभी विद्वान इस बात पर एकमत हैं कि एक ऋग्वेद ही सबसे पुराना वेद है। यही नहीं, बल्कि यजुर्वेद और सामवेद में भी ऋग्वेद के बहुत-से अंश सम्मिलित मिलते हैं। अथर्ववेद बाद की रचना है। पंडितों का कहना है कि आरम्भ में वेद तीन ही थे। अथर्ववेद की वेदों में गिनती बाद को हुई है। पाणिनि ने वेदों की तीन ही संख्या मानी है और वेदत्रयी से भी केवल ऋक्, यजुष् और साम का ही बोध होता है, अथर्व का नहीं।

प्रत्येक वेद के कुछ ब्राह्मण भी मिलते हैं। ब्राह्मण-ग्रंथ, यह नाम ही यह निर्देश करता है कि इन ग्रंथों की रचना ब्राह्मण, पुरोहित, यज्ञ आदि के कारण हुई होगी। आर्यों का प्रधान धार्मिक कृत्य यज्ञ था और यज्ञों की विधियाँ समझाने तथा यज्ञों में किये जानेवाले अनुष्ठानों का निर्धारण करने के लिए ही ब्राह्मण-ग्रंथों की आवश्यकता हुई। यज्ञ में प्रत्येक वेद के मंत्र पढ़े जाते थे; इसलिए वेदी के पास प्रत्येक वेद के विशेषज्ञ बैठा करते थे।

अतएव यज्ञ के सम्बन्ध में प्रत्येक वेद की कहाँ क्या उपयोगिता है, इसे समझाने के लिए प्रत्येक वेद के अलग-अलग ब्राह्मण बने। ब्राह्मण, मुख्यतः कर्मकांड के ग्रंथ हैं और स्मरण रखना चाहिए कि वैदिक काल में कर्म का अर्थ केवल यज्ञ समझा जाता था।

कहते हैं, सामवेद भी स्वतंत्र वेद नहीं है। उसमें अन्य वेदों (प्रधानतः ऋग्वेद) के मंत्र भरे हुए हैं। विशेषता यह है कि सामवेद में ये मंत्र गेय बनाकर रखे गए हैं। साम का अर्थ ही 'गायी हुई ऋचा' माना जाता है। शब्द ऋग्वेद का और स्वर सामवेद का, यही परिपाटी सामवेद की विशेषता है।

प्रत्येक वेद के साथ एक और साहित्य मिलता है, जिसे कल्पसूत्र या कल्प साहित्य कह सकते हैं। इसके तीन भेद हैं–(1) श्रौत-सूत्र, जिसमें यज्ञ की विधियों का वर्णन है; (2) गृह्य-सूत्र, जिसमें परिवार के भीतर होनेवाले अनुष्ठानों की विधियाँ हैं और (3) धर्म-सूत्र, जिसमें सामाजिक और नागरिक कानून हैं।

वैदिक साहित्य में, इनके बाद उपनिषदों का स्थान आता है। मुक्तिक उपनिषद् के अनुसार सभी उपनिषदों की संख्या 108 है, किन्तु पंडित इनमें से सबको समान महत्त्व नहीं देते। ऐतिहासिक दृष्टि से वे ही उपनिषद् महत्त्वपूर्ण समझे जाते हैं, जिनकी रचना बुद्धदेव के आविर्भाव के पहले हो चुकी थी। उपनिषदों की रचना बहुत बाद तक होती रही है–यह असंदिग्ध बात है और इसका सबसे बड़ा प्रमाण यह है कि 'अल्लोपनिषद्' (अल्ला का उपनिषद्) की रचना अकबर के समय में हुई थी। इन 108 उपनिषदों में प्रमुख कौन-कौन माने जाएँ–इस विषय में लोग यह कहते हैं कि शंकराचार्य ने जिन उपनिषदों की टीका लिखी है, वे सबसे प्रमुख हैं। शंकराचार्य ने जिन उपनिषदों की टीका लिखी है, उनके नाम हैं–(1) ईश, (2) केन, (3) कठ, (4) प्रश्न, (5) मुंडक, (6) मांडूक्य, (7) तैत्तिरीय, (8) ऐतरेय, (9) छांदोग्य, (10) बृहदारण्यक और (11) नृसिंहपूर्वतापनी। इनके सिवा, शंकराचार्य ने पाँच-छह अन्य उपनिषदों से भी उद्धरण दिये हैं। श्री रामानुजाचार्य ने उपनिषदों की टीका तो नहीं लिखी, किन्तु उन्होंने भी प्रायः इन्हीं उपनिषदों का हवाला दिया है।

उपनिषद वेदों के बाद बने या उनके साथ ही—इस बात पर भी विवाद है। अनुमान यह है कि उपनिषदों की भी रचना पहले मौखिक ही की गई थी और लिखे भी वे पीछे को गए हैं। इसलिए कभी-कभी वे वैदिक संहिताओं में भी सम्मिलित मिलते हैं। 'ईशोपनिषद्' यजुर्वेद का अन्तिम अध्याय है; 'छांदोग्य' सामवेद के एक ब्राह्मण के अन्तर्गत मिलता है और 'बृहदारण्यक' शतपथ ब्राह्मण का एक भाग है। उपनिषद् शब्द का अर्थ कोई-कोई पंडित 'पास बैठना' लगाते हैं (उप=निकट; निषद्=बैठना)। इस पर से यह अनुमान लगाया गया है कि शिष्य गुरु के पास बैठकर वेद का तत्त्व समझा करते थे। इस शिक्षण के सिलसिले में जो ज्ञान निकला, वही उपनिषद् में संचित है।

वेदों और उपनिषदों की विचारधारा

अपने देश में एक परम्परा है कि जब भी हम किसी वस्तु के इतिहास की खोज करते हैं, तब उसके मूल, उत्स, जड़ या बीज की खोज वेदों में जरूर करते हैं। भारत में नाटक का विकास कैसे हुआ, इसकी खोज करते-करते हम वेदों के संवाद-सूक्तों में नाटकों का बीज पाते हैं। वैष्णव धर्म का उत्स हम वेद में प्रयुक्त विष्णु (यद्यपि वह सूर्य के अर्थ में प्रयुक्त हुआ है) शब्द में देखते हैं तथा शैव धर्म की जड़ हमें वेदों की रुद्र-भावना में मिलती है। और यह ठीक भी है, क्योंकि वेदों में आरम्भिक चिन्तन हैं, जिनका सम्यक् विकास आगे के साहित्य में मिलता है।

इस प्रकार से देखने पर हम उपनिषदों को वेदों के विकास की कड़ी पाएँगे। यूरोपीय विद्वानों ने वेदों पर तो थोड़ी भी श्रद्धा नहीं दिखलाई, किन्तु उपनिषदों पर वे एक समय टूट पड़े थे। किन्तु उपनिषद् कोई आकस्मिक वस्तु नहीं थे। असल में वेदों में जो बातें थीं, उन्हीं पर विचार करते-करते ऋषियों ने उपनिषदों की रचना की।

वेदों में हम जिस धर्म का बखान पाते हैं, वह प्रकृति के तत्त्वों को सजीव माननेवाले भावुक मनुष्य का धर्म है। इन्द्र, वरुण, अग्नि और सविता—ये सभी वैदिक देवता ऐसे हैं, जिनका रूप और चमत्कार हम

थोड़ा-बहुत चर्मचक्षु से भी देख सकते हैं। वेदकालीन मनुष्य का विश्वास था कि प्रकृति की प्रत्येक शक्ति एक देवता के अधीन काम करती है और उस देवता की पूजा करने से मनुष्य का कल्याण होता है। अतएव अधिकांश वैदिक आर्य देवताओं की स्तुति इसलिए करते हैं कि उनके (आर्यों के) बैल मोटे हों, घोड़े बलवान हों, फसल की उन्नति हो और शत्रुओं पर उन्हें विजय मिले। यही नहीं, बल्कि स्वर्ग की कामना भी वे इसी भाव से करते हैं कि स्वर्ग में भी उन्हें उसी प्रकार का उत्तम सुख मिले, जिस प्रकार के सुखों का भोग वे इस पृथ्वी पर करते हैं।

ऋग्वेद में जिस समाज का चित्र है, वह समाज अत्यन्त सुखी और सम्पन्न था तथा कहीं भी यह संकेत नहीं मिलता कि उस समाज से लोग तनिक भी असन्तुष्ट थे। यह संसार दुःख का आगार है अथवा जीवन नश्वर और क्लेशपूर्ण है, इस भावना पर ऋग्वेद ने कहीं भी जोर नहीं दिया है। यह सच है कि मृत्यु के बाद प्राप्त होनेवाले जीवन की बड़ाई वैदिक ऋषि भी उत्साह से करते हैं, किन्तु उनका यह भाव नहीं है कि मनुष्य का वर्तमान जीवन दुखी है, इसलिए भागकर उसे स्वर्ग में समा जाना चाहिए। उलटे वे इस जीवन को सुन्दर तथा सुखपूर्ण मानते थे और विश्वास करते थे कि देवता अगर अनुकूल रहें तो मनुष्य पुण्य के रास्ते पर चलकर अपनी जिन्दगी बहुत ही आनन्द के साथ बिता सकता है। मनुष्य में जो पाप हैं और जिनके कारण वह दुःख में पड़ता है, उनका वर्णन भी ऋग्वेद में नहीं मिलता। असल में, हमारा वैदिक साहित्य (संहिता और ब्राह्मण) उद्दाम आशावाद से ओत-प्रोत है और निराशा की उसमें कहीं गंध भी नहीं मिलती। उसका सबसे प्रधान स्वर यह है कि यह जिन्दगी आनन्द से जीने योग्य है और देवताओं को प्रसन्न रखकर हम मरकर भी एक ऐसा लोक प्राप्त कर सकते हैं, जहाँ आनन्द-ही-आनन्द होगा। वेद में इस लोक का वर्णन है, इस जीवन के बाद मिलने वाले स्वर्ग का वर्णन है, किन्तु वैदिक ऋषि नरक के बारे में मौन हैं। वे कोई ऐसी बात नहीं करते जिससे मनुष्य को भय हो, उसका उत्साह दबे अथवा जीवन में उसका आनन्द कम हो जाए। वेदों में मनुष्य के भविष्य और वर्तमान में कोई संघर्ष नहीं है; अर्थ, धर्म और काम में घटी-बढ़ी का झगड़ा नहीं है। वेद ऐसे जीवन

का चित्र खींचते हैं, जिसमें सुख, शान्ति और आनन्द–तीनों आपस में मिले हुए हैं।

लेकिन यह नहीं समझ लेना चाहिए कि वैदिक भारतीय भोगवाद में बिलकुल अन्धे हो रहे थे और इन्द्र, वरुण तथा अग्नि के जो दृश्य रूप हैं, उनसे ऊपर उठकर सूक्ष्म परम सत्ता को वे नहीं देख पाए थे। वे जानते थे कि सृष्टि का अध्यक्ष कोई एक ही शक्ति है और उसी का प्रकाश सूर्य, अग्नि, वरुण और इन्द्र में झलकता है। किन्तु वे जब जिस देवता की स्तुति करते थे, तब उसी को सृष्टि का अध्यक्ष मान लेते थे और उसकी प्रशंसा इस प्रकार करने लगते थे, मानो वही देवता सर्वशक्तिमान हो और यह भी नहीं कहा जा सकता कि मरने के बाद वे केवल उसी लोक की कामना करते थे, जिस लोक में उन्हें सांसारिक सुखों के समान सुख और दैहिक भोगों के समान भोग मिल सके। शतपथ ब्राह्मण में यजुर्वेद का एक मंत्र आता है, जिसमें ऋषि प्रार्थना करते हैं कि 'हे अग्नि! तुम व्रतपति हो; मैं व्रत करूँगा; ऐसी शक्ति दो कि यह व्रत सिद्ध हो; क्योंकि मैं अनृत (असत्य) को छोड़कर सत्य को प्राप्त करना चाहता हूँ।' स्पष्ट ही, यह इशारा स्वर्ग नहीं, स्वर्ग से किसी ऊँची स्थिति की ओर है।

ऐसा लगता है कि ऐसी ही सूक्ष्म स्थिति की कल्पना से मोक्ष की कल्पना निकली होगी और जब मोक्ष की धुँधली कल्पना ऋषियों के सामने आई, तभी उन्होंने ज्ञान-मार्ग पर सोचना आरम्भ किया। ज्ञान और कर्म, वेदों में ये दोनों ही मार्ग हैं। कर्मकांड की प्रधानता संहिता और ब्राह्मण में है, जो यज्ञ को मनुष्य का प्रधान कर्म मानते थे और जिनका विश्वास था कि यज्ञ करने से ही देवता प्रसन्न होते हैं, जिनकी कृपा से मनुष्य को इस जीवन में विजय और मरने के बाद स्वर्ग मिलता है। किन्तु वेदों में जो ज्ञान-मार्ग की स्फुट बातें जहाँ-तहाँ विकीर्ण थीं, उन्हीं को लेकर उपनिषदों का विकास हुआ। फिर भी वेदों के प्रभुत्व के समय ज्ञान और कर्म के बीच झगड़ा नहीं बढ़ा, क्योंकि उपनिषद् भी वेद के प्रमाण पर चलते हैं और यह कहते हैं कि यज्ञ से सुख और स्वर्ग जरूर मिलते हैं, किन्तु दोनों नाशवान् हैं। अतएव मनुष्य को सच्चे सुख के लिए कुछ और करना चाहिए। उपनिषदों ने सच्चे सुख की जो कल्पना की, वह मोक्ष का सुख था। वह

जीवन और मृत्यु से छुटकारा पाने का सुख था। इस सुख के सामने स्वर्ग-सुख को उपनिषदों ने हीन बताया और इसी प्रकार लोग स्वर्ग के सामने लौकिक जीवन को भी हीन मानने लगे। अतएव भारतीय दर्शन में निराशावाद की एक हलकी परम्परा का आरम्भ उपनिषदों में ही होता है और यही परम्परा उपनिषदों के पूर्ण विकास के युग में आकर पुष्ट एवं जैन तथा बौद्ध दर्शनों में जाकर प्रचंड हो उठी। संहिताओं और ब्राह्मणों में हम वैराग्य और संन्यास की बात नहीं पाते। लेकिन उपनिषदों में वैराग्य और संन्यास–दोनों हमारे सामने बार-बार आते हैं।

वैदिक भारतीय यज्ञों के बड़े प्रेमी थे। उनका सारा जीवन ही यज्ञमय था। वे वर्षा के लिए यज्ञ करते थे, महामारी से बचने के लिए यज्ञ करते थे, शत्रुओं पर विजय पाने के लिए यज्ञ करते थे, पशुओं की तन्दुरुस्ती के लिए यज्ञ करते थे और परलोक में सुख पाने के लिए यज्ञ करते थे। जीवन में यज्ञ की इसी व्यापकता के कारण उस समय के भारतीय समाज में पुरोहितों और ब्राह्मणों का महत्त्व अत्यधिक बढ़ गया और यज्ञों की विधियों को निर्धारित करने के लिए जो ग्रंथ बने, उनका नाम ही ब्राह्मण पड़ गया। जैसाकि इस वर्णन से समझा जा सकता है, वैदिक भारतीयों के यज्ञ का उद्देश्य सांसारिक सुखों की वृद्धि था और ऐसे ही सुख वे स्वर्ग में भी पाना चाहते थे। इसके साथ ही, यज्ञों में पशु-हिंसा भी बहुत होती थी। इन सारी बातों के कारण यज्ञ बहुत ही स्थूल समझे जाने लगे। कर्मकांड ऋषियों को काफी नहीं जँचने लगा और वे सोचने लगे कि धर्म का यह स्थूल रूप घटना चाहिए और मनुष्य को इससे ऊपर उठकर किसी सूक्ष्म धर्म की खोज करनी चाहिए।

समाज में जो बातें व्यापक रूप से प्रचलित रहती हैं, उनमें अगर दोष हों तो वे दोष पहले दो-चार या दस-बीस आदमियों को ही दिखाई देते हैं और पहले ये ही लोग उनके खिलाफ सोचने और बोलने भी लगते हैं। यह आलोचना धीरे-धीरे बढ़ती है और जब वह खूब बढ़ जाती है, तब सारा समाज उसे मानने लगता है। यही धर्म या समाज में क्रान्ति है। मगर स्मरण रहे कि इस आलोचना के बीज समाज के हृदय में पहले से ही वर्तमान रहते हैं।

वेदों ने यज्ञ का प्रतिपादन किया था और लोगों को यह शिक्षा दी थी कि अगर हर तरह से सुखी, सम्पन्न और विजयी रहना चाहते हो तो देवताओं की प्रसन्नता के लिए यज्ञ करो। यही नहीं, बल्कि अगर मरने के बाद भी सुख भोगने की इच्छा हो, तो स्वर्ग प्राप्त करने के लिए यज्ञ करो। यह एक प्रकार का भोगवादी उपदेश था, जिसे समाज ने बड़े ही उत्साह से ग्रहण किया था। लेकिन वेदों के ऋषि यहीं तक नहीं रुके थे; ऊँची-ऊँची बातें सोचते हुए उन्होंने जब-तब यह भी संकेत दिया था कि स्वर्ग से ऊपर भी कोई अवस्था हो सकती है। इसके सिवा, निरी सांसारिकता से ऊपर उठकर उन्होंने यह भी विचार किया था कि यह सृष्टि कहाँ से निकली है तथा इसका मालिक कौन है। जब ऋषियों में से कुछ लोगों को यज्ञ अयथेष्ट मालूम होने लगे, तब उनका ध्यान वेद के उन अंशों पर गया, जिनमें स्वर्ग से ऊपर की स्थिति की ओर इशारा किया गया था, जिनमें यह प्रश्न उठाया गया था कि सृष्टि की रचना कैसे हुई और इसका अध्यक्ष कौन है। इसी चिन्ता से उपनिषदों का जन्म हुआ। असल में, उपनिषद् वेद के उन स्थलों की व्याख्या हैं, जिनमें यज्ञों से अलग हटकर ऋषियों ने जीवन के ऊँचे तत्त्वों पर विचार किया है।

उपनिषदों की विशेषताएँ

उपनिषद् वेद का अनादर नहीं करते, मगर वे मानते हैं कि वेदों ने यज्ञ के जो रास्ते बताए, उनसे मनुष्यों को केवल नश्वर सुख ही प्राप्त हो सकते हैं। स्वर्ग के विषय में भी उपनिषद् यह मानते हैं कि स्वर्ग-सुख का भोग जीव तभी तक कर सकता है, जब तक उसका पुण्य शेष हो। पुण्य के समाप्त होते ही उसे फिर से जन्म लेना पड़ता है और फिर उसकी मृत्यु होती है, जो दुःख है।

उपनिषदों के अनुसार मनुष्य का सच्चा ध्येय मोक्ष या मुक्ति प्राप्त करना है। और मुक्ति है जन्म और मृत्यु के बन्धनों से छुटकारा। मनुष्य को ऐसा प्रयत्न करना चाहिए कि उसे फिर से जन्म लेना नहीं पड़े, क्योंकि जन्म लेने से ही जीव को अनेक क्लेश भोगने पड़ते हैं।

सृष्टि के विषय में उपनिषदों का यह मत है कि वह क्षिति, जल, पावक, गगन और वायु–इन पाँच तत्त्वों से बनी हुई है। इन पाँच तत्त्वों का स्वामी महत्तत्त्व है, जिसमें ये पाँचों तत्त्व विद्यमान रहते हैं। काल पाकर यह महत्तत्त्व (जिसे हम प्रकृति का मूलतत्त्व भी कह सकते हैं) फैलने लगता है। महत्तत्त्व के इसी फैलाव को हम सृष्टि का जन्म, रचना और विकास कहते हैं। फिर एक समय आता है जब यह फैलाव सिमटने लगता है और सिमटकर वह मह तत्त्व में केन्द्रित हो जाता है। सिमटने की इसी प्रक्रिया को सृष्टि का विनष्ट होना या प्रलय कहते हैं। इस बात को समझाने के लिए उपनिषदों में मकड़े की जाली की उपमा दी गई है। मकड़े के भीतर से जाली निकलकर चारों ओर छा जाती है। यही सृष्टि का बनना है। फिर वह जाली सिमटकर मकड़े के भीतर चली जाती है, यही सृष्टि का विनष्ट होना है। अब प्रश्न यह उठता है कि यह मकड़ा प्रकृति है या ब्रह्म, यानी सृष्टि की रचना ब्रह्म करता है या वह आप-से-आप होती है? इस प्रश्न का उत्तर उपनिषदों ने दो प्रकार से दिया है : एक तो यह कि यह मकड़ा ब्रह्म ही है और उसी के भीतर से सृष्टि प्रकट होती है। दूसरा यह कि मकड़ा, असल में, प्रकृति के मूलतत्त्व अथवा महत्तत्त्व की उपमा है। ब्रह्म सृष्टि की रचना नहीं करता। सृष्टि इस महत्तत्त्व से निकलती है और उसी में वापस भी चली जाती है।

इन्हीं दो प्रकार के उत्तरों से आगे चलकर अपने यहाँ द्वैतवाद और अद्वैतवाद के सिद्धान्त निकले। जिन्होंने यह माना कि महत्तत्त्व तो जड़ है, उससे चेतन सृष्टि कैसे निकल सकती है, इसलिए सृष्टि की रचना ब्रह्म ने की है, वे द्वैतवादी हुए। इसके विपरीत, जिनके सामने यह प्रश्न आया कि सृष्टि में अच्छे लोग भी हैं और बुरे लोग भी, पाप भी है और पुण्य भी, सुख भी है और दुःख भी, फिर यह कैसे माना जाए कि पाप, दुःख और दुराचारी लोग भी ब्रह्म से ही निकले हैं और ब्रह्म में भी दुःख और पाप का निवास है? उन्होंने अद्वैतवादी मार्ग पकड़ा और यह कहा कि ब्रह्म निराकार, निर्विकार और चेतन है। उसमें किसी प्रकार की भी इच्छा नहीं होती (क्योंकि इच्छा का होना भी विकार है), इसलिए न तो सृष्टि रचने की उसे इच्छा हुई, न उसने सृष्टि की रचना की। सृष्टि प्रकृति के

मूलतत्त्वों से (महत्तत्त्व से) निकली है और वह उसी में समा भी जाती है। जब यह प्रश्न अद्वैतवादियों के सामने आया कि तब सृष्टि में हम चेतना क्यों देखते हैं, तब उन्होंने यह कहा कि चैतन्य-स्वरूप केवल ब्रह्म है, किन्तु उस चेतना से व्याप्त रहने के कारण हमें जड़ प्रकृति भी चेतन दिखाई देती है।

यह ध्यान देने की बात है कि प्राचीन भारत में इसी अद्वैतवाद का जोर था। द्वैतवाद का उत्थान तब हुआ, जब भक्ति की लहर उठी और लोग यह मानने लगे कि भगवान हमारी प्रार्थना सुनकर हमारे पापों को क्षमा कर देते हैं तथा हमें मुक्ति भी देते हैं।

उपनिषद् या वेदान्त, यद्यपि द्वैतवाद के पक्ष की भी दलीलें उपस्थित करते हैं, लेकिन परम्परा से हम उन्हें अद्वैतवादी मानते आए हैं क्योंकि इन्द्र, वरुण, सूर्य, अग्नि आदि दृश्य देवताओं से हटाकर मनुष्यों का ध्यान निराकार ब्रह्म की ओर उपनिषद् ही ले गए और उपनिषदों ने ही इस बात को जोर से घोषित किया कि मनुष्य का सर्वोच्च लक्ष्य स्वर्ग पाना नहीं (क्योंकि पुण्य के क्षीण होने पर जीव को स्वर्ग से भी लौटना पड़ता है); बल्कि जीवन और मृत्यु के बन्धन से छूटकर मोक्ष पाना अथवा ब्रह्म में लीन हो जाना है। वेदों में प्रतिपादित मुख्य धर्म यज्ञ था; उपनिषदों में आकर वह गौण हो गया और मुख्यता आत्मविद्या तथा तप को दी जाने लगी।

उपनिषदों का विचार है कि जैसे आकाश सर्वत्र फैला हुआ है; आदमी, जानवर, पर्वत, नदी, वृक्ष, पत्थर, यहाँ तक कि एक-एक अणु के बाहर ही नहीं, बल्कि उसके भीतर भी आकाश है, उसी प्रकार ब्रह्म भी सृष्टि के कण-कण में व्याप्त है। आत्मा और परमात्मा को उपनिषद् एक मानते हैं। जब कुम्हार एक घड़ा बनाता है, तब आकाश का एक खंड उस घड़े में भी व्याप्त हो जाता है। घड़ा शरीर है, और घड़े के भीतर व्याप्त आकाश ही आत्मा है। जब घड़ा फूट जाता है (यानी जब आदमी का शरीर छूट जाता है) तब उसमें बँधा हुआ आकाश फिर बड़े आकाश में मिल जाता है। जिस घड़े का आकाश कर्म की गंध से दूषित है, उस आकाश-खंड (आत्मा) को फिर किसी दूसरे घड़े में समाना पड़ेगा (यानी

पुनर्जन्म लेना पड़ेगा)। मगर जिस घड़े का आकाश निर्मल है (अर्थात् जिस मनुष्य की आत्मा निर्मल है) उस घड़े के फूट जाने पर उसका आकाश फिर घड़े में वापस नहीं आता (अर्थात् निर्मल मनुष्य की आत्मा पुनर्जन्म के बन्धन में नहीं पड़ती)।

उपनिषद् कहते हैं कि कर्मफलवाद सिद्धान्त सही है। मनुष्य जैसा कर्म करता है, उसे वैसा फल अवश्य भोगना पड़ता है। इसलिए मनुष्य को चाहिए कि वह अपने कर्म को सुधारे। कर्म के सुधरने से मनुष्य का अगला जन्म अच्छा होगा और उस जन्म में भी जब वह अच्छे कर्म करेगा, तब उसका फिर अगला जन्म और भी अच्छा होगा। इस प्रकार जन्म-जन्मान्तर तक साधना करते-करते उसकी मुक्ति हो जाएगी अर्थात् वह जन्म-मरण के बन्धन से छूट जाएगा।

ये सारी बातें उपनिषदों के निचोड़ के रूप में उपस्थित की जा रही हैं। असल में, उपनिषदों में बातें इतनी सुलझाकर रखी नहीं गई हैं। उपनिषदों की बहुत-सी बातें परस्पर-विरोधी हैं। उपनिषद् कभी तो ब्रह्म को निर्विकार कहते हैं और कभी यह कहते हैं कि उसी ने सृष्टि की रचना की; वे कभी तो आत्मा और परमात्मा में अभेद मानते हैं और कभी यह कहते हैं कि परमात्मा सर्वशक्तिमान और आत्मा सीमित है। परमात्मा आनन्दस्वरूप और आत्मा दुःख से जर्जर है। आत्मा और परमात्मा एक हैं, आत्मा और परमात्मा अलग-अलग हैं तथा आत्मा और परमात्मा अलग भी हैं और एकाकार भी–ये तीन तरह के मत हैं और तीनों का समर्थन उपनिषदों में खोजा जा सकता है। आगे चलकर इन्हीं तीन प्रकार की बातों से तीन मतवाद चले, जिनमें से अद्वैतवाद के प्रबल समर्थक शंकराचार्य, द्वैतवाद के मध्वाचार्य और विशिष्टाद्वैतवाद के रामानुजाचार्य हुए।

मगर यह ध्यान रखना चाहिए कि दर्शन के इन विभिन्न वादों में से कोई भी ऐसा नहीं है, जो किसी एक ऋषि या दार्शनिक का आविष्कार हो। उपनिषदों में ऋषियों ने अपनी जो अनेक अनुभूतियाँ लिखी थीं, उन्हीं अनुभूतियों का विकास हिन्दू-दर्शन के अनेक वादों में हुआ है। हिन्दुओं के यहाँ फिलॉसफी का नाम और कुछ न होकर 'दर्शन' है, वह स्वयं एक अर्थपूर्ण बात है। हम दर्शन उस विद्या को कहते हैं जो सोचकर

नहीं, देखकर लिखी गई थी। और हमारे सभी दर्शनों का मूल, सारा उपनिषद-साहित्य ही ऋषियों के देखकर ही लिखने का परिणाम है। ज्ञान के अनेक साधनों में से एक जबर्दस्त साधन 'सहज ज्ञान' (Intuition) भी है। सहज ज्ञान में प्रमाणों की जरूरत नहीं होती, तर्क और दलील देने की आवश्यकता नहीं होती। सहज ज्ञान से प्राप्त होनेवाला ज्ञान मनुष्य के मन की आँखों के आगे बिजली-सा कौंध उठता है। सहज ज्ञान से हम जो भी अनुभूति प्राप्त करते हैं, उसकी सच्चाई को हमारी सभी इन्द्रियाँ ग्रहण कर लेती हैं, मानो वह सचमुच ही आँखों-देखी हुई बात हो! ऊँची कविता सहज ज्ञान से लिखी जाती है, ऊँची कला का निर्माण सहज ज्ञान से किया जाता है और दर्शनों में भी उच्चतम सत्य बराबर सहज ज्ञान से ही उपलब्ध होते हैं। बुद्धि और प्रयोगों से जो सत्य बहुत दिनों के बाद प्राप्त होता है, सहज ज्ञान से वही सत्य तुरन्त पकड़ में आ जाता है। भारत और यूरोप में यह भेद है कि जब यूरोप की पद्धति वैज्ञानिक थी और उसने प्रयोग तथा बौद्धिक छान-बीन के बिना किसी भी बात को स्वीकार नहीं किया, तब भारत के मनीषियों का मार्ग प्रधानतः सहज ज्ञान का मार्ग रहा। इसीलिए सभ्यता के बाहरी उपकरण बढ़ाने के बदले भारत में बराबर इस बात पर जोर दिया जाता रहा है कि अपनी आत्मा को शुद्ध करो, अपनी दृष्टि को बाहर से फेरकर अन्तर्मुखी बनाओ तथा एकान्त और समाधि का सेवन अधिक करो, क्योंकि सहज ज्ञान के ये ही मार्ग हैं।

उपनिषदों में जो विरोधी बातें मिलती हैं, उनका भी कारण यही है कि ऋषि सहज ज्ञान के बल पर जब जो कुछ देखते, तब उसी को लिख देते थे। उपनिषदों को हम हिन्दू धर्म का पद्धतिबद्ध दर्शन नहीं मान सकते। वे हिन्दू धर्म की अनुभूतियों के कोश हैं, जिनमें ऋषियों की अनुभूतियाँ ठीक उसी रूप में दर्ज मिलती हैं, जिस रूप में वे उन्हें प्राप्त हुई थीं।

एक दूसरी दृष्टि से देखने पर हम यह भी कह सकते हैं कि उपनिषदकारों का उद्देश्य दर्शन की रचना करना नहीं, बल्कि अनेक उपायों से उस समाज का ध्यान धर्म के सूक्ष्म तत्त्वों की ओर ले जाना था, जिस समाज के लोग धर्म के बाहरी आचारों में उलझे हुए थे, पशुहिंसा और

यज्ञवाद को अपना परम धर्म मान रहे थे और पृथ्वी से लेकर स्वर्ग तक जो केवल भोगों के लिए ही बेचैन थे। इस समाज के सामने उपनिषदों के द्वारा जो आदर्श उपस्थित किया जा रहा था, वह यह था कि जीवन का सच्चा सुख भोग में नहीं, त्याग में है कि सारी सृष्टि के ब्रह्ममय होने से किसी भी मनुष्य को यह अधिकार नहीं है कि वह किसी अन्य मनुष्य को दुःख दे या किसी भी जीव की हिंसा करे, कि मनुष्य की असली समस्या जन्म-मरण की समस्या है और इस समस्या का समाधान मोक्ष है।

उपनिषदों का प्रभाव

आत्मा-परमात्मा, पुनर्जन्म और कर्मफलवाद के विषय में वेद में जो हल्की-महीन कल्पनाएँ थीं, उपनिषदों में आकर उनका विपुल विकास हो गया और भारतवासी यह मानने लगे कि धर्म का जो असली सूक्ष्म तत्त्व है, वह यज्ञवाद और पशुहिंसा से उपलब्ध नहीं हो सकता। सारी सृष्टि ब्रह्म से व्याप्त है और जड़-चेतन सबके भीतर एक ही सत्ता निवास करती है। इस मत के प्रचार से हिंसा की भावना ढीली होने लगी और लोग यह मानने की ओर चलने लगे कि मनुष्य के समान ही पशु-पक्षी और पेड़-पौधे भी हिंसा नहीं, प्रेम और आदर के अधिकारी हैं। चूँकि मोक्ष का सिद्धान्त निरूपित करने में बार-बार जीवन की दुःखपूर्णता की चर्चा की गई, इसलिए समाज में एक प्रकार का निराशावाद फैलने लगा और लोग जीवन में उस उत्साह को खोने लगे जो उत्साह वेदकालीन भारतवासियों की विशेषता थी। उपनिषदों ने संन्यास और वैराग्य की भावना को भी प्रेरित किया। अतएव पहले जहाँ लोग सांसारिक सुखों के भोग के लिए डटकर परिश्रम करने में आनन्द मानते थे, वहाँ अब वे गृहस्थाश्रम को छोड़कर असमय ही वैराग्य और संन्यास लेने लगे। वैदिक सभ्यता कर्मठ मनुष्य की सभ्यता थी, जो सोचता कम, काम अधिक करता था; जिसे नरक की चिन्ता नहीं, हमेशा स्वर्ग का ही लोभ था; जो जीवन को दुखों का आगार नहीं, सुख और आनन्द का साधन मानता था। मगर उपनिषदों ने दिमाग के अनेक दरवाजे खोल दिये और आदमी अनेक सवालों के चक्कर में पड़ गया–यह सृष्टि

क्या है? जीव सान्त है या अनन्त? जन्म के पहले क्या था? मरने के बाद क्या होगा? क्या जिन्दगी मरने के साथ ही खत्म हो जाएगी? या मरने के बाद भी हमें स्वर्ग मिलेगा? अगर हाँ, तो इसका प्रमाण क्या है? इन सवालों की हल्की-पतली झाँकी वेदों में भी प्रच्छन्न थी, लेकिन वेदकालीन मनुष्य इन प्रश्नों के चंगुल में नहीं पड़ा था। उपनिषदों ने आदमी को कुरेद-कुरेदकर उसे ऐसे सवालों के हवाले कर दिया, जिनका आखिरी जवाब उसे आज तक नहीं मिला है।

हिन्दुत्व से विद्रोह

1. जैन धर्म

विद्रोह, बगावत या क्रान्ति कोई ऐसी चीज नहीं होती, जिसका विस्फोट अचानक होता हो। घाव फूटने के पहले बहुत काल तक पकता रहता है। विचार भी, चुनौती लेकर खड़े होने के पहले वर्षों तक अर्द्धजाग्रत अवस्था में फैलते रहते हैं। वैदिक धर्म पूर्ण नहीं है, इसका प्रमाण उपनिषदों में ही मिलने लगा था और यद्यपि वेदों की प्रामाणिकता में उपनिषदों ने सन्देह नहीं किया, किन्तु वैदिक धर्म के काम्य स्वर्ग को त्याज्य बताकर वेदों की एक प्रकार की आलोचना उपनिषदों ने ही शुरू कर दी थी। वेद सबसे अधिक महत्त्व यज्ञ को देते थे। और यज्ञों की प्रधानता के कारण समाज में ब्राह्मणों का स्थान बहुत प्रमुख हो गया था। इन सारी बातों की समाज में आलोचना चलने लगी थी और लोगों को यह सन्देह होने लगा था कि

मनुष्य और उसकी मुक्ति के बीच में ब्राह्मण का आना सचमुच ही ठीक नहीं है। आलोचना की इसी प्रवृत्ति ने बढ़ते-बढ़ते आखिर को ईसा से छह सौ वर्ष पूर्व तक आकर हिन्दुत्व के खिलाफ खुले विद्रोहों को जन्म दिया जिनके सुसंगठित रूप जैन और बौद्ध धर्म थे।

विद्रोह के कारण

जैन और बौद्ध धर्मों के रूप में हिन्दुत्व के खिलाफ विद्रोह क्यों उठा–इसका थोड़ा-बहुत आभास पिछले अध्याय में मिलेगा जहाँ यह बतलाया गया है कि वैदिक धर्म के स्थूल रूप की आलोचना क्यों शुरू हुई और क्यों उपनिषदों ने यज्ञ और स्वर्ग को गौण ठहराया। ऐसा लगता है कि जिन दिनों उपनिषदों की रचना हो रही थी, उन दिनों भारत के चिन्तकों का दिमाग बहुत जोर से खौल रहा था। सृष्टि का अन्तिम सत्य क्या है, इस बात का पता लगाने में वे बहुत ही मशगूल थे। और केवल भारतवासी ही नहीं, संसार के कुछ अन्य देशों में भी कई बड़े-बड़े चिन्तक इसी काल में पैदा हुए। उदाहरण के लिए, यही वह समय था जब चीन में लाव-जे और कन्फ्यूसियस का जन्म हुआ तथा यूनान में पिथेगोरस और ईरान में पारसी धर्म के पैगम्बर जरथुस्त्र भी इसी काल में जनमे। फिलस्तीन के भी दो पैगम्बरों–जिरेमिया और इजकिल–का यही समय माना जाता है।

उपनिषदों एवं बौद्ध तथा जैन ग्रंथों के अध्ययन से यह अनुमान आसानी से होने लगता है कि ई. पू. छठी शताब्दी के आसपास का काल भारत में बौद्धिक बेचैनी, शंका और मानसिक कोलाहल का काल था। जीवन यहीं तक है या इससे आगे भी? मरने के बाद क्या होता है? सृष्टि कैसे बनी? यह आप-से-आप चलती है अथवा इसका कोई नियामक भी है? –ये और ऐसे सैकड़ों अन्य प्रश्न भारतवर्ष के मनीषियों के मस्तिष्क को मथ रहे थे और अपनी-अपनी पसन्द के अनुसार लोग इन प्रश्नों के समाधान भी उपस्थित कर रहे थे। इनमें से कोई तो वेदों को प्रमाण मानकर चलता था और कोई उन्हें छोड़कर। किसी को ईश्वर की जरूरत

महसूस होती थी और कोई उसे अनावश्यक समझता था। हमारे यहाँ आगे चलकर दर्शन की जो छह शाखाएँ निकलीं, उनकी भी जड़ें इसी काल के बौद्धिक आन्दोलनों में थीं।

उपनिषदों ने समाज में आत्मविद्या और तपश्चर्या की जो परिपाटी चला दी थी, उससे प्रेरित होकर लोग पढ़-लिखकर वैरागी होने लगे। इसका कारण यह था कि जो लोग यह समझते थे कि उन्हें आत्मज्ञान प्राप्त हो गया है तथा वे जीवन-मुक्त हो गए हैं या जीवन-मुक्ति की राह पर हैं, वे संसार को छोड़कर इसलिए संन्यासी या वैरागी हो जाते थे कि कहीं गृहस्थाश्रम में रहने से वे इस अवस्था से पतित न हो जाएँ। उनकी देखादेखी और लोगों ने भी कपड़े रँगवा लिये अथवा वैरागी होकर वे निर्द्वन्द्व विचरने लगे। ये संन्यासी और परिव्राजक सर्वत्र घूमते रहते थे। पेड़ों के नीचे अथवा कुटियों में उनका सोना होता था और वनों में तपश्चर्या। ये दरबारों, यज्ञों तथा अन्य स्थानों पर जाकर जनता को उपदेश भी देते थे। इन ऋषियों की विशेषता यह थी कि यज्ञों में उनका विश्वास नहीं था, कर्मकांड को वे नहीं मानते थे और ऐहिक सुखों को वे मनुष्य का हीन उद्देश्य मानते थे। उनका लक्ष्य मनुष्य के भीतर वैराग्य जगाकर उसे ईश्वर की ओर ले जाना था। यूनान में जैसे दार्शनिकों की पहचान उनकी पोशाक (philosopher's robe) थी, वैसे ही इस काल के भारतीय धर्म-प्रचारकों और विचारकों का एक लक्षण वैराग्य था। यह परम्परा हमारे समय के बहुत समीप तक आई है, क्योंकि हाल तक गाँवों में यह धारणा प्रचलित थी कि जो भी गीता और उपनिषद् पढ़ेगा, वह वैरागी हो जाएगा। जैन और बौद्ध धर्मों के अन्दर जो लाखों लोग श्रमण या भिक्षु बनकर मठों में जीवन बिताने लगे, वह उपनिषदों की इसी वैराग्य-परम्परा का विकास था।

उन दिनों मत-मतान्तर और सम्प्रदाय कितने थे, इसकी भी गिनती नहीं की जा सकती; सौ-दो सौ भी रहे हों तो कोई आश्चर्य नहीं। और इन सम्प्रदायों के विचार भी भाँति-भाँति के थे। कोई वेद को प्रमाण मानता था, कोई नहीं मानता था। कोई ईश्वर में विश्वास करता था, कोई नहीं करता था। कुछ सम्प्रदाय यह बतलाते थे कि मृत्यु जीवन का अन्त नहीं है,

ज़िन्दगी उसके बाद भी चलती रहती है, इसलिए हमें अगले जीवन की भी फिक्र करनी चाहिए। इसके विपरीत, लोकायतों की परम्परा में कुछ ऐसे भी व्यक्ति और सम्प्रदाय थे, जो कहते थे कि सब कुछ मृत्यु के साथ ही समाप्त हो जाता है, आगे कोई स्वर्ग या नरक नहीं है, जिसकी मनुष्य को चिन्ता होनी चाहिए।

नास्तिकता की परम्परा

भारतीय परम्परा के अनुसार नास्तिक वह मनुष्य है, जो वेद को प्रमाण नहीं मानता है, वह नहीं जो ईश्वर की सत्ता में अविश्वास करता है। जैन और बौद्ध धर्मों को हम जो नास्तिक धर्म कहते हैं, उसका कारण यह नहीं है कि उन धर्मों में ईश्वर की कल्पना के लिए कोई स्थान नहीं है, बल्कि इसलिए कि इन धर्मों ने खुलकर वेद में अविश्वार। प्रकट किया। बुद्धदेव तो ईश्वर के अस्तित्व के विषय में मौन थे, इसलिए यह नहीं कहा जा सकता कि वे ईश्वर में विश्वास करते थे या नहीं। किन्तु जैन धर्म में ईश्वर के लिए स्थान है, यद्यपि जैन ईश्वर को सृष्टिकर्ता नहीं मानते हैं। अगर सृष्टिकर्ता की बात को लें तो हमारा सांख्य और पूर्वमीमांसा दर्शन भी सृष्टि की रचना के लिए ईश्वर की आवश्यकता नहीं समझता। अद्वैतवाद के अन्दर जिस ब्रह्म की कल्पना की गई है, वह एक तटस्थ शक्ति है। ब्रह्म न तो जन्म लेता है, न मरता है। वह न तो किसी को जन्म देता है, न किसी को मारता है। यह सृष्टि प्रकृति के मूल तत्त्वों से विकसित होती है और काल पाकर स्वयं उसमें वापस हो समा जाती है। असल में इस्लाम और ईसाइयत तथा यहूदी धर्म ने ईश्वर की कल्पना जिस रूप में की थी, उससे भारतीय कल्पना भिन्न है। भारतीय कल्पना का ईश्वर ब्रह्म है, जो निर्विकार है, जिसमें इच्छाएँ नहीं होतीं, जो सृष्टि नहीं बनाता, जो संसार के सभी कामों से तटस्थ रहता है। किन्तु इस्लाम और ईसायत की कल्पना का ईश्वर इच्छावान और कर्मठ है। वह सृष्टि की रचना करता है तथा मनुष्यों को उनके पाप और पुण्य के लिए दंड भी देता है। असल में इस्लाम और ईसाइयत ने ईश्वर के साथ जिन प्रबल गुणों का सम्बन्ध

जोड़ा, वे गुण हमारे यहाँ के उस ईश्वर में हैं, जो द्वैतवादियों का ईश्वर है। अतएव द्वैतवादी दृष्टिकोण से विचार करने पर बुद्ध और महावीर के धर्म वैदिक मत से भले ही कुछ दूर पड़ें, किन्तु अद्वैतवादी हिन्दुत्व से उनका पूरा मेल है, बल्कि वे उसी की दो शाखाएँ हैं। केवल ईश्वर को नहीं मानने से हम किसी व्यक्ति या धर्म को दूषित नहीं कहते। हम बार-बार यह देखते आए हैं कि आदमी में धर्म के आचरण हैं या नहीं। यही कारण है कि जहाँ एक ओर हिन्दुओं ने गौतम बुद्ध को विष्णु का अवतार मान लिया, वहाँ दूसरी ओर उन्होंने जैन धर्म के मूल प्रवर्तक श्री ऋषभदेव की भी गिनती दशावतार से पहले होनेवाले अवतारों में की है।

अगर वेद की निन्दा की बात को लें तो वह भी महावीर और बुद्ध के आविर्भाव के पहले ही शुरू हो गई थी। जो ऋषि कर्मकांड को नाकाफी या गलत मानकर उपनिषदों में एक नये धर्म की खोज कर रहे थे, वेद की निन्दा असल में उन्हीं के उद्‌गारों में आरम्भ हुई। वेदों का कर्मकांड धीरे-धीरे भोगवादी सभ्यता का दर्शन हो गया था और उपनिषदों के ऋषि जब समाज को भोगवाद से ऊपर उठाने की कोशिश करने लगे, तब वेदों की थोड़ी-बहुत अवहेलना करना उनके लिए अनिवार्य हो गया। मुंडकोपनिषद् के आरम्भ में ही परा और अपरा विद्याओं के बीच विभाजन किया गया है और साफ-साफ यह घोषणा की गई है कि अपरा विद्या वह है, जिससे मनुष्य लोक और परलोक में भोग प्राप्त करने की योग्यता प्राप्त करता है; जैसे– ऋक्, यजुष, साम और अथर्ववेद। इसके विपरीत, परा विद्या उस आत्मविद्या को कहते हैं, जिससे मनुष्य जन्म और मरण के बन्धन से छूटकर मोक्ष-लाभ करता है। यही पराविद्या, ब्रह्मविद्या या आत्मविद्या उपनिषदों का प्रतिपाद्य है, जिसे उपनिषदों ने वेद से श्रेष्ठ बताया है। कठोपनिषद् में भी विद्या और अविद्या के बीच विभाजन करते हुए ऋषि ने वेद की गिनती अविद्याओं में की है; क्योंकि वेद जो यज्ञ सिखाते हैं, उससे आत्मविद्या के प्राप्त करने में सहायता नहीं मिलती। स्वयं गीता में भगवान ने अर्जुन से कहा है कि 'वेद तो तीनों गुणों में रत हैं, हे अर्जुन! तू तीनों गुणों से ऊपर उठ।'

बृहस्पति और चार्वाक, वेद के भयंकर निन्दकों में इन दो पंडितों के नाम आते हैं जो शायद लोकायत-सम्प्रदाय के नेता थे। इन लोगों ने वेदों

की भयानक निन्दा की है और कहा है कि 'वेद तो ठगों, प्रपंचियों और मांस-भक्षियों की रचना है। वेदों के रचयिता ऐसे लोग थे, जो यज्ञों में मारकर घोड़ों का मांस (पक्वं वाजिनम्) खा जाते थे।' मगर इन उच्छृंखलों का कोई प्रभाव नहीं हुआ; क्योंकि समाज इनका आदर नहीं करता था। अज्ञात रूप से वेदों के खिलाफ सोचना उपनिषदकारों ने आरम्भ किया था और जनता के मन पर से इस प्रभुत्व को उखाड़ फेंकने की सच्ची कोशिश महावीर और बुद्ध ने की। इसलिए वेदों के असली द्रोही भी ये ही दो महात्मा समझे जाते हैं।

महावीर और बुद्ध में दो विशेषताएँ भी थीं : एक तो यह कि वे ब्राह्मणों को जन्मना ऊँचा पद देने को तैयार नहीं थे। दूसरे यह कि वे मनुष्य मात्र को समान समझते थे। जहाँ तक पिछली बात का सम्बन्ध है, वह ब्रह्मवाद के ही सिद्धान्त का नतीजा है, क्योंकि जब एक ही आत्मा सर्वत्र व्याप्त है, तब फिर मनुष्य-मनुष्य में भेद करने की बात नहीं चल सकती। जहाँ तब ब्राह्मणों के उन्नत पद पर शंका करने का सवाल है, वह बात भी उपनिषदों में शुरू हो गई थी। छांदोग्य उपनिषद् में एक स्थल पर कहा गया है कि पुरोहितों की पंक्ति को श्वानों की पंक्ति समझो जिसमें हर एक पीछेवाला श्वान आगेवाले श्वान की दुम को अपने मुँह में दबाये चलता है और सब इस मंत्र का पाठ करते हैं कि 'ओम्, खाने दो; ओम्, पीने दो।' धर्म को साधन बनाकर पुरोहितों का वर्ग अपने सुखों की वृद्धि कर रहा था और जनता पर उलटे रौब भी जमाता था। इस कुरीति पर भी उपनिषदकारों की दृष्टि पड़ी थी।

पूर्वी भारत में क्रान्ति के बीज

महावीर और बुद्ध, और कहीं उत्पन्न न होकर, पूर्वी भारत में (महावीर वैशाली, बिहार के पास और गौतम कपिलवस्तु में) जनमे, यह भी कोई आकस्मिक बात नहीं थी। कहते हैं, आर्यों का जो सर्वप्रथम दल भारत में आया था, वह बढ़ते-बढ़ते बिहार की ओर चला गया और उसके रीति-रिवाज बाद को आनेवाले आर्यों से भिन्न हो गए। आर्यों की पिछली

शाखाओं के लोग अपने इन पहले आए हुए बन्धुओं को अच्छी आँखों नहीं देख सके और बराबर व्रात्य कहकर उनकी निन्दा करते रहे। मगध देश की निन्दा भी आर्य-साहित्य के लिए साधारण बात है और इसमें भी यही कारण था कि मगध में व्रात्यों का प्रभुत्व था, जो आर्यों के यज्ञवाद एवं उनके पुरोहितवाद के विषय में अधिक उत्साह नहीं रखते थे। कुरु-पंचाल के आर्य काशी, कोशल, मगध और विदेह के आर्यों से घृणा करते थे, यह बात ब्राह्मण-ग्रंथों से स्पष्ट हो जाती है। शतपथ ब्राह्मण में कहा गया है कि कुरु-पंचाल के ब्राह्मणों को काशी, कोशल, विदेह और मगध नहीं जाना चाहिए, क्योंकि वहाँ के ब्राह्मणों ने वैदिक धर्म (यज्ञ) को छोड़ दिया है तथा वे एक नये धर्म का प्रचार कर रहे हैं, जिसमें यज्ञ और पशुहिंसा, दोनों की मनाही है। यह भी कि पूर्वी देशों में समाज पतित हो गया है, क्योंकि उसमें ब्राह्मणों का स्थान क्षत्रियों ने ले लिया है और तीनों वर्ण के लोग वहाँ क्षत्रियों की ही अधीनता में रहते हैं। शतपथ ब्राह्मण में इस बात की भी शिकायत की गई है कि पूर्वी देश के लोग संस्कृत शब्दों का सही-सही उच्चारण नहीं कर सकते और 'र' को 'ल' कहते हैं।

यह भी ध्यान देने की बात है कि उपनिषदों के परम उत्कर्ष के समय विचारों का नेतृत्व पश्चिमी नहीं, पूर्वी भारत के हाथ था और उपनिषदों के एक महान ऋषि याज्ञवल्क्य कहीं बिहार में ही रहते थे, जिनके पास शंका-समाधान के लिए कुरु- पंचाल देश के भी विद्वान आने लगे थे, जो पहले पूर्वी लोगों की निन्दा करते थे। याज्ञवल्क्य के संरक्षक विदेहराज जनक थे। हिंसापूर्ण यज्ञ और वैराग्य-युक्त आत्मविद्या के बीच जो संघर्ष पश्चिमी भारत में शुरू हुआ था, उसका फैसला जनक और याज्ञवल्क्य ने पूर्वी भारत में कर दिया और ये लोग आत्मविद्या में इतने दक्ष समझे जाने लगे कि सारे भारत में इनका नाम हो गया।

अहिंसा और क्षत्रिय जाति

अवतारों में वामन और परशुराम, ये ही दो हैं जिनका जन्म ब्राह्मण-कुल में हुआ था, बाकी सभी अवतार क्षत्रियों के वंश में हुए हैं। यह आकस्मिक

घटना हो सकती है, किन्तु इससे यह अनुमान आसानी से निकल आता है कि यज्ञों पर पलने के कारण ब्राह्मण इतने हिंसाप्रिय हो गए कि समाज उनसे घृणा करने लगा और ब्राह्मणों का पद उसने क्षत्रियों को दे दिया। प्रतिक्रिया केवल वैदिक धर्म (यज्ञ) ही नहीं, ब्राह्मणों के गढ़ कुरु-पंचाल के खिलाफ भी जगी और वैदिक सभ्यता के बाद वह समय आ गया जब इज्जत कुरु-पंचाल की नहीं, बल्कि मगध और विदेह की होने लगी। कपिलवस्तु में जन्म लेने के ठीक पूर्व जब तथागत स्वर्ग में देवयोनि में विराज रहे थे, तब की कथा है कि देवताओं ने उनसे कहा कि अब आपका अवतार होना चाहिए, अतएव आप सोच लीजिए कि किस देश और किस कुल में जन्म ग्रहण कीजिएगा। तथागत ने सोच-समझकर बताया कि महाबुद्ध के अवतार के योग्य तो मगध देश और क्षत्रिय वंश ही हो सकता है। इसी प्रकार, महावीर वर्द्धमान भी पहले एक ब्राह्मणी के गर्भ में आए थे। लेकिन इन्द्र ने सोचा कि इतने बड़े महापुरुष का जन्म ब्राह्मण-वंश में कैसे हो सकता है! अतएव उसने ब्राह्मणी का गर्भ चुराकर उसे एक क्षत्राणी के पेट में डाल दिया। इन कहानियों से एक निष्कर्ष निकलता है कि उन दिनों यह अनुभव किया जाने लगा था कि अहिंसा धर्म का महाप्रचारक ब्राह्मण नहीं हो सकता, इसीलिए बुद्ध और महावीर के क्षत्रिय-वंश से उत्पन्न होने की कल्पना लोगों को बहुत अच्छी लगने लगी।

अहिंसा भी हिन्दू धर्म के लिए कोई नई बात नहीं थी। वेद और ब्राह्मण-ग्रंथों में हिंसावादी यज्ञ के साथ-साथ अहिंसा का भी उल्लेख मिलता है। फर्क यह है कि अहिंसा की बातें आरम्भ में दबी रह गईं और यज्ञ जोरों से चल पड़ा। 'मा हिंस्यात् सर्वभूतानि' (किसी भी जीव को मत मारो) तथा 'सर्वमेधे सर्व हन्यात्' (सर्वमेध यज्ञ में सब कुछ मारा जा सकता है)—ये दोनों उद्‌गार वैदिक ग्रंथों में ही मिलते हैं। और भी कितनी ही बातें हैं जिनसे यह पता चलता है कि वैदिककाल में भी हिंसा और अहिंसा का संघर्ष चल रहा था। ब्राह्मणों ने हिंसा का पक्ष लिया; क्योंकि यज्ञ से उनकी रोजी चलती थी और हिंसा के बिना यज्ञ सम्पन्न नहीं किया जा सकता था। किन्तु निरीह पशुओं की प्राणरक्षा का भार क्षत्रियों पर आन पड़ा और हिंसा-अहिंसा के संघर्ष में अहिंसावाद के नेता भी वे ही हुए।

जैन धर्म

बौद्ध धर्म की अपेक्षा जैन धर्म अधिक, बहुत अधिक प्राचीन है, बल्कि यह उतना ही पुराना है जितना वैदिक धर्म। जैन धर्म की दो बड़ी विशेषताएँ अहिंसा और तप हैं; इसलिए यह अनुमान तर्कसम्मत लगता है कि वेदों में जो अहिंसा और तप के बारीक बीज थे, उन्हीं का विकास जैन धर्म में हुआ है। यह बात जैन धर्म के इतिहास से भी प्रमाणित होती है। महावीर वर्द्धमान ई. पू. छठी शताब्दी में हुए हैं और उन्होंने जैन-मार्ग का जो जोरदार संगठन किया, इससे उस मार्ग के प्रधान नेता वे ही समझे जाने लगे। किन्तु जैन धर्म में चौबीस तीर्थंकर (धार्मिक नेता, पैगम्बर) हुए हैं और महावीर वर्द्धमान महज चौबीसवें तीर्थंकर थे। उनसे पूर्व तेईस तीर्थंकर और हुए थे। तेईसवें तीर्थंकर पार्श्वनाथ थे, जो ऐतिहासिक पुरुष हैं और जिनका समय महावीर और बुद्ध, दोनों से कोई 250 वर्ष पहले आता है। वैराग्य और तपश्चर्या के जिस मार्ग पर उपनिषद् जोर देते थे, वह जैनों का भी मार्ग था (यद्यपि जैन नाम उन दिनों नहीं निकला था) और इस पंथ के श्रमण उपनिषदों के युग में भी बहुत अधिक संख्या में फैल रहे थे। बुद्ध ने घर छोड़ने के बाद जो कठिन तपस्याएँ की थीं और शरीर को सुखाने के लिए उन्होंने जिस कृच्छ्र मार्ग का अवलम्ब लिया था, अजब नहीं कि वह जैन-मार्ग रहा हो!

जैन धर्म का अहिंसावाद वेदों से निकला है, ऐसा सोचने का कारण यह है कि ऋषभदेव और अरिष्टनेमि, जैन-मार्ग के इन दो प्रवर्त्तकों का उल्लेख ऋग्वेद में मिलता है। जैन धर्म के पहले तीर्थंकर श्री ऋषभदेव हैं और उनकी कथा विष्णुपुराण एवं भागवतपुराण में भी आती है, जहाँ उन्होंने महायोगी, योगेश्वर और योग तथा तप-मार्ग का प्रवर्तक कहा गया है। इन दोनों पुराणों का यह भी कहना है कि दशावतार के पूर्व होनेवाले अवतारों में से एक अवतार ऋषभदेव भी हैं। इससे पता चलता है कि वेदों के भोगवादी युग में वैराग्य, तपस्या और अहिंसा के द्वारा धर्म-पालन करनेवाले जो अनेक ऋषि थे, उनमें श्री ऋषभदेव का अन्यतम स्थान था और उनकी परम्परा में जो लोग अहिंसा तथा तपश्चर्या के मार्ग पर बढ़ते रहे, उन्होंने जैन धर्म का पथ प्रशस्त किया।

जिस प्रकार, जैन और बौद्ध धर्मों के प्रवर्तकों को भी हिन्दू विष्णु का ही अवतार मानते हैं, उसी प्रकार, इनके दर्शनों को भी वे अपना ही दर्शन मानते हैं। फर्क यह है कि हिन्दुओं के यहाँ दर्शन आस्तिक और नास्तिक विभागों में बँटे हुए हैं। सांख्य और योग, न्याय और वैशेषिक तथा मीमांसा (पूर्व और उत्तर), ये छह दर्शन आस्तिक हैं, क्योंकि वेदों का वे विरोध नहीं करते। इसके विपरीत, जैन, बौद्ध और चार्वाक—ये तीन दर्शन नास्तिक हैं, क्योंकि वे वेदों का विरोध करते हैं। यहाँ यह स्मरण रखना चाहिए कि जड़ता और भोगवाद का प्रचारक यहाँ केवल चार्वाक दर्शन ही हुआ जिसके विचार इस देश में कभी भी ऊपर नहीं आ सके, क्योंकि यह देश जीवन में त्याग को प्रतिष्ठा देने वाला रहा है और शुद्ध भोगवाद की प्रवृत्ति को इसने कभी भी प्रोत्साहित नहीं किया। ऋषभदेव, अरिष्टनेमि और पार्श्वनाथ तथा महावीर वर्द्धमान—इन सबके प्रति हिन्दुओं का आदरमय भाव रहा है, क्योंकि इन ऋषियों ने वेद और वैदिक धर्म की चाहे जो भी निन्दा की हो, लेकिन स्वयं इन्होंने जिस धर्म का प्रवर्तन किया, वह भोग नहीं, त्याग का धर्म था और भारत की त्यागमयी आध्यात्मिक परम्परा को उससे शक्ति प्राप्त होती थी।

महावीर ने वेदों की अवहेलना क्यों की, यह ऊपर के सन्दर्भों से स्पष्ट हो जाता है। सच्ची बात यह थी कि अहिंसा-धर्म और ब्राह्मणों के यज्ञवाद में एक तात्त्विक विरोध था और ब्राह्मण-सत्ता तथा यज्ञवाद की प्रभुता के मुकाबले अहिंसा का खुलकर प्रचार करने के लिए यह जरूरी था कि वेदों का विरोध किया जाए। बाकी बातों में भी जैन धर्म और हिन्दू धर्म में कोई बहुत बड़ा भेद नहीं है। जैन सृष्टि को अनादि मानते हैं। उनका विश्वास है कि सृष्टि की रचना किसी परमात्मा ने नहीं की; वह स्वयं प्रकृति के नियमों से संचालित होकर चल रही है। मगर यही सिद्धान्त सांख्य-दर्शन का भी है, क्योंकि सृष्टि की रचना किसी ईश्वर ने की है, इस सिद्धान्त की हँसी सांख्य भी उड़ाता है। योग-दर्शन (जिसका दूसरा नाम सेश्वर-सांख्य भी है यानी वह सांख्य जो कपिल मुनि के निरीश्वर-सांख्य से भिन्न है और ईश्वर में विश्वास करता है) भी यह नहीं मानता कि सृष्टि का निर्माण ईश्वर ने किया है। योग में जो ईश्वर है, वह इस सृष्टि का

रचयिता नहीं, बल्कि योगियों का मानसिक आदर्श है; अर्थात् ईश्वर की कल्पना योग-दर्शन ने इसलिए की है कि मनुष्य योग के द्वारा अपने को इतना उन्नत करे कि वह ईश्वर-कोटि में पहुँच जाए। योगियों का ईश्वर मनुष्य के उच्चतम विकास का एक प्रतीक है, जिसे पाने की कोशिश करने से मनुष्यता ऊपर उठती है। न्याय और वैशेषिक दर्शनों के सम्बन्ध में यह कहा जाता है कि उनमें एक ऐसा ईश्वर अवश्य है जो सृष्टि की रचना और संहार करता है। किन्तु इन दर्शनों के अनुसार भी सृष्टि जड़ (प्रतीक) और चेतन (जीव) के योग से बनी है तथा जिन अणुओं से इसका निर्माण हुआ है, वे अणु अनादि हैं, उन्हें किसी ने भी नहीं बनाया। इन दर्शनों के अनुसार सृष्टि के संहार का यह अर्थ है कि सृष्टि विनष्ट होकर फिर उन्हीं अणुओं का रूप ले लेती है, जिनसे उसका निर्माण होता है। पूर्वमीमांसा से भी सृष्टिकर्ता का सिद्धान्त प्रतिपादित नहीं हुआ है। अतः सृष्टि की रचना किसी ईश्वर या ब्रह्म ने की, इस सम्बन्ध में पूर्वमीमांसा का भी वही मत है जो निरीश्वर-सांख्य का। सृष्टि का विकास कर्म के अधीन है, इससे अधिक बात पूर्वमीमांसा नहीं कहती। और उत्तरमीमांसा या वेदान्त तो स्पष्ट ही सृष्टि की रचना नहीं, उसके विकास में विश्वास करते हैं। सारी सृष्टि में ब्रह्म के अस्तित्व का प्रसार है, सारा विश्व ब्रह्ममय है–ऐसा कहने से हम यह तो मान लेंगे कि ब्रह्म ही सृष्टि बन गया है, किन्तु यह नहीं मान सकते कि ब्रह्म ने स्वयं अलग बैठकर यह विश्व बनाया है, जैसे कुम्हार घड़े का निर्माण करता है।

सृष्टि विकसित नहीं हुई, बल्कि उसकी रचना की गई है, इस मत का जैन दर्शन उतना ही विरोधी है, जितना कपिल का सांख्य। और ईश्वर के सम्बन्ध में जैन दर्शन का जो मत है, वह बहुत-कुछ योग-दर्शन के समान है। ईश्वर ने दुनिया नहीं बनाई, वह एक आदर्श है जिसे हम साधना से प्राप्त कर सकते हैं, यह बात योग-दर्शन और वेदान्त से प्रभावित दिखती है। वेदान्त के अनुसार प्रत्येक जीव ब्रह्म की कोटि में पहुँच सकता है। जैन दर्शन के अनुसार भी प्रत्येक आत्मा साधना और तपश्चर्या के द्वारा परमात्मा बन जाती है और उसे फिर जन्म लेना नहीं पड़ता है। जिसे वेदान्त मुमुक्षु या जीवन-मुक्त कहता है, उसे जैन दर्शन सिद्ध जीव या

अर्हत् बतलाता है। नाम में चाहे जो फर्क हो, किन्तु मार्ग और लक्ष्य, दोनों के एक हैं। वेदान्त और जैन दर्शन, दोनों यह मानते हैं कि सृष्टि की रचना परमात्मा ने नहीं की और दोनों का यह विश्वास है कि प्रत्येक आत्मा में परमात्मा के सारे गुण छिपे हुए हैं, जिनके सम्यक् विकास से प्रत्येक जीव परमात्मा बन सकता है।

हरिभद्रसूरि के षड्दर्शन-समुच्चय की टीका में गुणरत्न ने एक बात कही है कि आत्मा, संसार (जन्म और मरण तथा फिर से जन्म लेकर फिर मरने की सरणि), मोक्ष और मोक्ष के मार्ग के अस्तित्व में जो विश्वास करता है, वही आस्तिक है। अगर इस दृष्टि से देखा जाए तो नास्तिक सिर्फ चार्वाक दर्शन ठहरता है तथा बौद्ध दर्शन का केवल वह सम्प्रदाय, जो आत्मा का अस्तित्व नहीं मानता। हिन्दुओं के अन्य सभी दर्शन (जिनमें जैन दर्शन और बौद्ध दर्शन भी शामिल हैं) आत्मा को मानते हैं, आत्मा के आवागमन को मानते हैं, मोक्ष यानी आवागमन से छुटकारे के सिद्धान्त में विश्वास करते हैं और पूरे बल के साथ यह भी विश्वास करते हैं कि इस मोक्ष के उपाय भी हैं। फिर यह बात समझ में नहीं आती कि जैन दर्शन को हम नास्तिक क्यों कहें? जैन दर्शन उतना ही आस्तिक या नास्तिक है, जितना हिन्दुओं का कोई भी अन्य दर्शन, जिसका आधार अद्वैतवाद है।

जैन दर्शन के सिद्धान्त

जैन धर्म यह मानता है कि सृष्टि अनादि है और वह जिन छह तत्त्वों से बनी हुई है, वे तत्त्व भी अनादि हैं। ये छह तत्त्व हैं : (1) जीव, (2) पुद्गल, (3) धर्म, (4) अधर्म, (5) आकाश और (6) काल। इन छह तत्त्वों में से केवल पुद्गल ही है जिनका हम रूप देख सकते हैं अथवा जिसका अनुभव हमें स्पर्श, घ्राण अथवा श्रवण से होता है। पुद्गल को मूर्त द्रव्य भी कहते हैं। बाकी सभी द्रव्य ऐसे हैं जो अमूर्त हैं, जिनका आकार नहीं है। दूसरी बात यह है कि इन छहों द्रव्यों में से केवल जीव ही ऐसा है जिसमें चेतना है, बाकी पाँचों द्रव्य निर्जीव अथवा अचेतन हैं। तीसरी बात यह है कि संसार में जीव निर्जीव (पुद्गल) के बिना नहीं ठहर सकता। निर्जीव

(पुद्‌गल) के सहवास से छुटकारा उसे तब मिलता है, जब वह संसार के बन्धनों से छूट जाता है। असल में, जैन दर्शन के जीव के प्रायः वे ही गुण हैं जो गुण आत्मा के लिए वेदान्त में कहे गए हैं।

जो मूर्त द्रव्य अर्थात्‌ पुद्‌गल है, वह परमाणुओं के योग से बना हुआ है और यह सारी सृष्टि ही परमाणुओं का समन्वित रूप है। जीव और पुद्‌गल ही मुख्य द्रव्य हैं, क्योंकि उन्हीं के मिलन से सृष्टि में जीवन देखने में आता है। आकाश वह स्थान है जिसमें सृष्टि ठहरी हुई है। जीव और पुद्‌गल में गति कहाँ से आती है, इसका रहस्य समझने के लिए धर्म की कल्पना की गई। धर्म वह अवस्था है जिससे जीव या पुद्‌गल को गति मिलती है। चलने की शक्ति सक्रिय द्रव्य में स्वयं है, लेकिन जैसे मछली चलने की शक्ति रखते हुए भी पानी के बिना नहीं चल सकती, वैसे ही सक्रिय द्रव्य भी धर्म के बिना नहीं चल सकते। धर्म उनकी गति को सम्भव बनाता है। इसी प्रकार चलनेवाली चीज जब ठहरना चाहती है, तब भी उसे कोई-न-कोई आधार चाहिए। पक्षी उड़ता तो अपनी शक्ति से है और वह ठहरता भी अपनी शक्ति से है। किन्तु जमीन या वृक्षादि के आधार लिये बिना वह ठहर नहीं सकता। इसी तरह, सक्रिय द्रव्य के ठहरने को सम्भव बनानेवाला गुण अधर्म है। धर्म और अधर्म वे गुण हैं जो विश्व को क्रमशः गतिशील रखते हैं और उसे अव्यवस्था में गिरफ्तार होने से बचाते हैं। काल की कल्पना इसलिए की गई कि जैन धर्म संसार को माया नहीं मानता, जैसा शंकर मत में माना जाता है। संसार सत्य है और इसमें परिवर्तन होते रहते हैं। इसी परिवर्तन का आधार काल है। क्योंकि काल के अस्तित्व को माने बिना संसार में किसी भी तरह के परिवर्तन की कल्पना नहीं की जा सकती। काल मनुष्य की जवानी, बुढ़ापे और मृत्यु–सबका कारण है।

जैन दर्शन के छह द्रव्यों में से सिर्फ धर्म और अधर्म ही ऐसे हैं जिनका वैदिकों के यहाँ कहीं भी उल्लेख नहीं मिलता। बाकी जीव, पुद्‌गल, काल और आकाश ऐसे हैं जो किसी-न-किसी रूप में अन्यत्र भी आए हैं। ये बहुत-कुछ पंच-तत्त्वों के समान हैं, जिनसे वैदिकों के अनुसार सृष्टि की रचना हुई है।

वैदिक हिन्दू जैसे स्थूल शरीर के भीतर एक सूक्ष्म शरीर की सत्ता में विश्वास करते हैं, उसी प्रकार जैन दर्शन के अनुसार भी हमारे स्थूल शरीर के भीतर एक सूक्ष्म कर्म-शरीर है। स्थूल शरीर के छूट जाने पर भी यह कर्म-शरीर जीव के साथ रहता है और वही उसे फिर अन्य शरीर धारण करवाता है। आत्मा की मनोवैज्ञानिक चेष्टाओं–वासना, इच्छा, तृष्णा आदि–से इस कर्म-शरीर की पुष्टि होती है। इसलिए कर्म-शरीर तभी छूटता है, जब जीव वासनाओं से ऊपर उठ जाता है, जब उसमें किसी प्रकार की इच्छा नहीं रह जाती। जैन दर्शन के अनुसार भी मोक्ष की अवस्था यही है।

जैन दर्शन 'आस्रव' के सिद्धान्त में विश्वास करता है, जिसका अर्थ यह है कि कर्म के संस्कार क्षण-क्षण स्रवित या प्रवाहित हो रहे हैं, जिसका प्रभाव जीव पर क्षण-क्षण पड़ता जा रहा है। इस प्रभाव से बचने का उपाय यह है कि मनुष्य चित्तवृत्तियों का निरोध करे, मन को काबू में लाए, योग की समाधि का अवलम्ब ले और तपश्चरण में लीन रहे। इन्हीं उपायों से जीव कर्म के संस्कारों के स्पर्श से बच सकता है। कर्मफलवाद और जन्मान्तरवाद का जो सिद्धान्त वैदिकों के यहाँ है, 'आस्रव' नाम से जैन दर्शन में उसी की टीका की गई है।

भारत में जितने भी धार्मिक सम्प्रदाय विकसित हुए, उनमें से अहिंसावाद को उतना महत्त्व किसी ने भी नहीं दिया, जितना कि जैन धर्म ने दिया है। जैन धर्म का आरम्भ ही वेद के हिंसावादी यज्ञों के विरुद्ध अहिंसा का पलड़ा ऊँचा करने को हुआ था और अहिंसा की यह परम्परा बढ़ती ही गई। बौद्ध धर्म में फिर भी अहिंसा की एक सीमा है कि स्वयं किसी जीव का वध नहीं करो, किन्तु जैनों की अहिंसा बिलकुल निस्सीम है। स्वयं हिंसा करना, दूसरों से हिंसा करवाना या अन्य किसी भी तरह से हिंसा के काम में योग देना–जैन धर्म में सबकी मनाही है। और विशेषता यह है कि जैन दर्शन केवल शारीरिक अहिंसा को ही महत्त्व नहीं देता, प्रत्युत उसके दर्शन में बौद्धिक अहिंसा का भी महत्त्व है। जैन महात्मा और चिन्तक, सच्चे अर्थों में, मनसा, वाचा, कर्मणा अहिंसा का पालन करना चाहते थे। अतएव उन्होंने अपने दर्शन को स्याद्वादी अथवा अनेकान्तवादी बना दिया। सोचते-सोचते वे इस निष्कर्ष पर जा पहुँचे कि किसी भी बात

को बिना जोर देकर कहना असत्य है, क्योंकि दुनिया में कोई भी बात ऐसी नहीं है, जिसके विषय में हठपूर्वक यह कहा जा सके कि केवल यही ठीक है। सत्य के 'अनेक' पहलू होते हैं और हम जब जिस पहलू को देखते हैं, तब वही पहलू हमें सत्य नजर आता है। इसलिए सच्चा दर्शन 'अनेकान्तवाद' है जो सत्य के अनेक पहलुओं के विषय में सम्यक् दृष्टि रखता है। इसी तथ्य को उन्होंने 'स्याद्वाद' नाम से ही अभिहित किया। स्यात् का अर्थ 'शायद' होता है। अतएव, जैन धर्म के अनुसार यह कहना अनुचित है कि यह बात ठीक है। अहिंसक विद्वान यही कह सकता है कि शायद यह ठीक हो।

धर्माचरण के सिद्धान्त

ऊपर के विवरण से यह स्पष्ट हो जाना चाहिए कि अहिंसा जैनों का परम धर्म है और इस पर वे जितना अधिक जोर डालते हैं, उतना और किसी बात पर नहीं। कहते हैं, जब जैन धर्म के उत्कर्ष का समय था, तब जैन मुनि खेती का विरोध करते थे; क्योंकि खेत जोतने से मिट्टी में पड़े जीव मर जाते हैं। वे पानी को केवल छानकर ही नहीं, औंटकर पीते थे, जिससे जीव उनके मुख में नहीं चले जाएँ। वे मधु नहीं खाते थे क्योंकि मधु लाने के क्रम में मक्खियों का नाश होता है। वे दीपक को बराबर कपड़े से आवृत रखते थे जिससे पतंगें उन पर आकर जल नहीं जाएँ और आगे की राह को वे बुहारते चलते थे, जिससे चींटियों और कीट-पतंगों पर उनके पाँव नहीं पड़ें।

जैन धर्म की दूसरी विशेषता अपरिमित कष्ट सहने की प्रवृत्ति है। बौद्ध और जैन धर्म में एक भेद यह भी है कि जहाँ बौद्ध अतिभोग और अतित्याग को छोड़कर मध्यमार्ग पर चलने के समर्थक हैं, वहाँ जैन महात्मा इन्द्रिय-सुखों के घोर शत्रु हैं। कर्म के आस्रव के प्रभाव से बचने के लिए वे संसार के प्रत्येक सुख से अलग भागने को धर्म समझते हैं। भोग के बारे में संसार में दो प्रकार के सम्प्रदाय हैं : एक वे, जो यह कहते हैं कि ईश्वर, स्वर्ग, नरक, पाप और पुण्य--ये सब-के-सब झूठे हैं। आदमी जब मर जाता

है, तब फिर उसकी कोई बात शेष नहीं रह जाती। इसलिए अच्छा यही है कि हम जब तक संसार में जिएँ, तब तक सुख से जिएँ और सभी प्रकार के भोगों से अपने को तृप्त कर लें; क्योंकि पाप और पुण्य के मानसिक भय से डरना व्यर्थ है। असली भय पुलिस का है और अगर पुलिस से बचकर तुम इच्छित भोग पा सकते हो तो उसे जरूर भोगो। यह सम्प्रदाय जड़वादियों का है जिसे 'मैटेरियलिस्ट' कहते हैं। अपने यहाँ ऐसा ही सम्प्रदाय चार्वाक-पंथियों का भी था। इसके विपरीत, दूसरे छोर पर वह सम्प्रदाय है, जो यह कहता है कि ईश्वर है और दुनिया उसी की बनाई हुई है। हम जो जन्म लेकर आए हैं, सो हमारा जन्म पुनर्जन्म के पापों के कारण हुआ है। हम अगर पाप नहीं करते तो हमारा जन्म नहीं होता। पाप करने से ही पुनर्जन्म होता है और अधिक पाप करने से मनुष्य को विवाह करना तथा गृहस्थी के अनेक जंजालों में पड़ना पड़ता है। मनुष्य का लक्ष्य मोक्ष है। मोक्ष से दूर होने के कारण मनुष्य जन्म लेता है और उससे और अधिक दूर होने के कारण वह विवाह करके सांसारिकता में गिरफ्तार होता है। पुनर्जन्म से छूटने का उपाय यह है कि हम भोग को छोड़ें, क्योंकि भोगासक्ति ही पाप है। यह सम्प्रदाय, जिसे हम यती-सम्प्रदाय या 'एसेटिक' कह सकते हैं, हर खूबसूरत चीज को गुनाह की जगह और प्रत्येक सुख को दुःख का कारण मानता है। भारत में इसी यति-वृत्ति का चरम विकास जैन साधुओं के बीच हुआ। ये जैन साधु शरीर को आत्मा का दुश्मन मानते थे और वे चुन-चुनकर उस मार्ग पर चलते थे, जिससे शरीर को अपरिमित कष्ट हो। आज भी वे सवारी पर नहीं चढ़ते, दूर-दूर तक पैदल ही चले जाते हैं। वे दाढ़ी-मूँछ भी नाई से नहीं बनवाते, बल्कि राख लगाकर खुद ही उन्हें नोच डालते हैं। जब जैन धर्म अपने पूरे उत्कर्ष पर था, तब कहते हैं, जो साधक बारह साल तक धर्म की साधना कर लेता था, उसे यह अधिकार मिल जाता था कि वह चाहे तो उपवास करके अपने प्राण दे दे। अनशन और उपवास से आत्महत्या करने की जैन धर्म में बड़ी महिमा है। जैन लोगों का विश्वास है कि मौर्यवंशी सम्राट चन्द्रगुप्त अपने अन्तिम दिनों में जैन हो गए थे और जब मगध में अकाल पड़ा, तब वे बहुत से धर्म-बन्धुओं को साथ लेकर दक्षिण भारत की ओर चले गए जहाँ उन्होंने

उपवास करके अपना शरीर छोड़ दिया। जैन धर्म के अनेक महात्मा इसी विधि से मरे हैं।

साधन की यह कठोरता इतनी आदरणीय कैसे मान ली गई, इसका मनोवैज्ञानिक कारण यह था कि दीर्घकालीन प्रचार के कारण लोगों को यह विश्वास हो गया था कि यह जीवन दुःखों से पूर्ण है और इन दुःखों से छुटकारे का उपाय मोक्ष प्राप्त करना है। आदमी का असल उद्देश्य मोक्ष हो गया और मोक्ष तथा आत्मा के बीच प्रत्यक्ष दीखने वाली दीवार मनुष्य की देह हो गई। अतएव मनोवैज्ञानिक रूप से आदमी ने अपना सारा गुस्सा शरीर पर उतारना शुरू किया। कृच्छ्र साधना के शिकार केवल जैन ही नहीं हुए, बल्कि अन्य लोगों में भी उसका काफी प्रचार था। गौतम जब घर से निकलकर संन्यासी हो गए, तब उन्हें भी आदि में मोक्ष-लाभ का मार्ग तपस्या में ही दिखाई पड़ा था। पुराणों में दुर्धर्ष तपस्याओं की हजारों कथाएँ भरी पड़ी हैं। धर्म-लाभ के लिए उन दिनों लोग वर्षों तक एक पाँव पर खड़े रहते थे, पेड़ों पर लटककर उलटे टँग जाते थे, चान्द्रायण व्रत करते थे या महज नीम की पत्तियाँ खाकर समय गुजार देते थे। उदासी सम्प्रदाय के साधुओं में से अब भी कितने ही साधु जाड़े और बरसात में घरों के बाहर पड़े रहते हैं तथा जेठ की धूप में पंचधुनी तापते हैं। स्वामी दयानन्द, बहुत दिनों तक, जाड़े और बरसात, दोनों ऋतुओं में, घर से बाहर रहते थे और शरीर पर कपड़े नहीं डालते थे। बहुत दिनों से इस देश में एक विश्वास रहा है कि आत्मा को जगाने का सच्चा मार्ग शरीर को कष्ट में डालना है और जो लोग शरीर को कष्ट में अधिक डालते थे, उनका समाज में आदर भी अधिक होता था। यह परम्परा बिलकुल समाप्त नहीं हुई है, बल्कि अभी भी भारत में वह शेष है। सच तो यह है कि प्रत्येक साधु-महात्मा के साथ कष्ट-सहिष्णुता का थोड़ा-बहुत सम्बन्ध हम आज भी मानते हैं।

जैन धर्म का त्रिरत्न (सम्यक् दर्शन, सम्यक् ज्ञान और सम्यक् चरित्र) असल में, वैदिकों के भक्तियोग, ज्ञानयोग और कर्मयोग का ही दूसरा रूप है। किन्तु यहाँ भी एक भेद है कि वैदिक धर्म में ज्ञान, कर्म और भक्ति में से कोई भी एक मार्ग मुक्ति के लिए यथेष्ट समझा जाता है। किन्तु जैन

धर्म मोक्ष-लाभ के लिए सम्यक् दर्शन, सम्यक् ज्ञान और सम्यक् चरित्र–तीनों को आवश्यक मानता है।

त्रिरत्न में पहला स्थान सम्यक् दर्शन का आता है जिसके पालन के लिए यह आवश्यक है कि मनुष्य तीन प्रकार की मूढ़ताओं और आठ प्रकार के अहंकारों को बिलकुल छोड़ दे। तीन प्रकार की मूढ़ताएँ हैं–लोक-मूढ़ता, देव-मूढ़ता और पाषंड-मूढ़ता। नदियों में स्नान करने से शुचिता ही नहीं, पुण्य भी बढ़ता है, यह और ऐसी अनेक भ्रान्तियाँ लोक-मूढ़ता के उदाहरण हैं जो त्याज्य हैं। देवी-देवताओं की शक्तियों में विश्वास करना देव-मूढ़ता है तथा साधु-फकीरों के चमत्कार में विश्वास करना पाषंड-मूढ़ता है। जैन धर्म में ये सभी अन्धविश्वासी त्याज्य हैं। जब तक ये अन्धविश्वास नहीं छूटते, मनुष्य धर्म के सच्चे मार्ग पर नहीं आ सकता है।

भला यह कैसे सम्भव था कि जिस धर्म ने अहिंसा पर इतना जोर डाला, वह विनम्रता के गुण को अनिवार्य नहीं समझे? इसलिए जैन धर्म में आठ प्रकार के अहंकार भी त्याज्य बताए गए हैं। ये हैं : (1) अपनी बुद्धि का अहंकार, (2) अपनी धार्मिकता का अहंकार, (3) अपने वंश का अहंकार, (4) अपनी जाति का अहंकार, (5) अपने शरीर या मनोबल का अहंकार, (6) अपनी चमत्कार दिखानेवाली शक्तियों का अहंकार, (7) अपने योग और तपस्या का अहंकार तथा (8) अपने रूप और सौन्दर्य का अहंकार। इतनी तैयारी हो लेने पर ही सम्यक् ज्ञान और सम्यक् चरित्र का फल साधक को मिल सकता है।

बौद्ध धर्म की तरह जैन धर्म भी कर्मवादी है और उसका उद्देश्य मनुष्यों के कर्मों को परिष्कृत एवं उन्नत बनाना है। प्रत्येक जैन गृहस्थ को पंचव्रतों का प्रण लेना पड़ता है, जिनके नाम **अहिंसा, सत्य, अस्तेय, ब्रह्मचर्य** और **अपरिग्रह** हैं। खेती-बारी में जो जीव-हिंसा अनिच्छित ढंग से हो जाती है, वह गृहस्थों को क्षम्य है। इसी प्रकार, ब्रह्मचर्य के मामले में भी परस्त्री-गमन ही विवर्जित है। और अपरिग्रह के द्वारा गृहस्थ को यह प्रतिज्ञा करनी पड़ती है कि वह अपनी आवश्यकता से अधिक सम्पत्ति अपने पास नहीं रखेगा, उसे दान में दे देगा। शायद इसी व्रत का पालन करने के लिए जैन गृहस्थ अपनी आय का एक भाग दान के लिए उत्सर्ग कर देते हैं।

गृहस्थों के लिए जो व्रत परिमित रखे गए हैं, श्रवणों और संन्यासियों पर वे ही व्रत अत्यन्त कठोरता से लागू किए जाते हैं, क्योंकि उन्हें छूट की आवश्यकता नहीं है तथा उन्हें प्राणपन से इन व्रतों के पूर्ण पालन का प्रयास करना ही चाहिए।

जैन धर्म का इतिहास

ऋषभदेव और अरिष्टनेमि को लेकर जैन की परम्परा वेदों तक पहुँचती है। महाभारत युद्ध के समय इस सम्प्रदाय के एक नेता नेमिनाथ थे, जिन्हें जैन अपना एक तीर्थंकर मानते हैं। ई. पू. आठवीं सदी में तेईसवें तीर्थंकर पार्श्वनाथ हुए, जिनका जन्म काशी में हुआ था। काशी के पास ही ग्यारहवें तीर्थंकर श्रेयांसनाथ का जन्म हुआ था, जिनके नाम पर सारनाथ का नाम चला आता है। जैन धर्म के अन्दर श्रवण-सम्प्रदाय का पहला संगठन पार्श्वनाथ ने किया था। ये श्रमण वैदिक प्रथा के विरुद्ध थे और महावीर तथा बुद्ध के काल में ये ही श्रवण कुछ बौद्ध और कुछ जैन हो गए तथा दोनों ने अलग-अलग अपनी संख्या बढ़ा ली।

जैन पंथ के अन्तिम तीर्थंकर महावीर वर्द्धमान हुए, जिनका जन्म ई. पू. 599 में हुआ था। वे 72 वर्ष की अवस्था में कैवल्य को प्राप्त हुए। महावीर स्वामी ने मरने के पूर्व इस सम्प्रदाय की नींव भली भाँति पुष्ट कर दी, अहिंसा को उन्होंने पक्के तौर पर स्थापित कर दिया और जब वे मरे, तब उनका सम्प्रदाय पूर्ण रूप से संगठित और सक्रिय था। सांसारिकता पर विजयी होने के कारण वे जिन (जयी) कहलाए और उन्हीं के समय से इस सम्प्रदाय का नाम जैन हो गया।

जब सिकन्दर भारत आया था, तब जैन साधु सिन्धु के तट पर भी बसे हुए थे। चन्द्रगुप्त मौर्य जैन हुए थे या नहीं, इस विषय में अभी सन्देह नहीं है, किन्तु अशोक के अभिलेखों से यह पता चलता है कि उसके समय में मगध में जैन धर्म का प्रचार था। लगभग इसी समय मठों में बसनेवाले जैन मुनियों में यह मतभेद शुरू हुआ कि तीर्थंकरों की मूतियाँ कपड़े पहनाकर रखी जाएँ या नग्न ही तथा मुनियों को वस्त्र पहनना चाहिए या

नहीं। यह मतभेद इतना बढ़ा कि ईसा की पहली सदी में आकर जैन मतावलम्बी मुनि दो दलों में बँट गए। एक दल हुआ श्वेताम्बर, जिसके साधु श्वेत वस्त्र पहनते थे और दूसरा हुआ दिगम्बर, जिसके साधु नंगे ही घूमते थे।

मौर्यकाल में भद्रबाहु के नेतृत्व में जैन श्रमणों का एक दल दक्षिण गया और मैसूर में रहकर अपने धर्म का प्रचार करने लगा। ईसा की पहली शताब्दी में कलिंग के राजा खारबेल ने जैन धर्म स्वीकार किया। ईसा की आरम्भिक सदियों में उत्तर में मथुरा और दक्षिण में मैसूर (श्रमणबेलगोला) जैन धर्म के बहुत बड़े केन्द्र थे। पाँचवीं से बारहवीं शताब्दी तक दक्षिण के गंग, कदम्ब, चालुक्य और राष्ट्र कूट राजवंशों ने जैन धर्म की बहुत सेवा की और उनका काफी प्रचार किया। इन राजाओं के यहाँ अनेक जैन कवियों को भी प्रश्रय मिला था, जिनकी रचनाएँ आज तक उपलब्ध हैं। ग्यारहवीं सदी के आस-पास चालुक्यवंश के राजा सिद्धराज और उनके पुत्र कुमारपाल ने जैन धर्म को राजधर्म बना लिया तथा गुजरात में उसका व्यापक प्रचार किया। अपभ्रंश के लेखक और जैन विद्वान हेमचन्द्र कुमारपाल के ही दरबार में रहते थे। एक समय इस धर्म का राजपुताने में भी अच्छा प्रचार था। चूँकि जैन धर्मावलम्बी बहुत ही शान्तिप्रिय होते थे, इसलिए मुसलमानों के अन्दर भी उन पर अधिक जुल्म नहीं हुए, बल्कि अकबर ने उनकी थोड़ी-बहुत सहायता ही की थी। मगर धीरे-धीरे जैन मठ टूट गए और पिछले मुगलों के समय में ही इसका प्रभाव जाता रहा। अब इस देश में केवल बारह-चौदह लाख जैन रह गए हैं जो मुख्यतः बनिज-व्यापार करते हैं। तब भी इस देश में दान-धर्म के अनेक निशान (धर्मशाला, विद्यालय, मठ, मन्दिर आदि) इस सम्प्रदाय वालों के बनवाए हुए हैं।

वैदिक धर्म पर प्रभाव

जैन धर्म अत्यन्त उन्नत और मनुष्य के लिए कल्याणकारी धर्म था। अचरज की बात है कि उसके अनुगामियों की संख्या इतनी थोड़ी रह गई

है। लेकिन एक दूसरी दृष्टि से देखने पर आश्चर्य नहीं होता। यह धर्म कोई बाहर से आया हुआ नया धर्म नहीं था। वह वैदिक धर्म से ही निकला था और रूप उसका जो भी रहा हो, मगर लक्ष्य उसका वैदिक धर्म का सुधार था। आरम्भ से ही जैन की शब्दावली वैदिक धर्म की शब्दावली रही थी और यद्यपि सदियों तक जैन लोग एक अलग सम्प्रदाय बनाकर रहे थे, मगर अलग रहकर भी वे वैदिक धर्म की ही सेवा कर रहे थे। ब्राह्मणों के विशेषाधिकार की अवहेलना, यज्ञ का विरोध और अहिंसा की स्थापना–इन्हीं बातों को लेकर जैन वैदिक धर्म से अलग हुए थे। मगर जब वैदिक धर्म ने ये बातें मान लीं, तब जैन सम्प्रदाय के अलग रहने का कोई कारण नहीं रह गया और धीरे-धीरे इस सम्प्रदाय के लोग हिन्दू-वृत्त में वापस आ गए। यों भी हिन्दुओं और जैनों के बीच शादी-सम्बन्ध तो होते ही आए थे, फिर वे अलग रहते कैसे?

आज जो भी दस-बारह लाख जैन भारत में हैं, वे आचार-विचार, रहन-सहन और रीति-रिवाज में हिन्दुओं के बीच पूरी तरह से खपे हुए हैं। उनका धर्म पूर्णरूप से हिन्दू धर्म में समाहित हो गया है। हिन्दू धर्म की जो वैष्णव शाखा है, उसने जैन धर्म के मूल तत्त्वों को अपने भीतर भली भाँति पचा लिया है तथा एक वैष्णव और एक जैन में भेद करना आसान काम नहीं है। आधुनिक काल में महात्मा गांधी हिन्दुत्व के वैष्णव भाव के सबसे बड़े प्रतिनिधि हुए हैं, लेकिन उनमें एक प्रतिनिधि जैन के भी सभी लक्षण मौजूद थे। अनशन और उपवास पर प्रेम, अहिंसा पर प्रगाढ़ भक्ति, कदम-कदम पर भोग की सामग्रियों से बचने का भाव और उनका समझौतावादी दृष्टिकोण (स्याद्वाद)–ये सब-के-सब जैन धर्म की ही तो शिक्षाएँ हैं। हिन्दुत्व और जैन धर्म आपस में घुल-मिलकर अब इतने एकाकार हो गए हैं कि आज का साधारण हिन्दू यह जानता भी नहीं कि **अहिंसा, सत्य, अस्तेय, ब्रह्मचर्य** और **अपरिग्रह**–ये जैन धर्म के उपदेश थे, वैदिक धर्म के नहीं। मगर वह इस भेद को जाने और माने भी क्यों? जैन धर्म तो हिन्दुत्व का ही एक रूप था जो हिन्दुत्व से अलग होकर धर्म का एक नया प्रयोग कर रहा था। प्रयोग पूरा हो गया, हिन्दुत्व ने उसके नतीजे को कबूल कर लिया और अब वह हिन्दुत्व भी है और जैन मत भी। हिन्दू

धर्म की यह एक अनुपम विशेषता है कि वह जितना ही बदलता है, उतना ही मौलिक हो जाता है, उतना ही वह अपने असली रूप से अधिक पास पहुँच जाता है।

जैन धर्म का (और बौद्ध धर्म का भी) हिन्दू धर्म पर क्या प्रभाव पड़ा, इसका उत्तर अगर हम एक शब्द में देना चाहें तो वह शब्द 'अहिंसा' है और यह अहिंसा शारीरिक ही नहीं, बौद्धिक भी रही है। शैव और वैष्णव धर्मों का उत्थान जैन और बौद्ध धर्मों के बाद हुआ। शायद यही कारण है कि इन दोनों मतों (विशेषतः वैष्णव मत) में अहिंसा का ऊँचा स्थान है। दुर्गा के सामने कूष्मांड की बलि चढ़ाने की प्रथा भी जैन और बौद्ध मतों के अहिंसावाद के प्रभाव से निकली होगी। यद्यपि वेद में भी एक स्थान पर कहा गया है कि यज्ञ का सार पहले मनुष्य में था, फिर वह अश्व में चला गया, फिर गौ में, फिर भेड़ में और तब अजा में। जब अजा की बलि दी जाने लगी, तब यह संसार पृथ्वी में समा गया जिससे यव और तंडुल उत्पन्न होते हैं। यव और तंडुल का पुरोडास (रोटी या पीठी) भी यज्ञ की पवित्र बलि है। इस पर से पंडितों ने यह अनुमान लगाया है कि हिंसा की भयंकरता का अनुभव वैदिक ऋषियों को भी होने लगा था। इसीलिए उन्होंने कल्पना के इस घुमाव के द्वारा जनता के सामने यह बात रखी कि पशुओं के बदले यव और तंडुल की भी बलि दी जा सकती है। गाँवों में अहिंसावाद अभी भी अपना मार्ग प्रशस्त किये जा रहा है। कई जातियों के लोग अब भी पशुबलि से देवताओं को प्रसन्न करने में विश्वास करते हैं। किन्तु जैसे-जैसे उनमें शिक्षा का प्रसार बढ़ता है, वे पशुबलि की क्रूर प्रथा को छोड़ते जाते हैं।

बौद्धिक अहिंसा पर जोर जैन मत ने स्याद्वाद के द्वारा दिया। मगर यह नहीं कहा जा सकता कि स्याद्वाद के बीज वैदिक धर्म में नहीं थे। उपनिषदों में ही ब्रह्म कहीं सत्, कहीं असत् और कहीं दोनों माना गया है। ऋषियों की वाणी में हम सर्वत्र एक तरह की चौकसी और सतर्कता देखते हैं और जब वे किसी मत का खंडन करते हैं, तब भी उनके तर्क अहिंसा से भीगे होते हैं, उनमें वह निर्ममता नहीं होती, जो आज के हठी विद्वानों का लक्षण है।

सत्य किसे मिलता है और किसे नहीं, यह एक विवाद का विषय है। मगर एक बात ठीक है कि आदमी सत्य की राह पर आ जाता है, वह हठ नहीं करता, किसी बात की जिद नहीं पकड़ता और दूसरों को चुप करने के लिए जोर-जोर से नहीं बोलता है। ऐसा आदमी संशयवादी होता हो, यह बात नहीं है। लेकिन विरोधी मत के विषय में उसका यह भाव जरूर रहता है कि क्या अचरज कि सत्य का एक पहलू उसे भी दिखाई पड़ा हो! और यही भाव उसे विरोधी मत के बारे में अहिंसक बना देता है। वर्तमान युग के सबसे बड़े स्याद्वादी महात्मा गांधी थे, क्योंकि आलोचकों की बातों का वे बहुत आदर करते थे तथा स्याद्वाद का प्रेमी होने के कारण ही समझौतों में उनका अटल विश्वास था।

दक्षिण में जो जैन धर्म का काफी प्रचार हुआ, उससे भारत की एकता में एक और वृद्धि हुई। जैन मुनियों और जैन साहित्य के साथ संस्कृत के बहुत-से शब्द दक्षिण पहुँचे और वे तमिल, तेलगू और कन्नड़ भाषाओं में मिल गए। जैनों ने दक्षिण में बहुत-सी पाठशालाएँ भी खोली थीं। आज भी वहाँ बच्चों को अक्षरारम्भ कराते समय 'ॐ नमः सिद्धम्'—यह पहला वाक्य पढ़ाया जाता है, जो जैनों के नमस्कार का वाक्य है। वैष्णव धर्म की तैयारी दक्षिण में हुई थी और दक्षिण से ही वह उत्तरवालों को मिला, जिसके प्रमाण रामानुज, मध्व, निम्बार्क और वल्लभाचार्य हैं जो सब-के-सब दक्षिण में जन्मे थे। रामानन्द, यद्यपि प्रयाग के कान्यकुब्ज परिवार में जन्मे थे, किन्तु रामानुज की परम्परा के समर्थ वाहक होने के कारण हम उन्हें भी दक्षिण की आध्यात्मिक सन्तान मान सकते हैं। खोज करने पर शायद यह बात मालूम हो सकती है कि वैष्णव धर्म के विकास में जैन-मत का काफी हाथ था। गुजरात की जनता पर जैन-शिक्षा (अहिंसा और सादगी) का आज भी अच्छा प्रभाव है तथा यह भी कोई आकस्मिक बात नहीं है कि अहिंसा, उपवास और सरलता के इतने प्रबल समर्थक गांधी जी गुजरात में ही जन्मे।

कहते हैं, विंध्य से उत्तर उन जैन मुनियों की प्रधानता थी जो श्वेताम्बर थे तथा विंध्य से दक्षिण, तमिल और कन्नड़ देशों में उनकी प्रधानता हुई जो दिगम्बर थे। स्पष्ट है कि दिगम्बर मुनियों का आदर वे

ही करते होंगे, जिनमें धर्म के प्रति विशेष अनुराग रहा होगा। इस तरह के विचार करने पर यह अनुमान आसानी से निकल आता है कि प्राचीन काल में जैन मत का प्रधान गढ़ दक्षिण भारत ही रहा होगा। ईसवी सन् के आरम्भ में तमिल-साहित्य का जो व्यापक विकास हुआ, उसके पीछे जैन मुनियों का भी हाथ था, ऐसा इतिहासकारों का विचार है। तमिल-ग्रंथ 'कुरल' के पाँच-छह भाग जैनों के रचे हुए हैं, यह बात कई विद्वान स्वीकार करते हैं। इसी प्रकार कन्नड़ का भी आरम्भिक साहित्य जैनों का रचा हुआ है।

इस देश की भाषागत उन्नति के भी जैन मुनि सहायक रहे हैं। ब्राह्मण अपने धर्मग्रंथ संस्कृत में और बौद्ध पालि में लिखते थे, किन्तु जैन मुनियों ने प्राकृत के अनेक रूपों का उपयोग किया और प्रत्येक काल एवं प्रत्येक क्षेत्र में जब जो भाषा चालू थी, जैनों ने उसी के माध्यम से अपना प्रचार किया। इस प्रकार, प्राकृत के अनेक रूपों की उन्होंने सेवा की। महावीर ने 'अर्द्धमागधी' को इसलिए चुना था कि मागधी और शौरसेनी– दोनों भाषाओं के लोग उनका उपदेश समझ सकें। बाद को ये उपदेश लिख भी लिये गए और उन्हीं के लेखन में हम अर्द्धमागधी भाषा का नमूना आज भी पाते हैं। हिन्दी, गुजराती और मराठी आदि भाषाओं के जन्म लेने के पूर्व इन प्रान्तों में जो भाषा प्रचलित थी, उसमें जैनों का एक विशाल साहित्य है, जिसे अपभ्रंश-साहित्य कहते हैं। भारत की भाषाओं में एक ओर तो प्राचीन भाषाएँ, संस्कृत और प्राकृत हैं तथा दूसरी ओर आज की देश-भाषाएँ। अपभ्रंश भाषा इन दोनों भाषा-समूहों के बीच की कड़ी है। इसलिए भारत के भाषा-विषयक अध्ययन की दृष्टि से अपभ्रंश का बड़ा महत्त्व है। जैन विद्वानों ने संस्कृत की भी काफी सेवा की। संस्कृत में भी जैनों के लिखे अनेक ग्रंथ हैं, जिनमें से कुछ तो काव्य और वर्णन हैं तथा कुछ दर्शन के सम्बन्ध में। व्याकरण, छन्दशास्त्र, कोश और गणित पर भी संस्कृत में जैनाचार्यों के लिखे ग्रंथ मिलते हैं।

मन्दिरों और मूर्तियों का निर्माण भी जैन सम्प्रदाय ने खूब किया। जैसे बौद्ध अपने महात्माओं के स्तूप बनवाते थे, वैसे ही बहुत-से स्तूप जैनों के भी हैं। मथुरा में पाए जानेवाले जैन स्तूप सबसे पुराने हैं। बुन्देलखंड में

ग्यारहवीं और बारहवीं सदियों की जैन मूर्तियाँ ढेर-की-ढेर मिलती हैं। मैसूर के श्रमणबेलगोला और करकल नामक स्थानों में गोमतेश्वर या बाहुबली की विशाल प्रतिमाएँ हैं। ग्वालियर के पास चट्टानों में जैन मूर्तिकारी के जो नमूने हैं, वे पन्द्रहवीं सदी के हैं। जैनों ने पर्वत काटकर कन्दरा-मन्दिर भी बनवाए थे, जिनके ई. पू. द्वितीय शती के नमूने उड़ीसा की हाथीगुम्फ कन्दरा में मिलते हैं। बिहार में पार्श्वनाथ, पावापुरी और राजगिर में तथा काठियावाड़ के गिरनार और पालितान में भी जैनों के मन्दिर और तीर्थस्थान हैं।

वैदिक धर्म से विद्रोह

बौद्ध धर्म

पिछले अध्याय के विवरण से यह आभास मिल जाना चाहिए कि बुद्धदेव का जन्म और उनके द्वारा चलाये गए धर्म का उत्थान कोई आकस्मिक घटना नहीं थी। असल में बौद्ध धर्म उस विचारधारा का स्वाभाविक परिणाम था जो कर्मकांड, यज्ञ के आडम्बर और पुरोहितवाद के विरुद्ध पहले से ही बहती आ रही थी और जिसकी आवाज हम उपनिषदों और गीता में भी सुनते हैं। वेद और उपनिषद् पढ़ने का अधिकार शूद्रों को नहीं दिया गया था, न उन्हें यही अधिकार था कि द्विजों की तरह वे भी यज्ञ करके लोक और परलोक में सुख भोगने की योग्यता प्राप्त करें। उस समय का समाज, सचमुच ही, एक बौद्धिक संकट का सामना कर रहा था। जनसाधारण की कठिनाई यह थी कि यज्ञ करने को छोड़कर उसके

आगे धर्म का कोई और मार्ग नहीं था। किन्तु समाज के प्रायः सभी चिन्तक यज्ञ के खिलाफ होते जा रहे थे और साधारण गृहस्थ को भी यह भान हो चला था कि यज्ञों के आलोचक झूठ नहीं कहते हैं। दूसरी ओर, उपनिषदों की चोटी से जो ज्ञान आ रहा था, उस तक साधारण मनुष्य की पहुँच नहीं थी। और देश में विभिन्न मत-मतान्तरों के जो झकोरे चल रहे थे, वे भी उसे बेचैन किये हुए थे। ऐसी हालत में जनता कोई ऐसा धर्म चाह रही थी, जो सुगम और सुबोध हो; जिसमें पशुबलि की क्रूरता भी नहीं हो और व्यर्थ का आडम्बर भी नहीं; जो मनुष्य को अतिभोग से भी दूर रखे और तपस्या तथा यती-वृत्ति की कठोरता से भी; जो मनुष्य के ध्यान को धर्म की ओर तो अवश्य ले जाए, किन्तु बीसों प्रकार के ऊहापोह में उसे उलझा नहीं डाले। असल में जनता एक व्यावहारिक धर्म चाह रही थी और बुद्धदेव ने वही धर्म उसे दिया भी। वे वैदिक धर्म से दूर नहीं गए, उन्होंने वैदिक धर्म के मूल पर प्रहार नहीं किया, बल्कि उनकी चोटों के निशान वैदिक धर्म की कुरीतियाँ और कमजोरियाँ थीं। इसीलिए यह मानना अधिक युक्तियुक्त है कि बौद्ध धर्म कोई नया धर्म नहीं, बल्कि वैदिक धर्म का ही एक संशोधित रूप है। असल में, अपनी कुरीतियों से लड़ने के लिए वैदिक धर्म ने ही बौद्ध धर्म का रूप लिया था, जैसाकि वह प्रत्येक संकटकाल में लेता रहा है। और जिन आचार्यों ने बुद्धदेव की गिनती हिन्दू धर्म के दशावतार में की, उनका भी यही भाव रहा होगा कि बुद्ध पराये नहीं, अपने हैं और 'धर्म-संस्थापनार्थ' विष्णु जैसे राम और कृष्ण बनकर आए थे, वैसे ही पशु-हिंसा को रोकने के लिए इस बार वे बुद्ध बनकर आए हैं। जहाँ तक हमारा अनुमान है, तथागत का भी अपने बारे में यही खयाल था। वे प्रचलित धर्म के भंजक नहीं, सुधारक थे।

बौद्ध धर्म और आचार

बुद्धदेव ने अपने नये धर्म की घोषणा संस्कृत को छोड़कर जनता की बोली में की और दार्शनिक जंजाल से दूर रहते हुए उन्होंने संक्षेप में लोगों को यह

बतलाया कि मनुष्य दुखी है, दुःख अकारण नहीं है, इस दुःख का निरोध सम्भव है और इस निरोध का मार्ग भी है। ये ही बौद्ध धर्म के **चार आर्य सत्य हैं,** जिनकी व्याख्या निम्नलिखित रूप से की जाती है :

1. **दुःख आर्य सत्य है :** जन्म भी दुःख है, जरा भी दुःख है, व्याधि भी दुःख है, मरण भी दुःख है, अप्रिय लोगों से मिलना भी दुःख है, प्रिय लोगों से बिछुड़ना भी दुःख है और इच्छा करने पर किसी चीज का नहीं मिलना भी दुःख है।
2. **दुःख-समुदय आर्य सत्य है :** अर्थात् मनुष्य को जो भी दुःख होते हैं, वे किसी-न-किसी कारण को लेकर। यह कारण सदैव तृष्णा का कोई-न-कोई रूप होता है, जैसे—जन्म लेने की तृष्णा, खुश होने की तृष्णा, सुख भोगने की तृष्णा।

   जब-जब तृष्णा में बाधा पड़ती है, तब-तब मनुष्य दुखी होता है। असल में तृष्णा (किसी प्रकार की इच्छा) और दुःख में कारण-कार्य का सम्बन्ध है।
3. **दुःख-निरोध आर्य सत्य है :** अर्थात् दुःख को दूर करने का उपाय उसके कारण को दूर करना है। तृष्णा का सर्वथा त्याग, वासना में लीन होने की योग्यता और जिन-जिन कारणों से मनुष्य को दुःख होते हैं, उन-उन कारणों से मुक्त हो जाने का भाव यह दुःख-निरोध है।
4. **दुःख-निरोध-गामिनी-प्रतिपद आर्य सत्य है :** इसका अर्थ यह है कि दुःखों से छूटने का मार्ग भी है। इस उपदेश के अन्दर उन आठ प्रकार के आचरणों की गिनती है, जिनका पालन करके मनुष्य दुःखों के कारणों का नाश कर सकता है। ये आष्टांगिक मार्ग इस प्रकार हैं :

   (i) **सम्यक् दृष्टि :** यह दृष्टि रखना कि जीवन में दुःख हैं, दुःख अकारण नहीं हैं, दुःख दूर किये जा सकते हैं, दुःखों के दूर करने के उपाय भी हैं; अर्थात् बुद्धदेव ने जो चार आर्य सत्य कहे हैं, उनमें अटल विश्वास रखना। बुद्ध की सम्यक् दृष्टि, महावीर का सम्यक् दर्शन और

वेदान्त का श्रद्धा-भाव (गुरु या धर्म ग्रंथ जो उपदेश करें, उनकी सत्यता में विश्वास)—ये आपस में मिलती-जुलती वस्तुएँ हैं।

(ii) **सम्यक् संकल्प** : निष्कर्मता-सम्बन्धी संकल्प यानी जो कर्म करने योग्य नहीं हैं, उन्हें नहीं करने का संकल्प। अद्रोह-सम्बन्धी संकल्प, अहिंसा सम्बन्धी संकल्प इत्यादि।

(iii) **सम्यक् बचन** : झूठ बोलने से बचना, चुगली करने से बचना, कड़ी बात कहने से बचना और बकवास में भाग लेने से बचना।

(iv) **सम्यक् कर्मान्त** : प्राणि-हिंसा नहीं करना; जो दिया नहीं गया है, उसे नहीं लेना, दुराचार से बचना और भोग के अतिचार से दूर रहना।

(v) **सम्यक् आजीव** : गलत रोजगार से अगर रोजी चलती हो तो उसे छोड़कर ऐसे रोजगार में लगना जिससे धर्म नहीं बिगड़ता हो।

(vi) **सम्यक् व्यायाम** : दुर्व्यसन और कुटेब को छोड़ने की कोशिश करना, मन में पाप के भाव जगते हों तो उन्हें दबाने का प्रयत्न करना; मन में जो अच्छे भाव पैदा हों, उन्हें बढ़ाने की चेष्टा करना; संक्षेप में मानसिक दोषों को पराजित करके अपने व्यक्तित्व को निर्मल और पूर्ण बनाने के लिए प्रयास करते रहना।

(vii) **सम्यक् स्मृति** : शरीर में बुढ़ापा, रोग और पाप के बीज हैं, इसका ध्यान रखना और क्षण-क्षण भीतर से जागरूक रहकर वासना का दलन और ज्ञान का विकास करना।

(viii) **सम्यक् समाधि** : चार प्रकार के ध्यान जिनमें वितर्क और विचार से मन के भावों को सुलझाया जाता है, शान्ति और एकाग्रता से अपने-आपको जानने की कोशिश की जाती है और सुख तथा दुःख, दोनों से अलिप्त रहने की भावना का विकास किया जाता है।

संक्षेप में, बुद्ध ने अपने अनुयायियों से यह कहा कि मेरे उपदेशों पर विश्वास रखो, बुद्धि से उन्हें समझने की कोशिश करो और हर एक उपदेश को अपने जीवन में उतारने का प्रयत्न करो; पवित्र-से-पवित्र जीवन बिताओ और नियमित रूप से **ध्यान** और **समाधि** करो।

यह धर्म का बड़ा ही व्यावहारिक रूप था, अतएव वह उन सभी लोगों को सुगम, सुन्दर और सुबोध जान पड़ा जो कर्मकांड से ऊबे हुए थे, जो यज्ञों में होनेवाली पशु हिंसा से घृणा करते थे, उपनिषदों का ज्ञान जिनके पल्ले नहीं पड़ता था तथा जो इस बात को पसन्द नहीं करते थे कि धर्म-कर्म करने तथा वेद-उपनिषद् पढ़ने और सुनने का अधिकार केवल द्विजों को ही है। **समाज में जो वर्ण ब्राह्मण से जितनी ही दूर था, वह बौद्ध धर्म की ओर उतने ही वेग से खिंचा।** चूँकि बुद्धदेव जन्म से क्षत्रिय थे, इसलिए ब्राह्मण पहले उनकी ओर जाने में झिझके। आरम्भ में वैश्यों और शूद्रों में तथागत को अधिक अनुयायी मिले। शूद्रों को तो यह धर्म बहुत ही भला लगा, क्योंकि बुद्धदेव जाति-प्रथा के खिलाफ थे। यह धर्म पहले मगध में अधिक फैला, जिसका एक कारण तो यह था कि बुद्ध ने राजगिर में तपस्या और गया में ज्ञान प्राप्त किया था। लेकिन उससे भी बड़ा कारण यह हुआ कि मगध में आर्य धर्म की कभी भी वह प्रतिष्ठा नहीं हुई थी, जो पश्चिमी भारत में थी। उस स्थिति का थोड़ा विवरण पिछले अध्याय में दिया जा चुका है। पूर्वी भारत के व्रात्यों में भी आर्यों की तरह चार जातियों का विधान था, लेकिन मगध के ब्राह्मण भी पश्चिमी ब्राह्मणों के द्वारा कुछ नीची निगाह से देखे जाते थे। व्रात्य-समाज के लोग, आरम्भ से ही, धर्म-कर्म के विषय में कुछ ज्यादा उदार थे और नये विचारों का स्वागत वे अधिक स्वतंत्रता से कर सकते थे। इसीलिए वेद और ब्राह्मण धर्म के खिलाफ उठे हुए इस नये आन्दोलन का उन्होंने बढ़कर साथ दिया और मगध में बौद्ध धर्म की बहुत अच्छी प्रतिष्ठा हो गई। यह भी ध्यान देने की बात है कि बौद्ध धर्म को पहले-पहल राज्य का आश्रय भी मगध में ही मिला। बुद्ध के समय में राजगिर के राजा बिम्बिसार और बुद्ध के मरने के दो-सवा दो सौ वर्ष के बाद, मगध-सम्राट् अशोक उनके धर्म में दीक्षित हुए। सच पूछिए तो बौद्ध धर्म का भारत से बाहर प्रचार करने का बहुत बड़ा श्रेय अशोक को ही है।

बौद्ध दर्शन

प्रत्येक धर्म के अक्सर दो पक्ष होते हैं—एक आचार-पक्ष, दूसरा दर्शन-पक्ष। ऊपर बौद्ध धर्म की जिन शिक्षाओं का जिक्र आया है, उनका सम्बन्ध बौद्ध मत के आचार-पक्ष से है और बुद्ध का सबसे अधिक जोर इन्हीं शिक्षाओं पर था। बौद्ध धर्म मुख्यतः आचार-धर्म है। बुद्ध जानते थे कि मनुष्य का अच्छा या बुरा होना, सुख या दुःख पाना उसके कर्म और चरित्र पर निर्भर करता है। आदमी का ध्यान इस बात पर रहना चाहिए कि वह करता क्या है, इस बात पर नहीं कि वह जानता क्या है। करने और जानने में, अर्थात् कर्म और ज्ञान में, बुद्धदेव ने कर्म को ही मुख्य माना। इसलिए उन्होंने मनुष्य का ध्यान कभी भी उन विषयों की ओर जाने नहीं दिया, जो विषय बुद्धि से समझे नहीं जा सकते और जिनके बारे में केवल अनुमान और अटकलबाजी से ही काम लेना पड़ता है।

संसार के बड़े-बड़े दार्शनिकों और पंडितों में इस बात को लेकर भारी मतभेद है कि बौद्ध धर्म का दर्शन क्या है। 'यह सृष्टि कहाँ से निकल पड़ी है? मनुष्य कहाँ से आया है और मरकर कहाँ जाएगा? आदमी मरने के बाद जीवित रहता है या नहीं? बुद्ध ने जिसे निर्वाण कहा है, वह क्या चीज है? निर्वाण के मानी मृत्यु और विनाश ही हैं या और कुछ?'—ये अनेक प्रश्न हैं, जिन पर विद्वानों में घोर विवाद चलता है और अधिकांश विद्वान इस विचार पर आकर अड़ जाते हैं कि हो-न-हो, बुद्धदेव नास्तिक थे और वे आत्मा-परमात्मा, किसी को भी नहीं मानते थे। कुछ दूसरे लोग हैं, जिनका कहना है कि इस जीवन के बाद क्या है, इसे बुद्ध नहीं जानते थे। एक तीसरे प्रकार के भी लोग हैं, जिनका विश्वास है कि बुद्धदेव सब कुछ जानते थे, मगर गोतीत विषयों पर उन्होंने इसलिए चुप्पी साध ली कि इनके कथन या जानकारी को वे जरूरी नहीं समझते थे।

मज्झिमनिकाय के चूल-मालुंक्य-सुत्तन्त में लिखा है कि मालुंक्यपुत्त नामक एक भक्त ने तथागत से यह पूछा कि 'जगत नित्य है या अनित्य? जीव और शरीर एक हैं या दो? मरने के बाद बुद्ध रहते हैं या नहीं?' प्रश्न के साथ उस भक्त ने यह भी कहा कि 'भगवान अगर इन प्रश्नों के उत्तर

नहीं देंगे तो मैं ब्रह्मचर्य वास नहीं करूँगा (अर्थात् संघ में रहकर धर्म की साधना नहीं करूँगा)।'

बुद्धदेव ने कहा : 'मालुंक्यपुत्त! मैंने कब तुमसे कहा था कि मैं तुम्हें ऐसे प्रश्नों के उत्तर दूँगा? तुम्हारा यह प्रश्न तो उस व्यक्ति के प्रश्नों के समान बेकार है, जिसके कलेजे में जहर-बुझा बाण घुस गया हो, जिसके हित-मित्र बाण निकालने के लिए सुयोग्य वैद्य को ले आए हों, मगर जो यह कह रहा हो कि मैं बाण तब तक नहीं निकलवाऊँगा जब तक मुझे यह मालूम नहीं हो जाए कि बाण चलानेवाला व्यक्ति गोरा है या काला, लम्बा है या नाटा, उसके नाम और गोत्र क्या हैं, उसके धनुष की डोरी संठे की है या ताँत की तथा उसके बाणों के पर बाज के हैं या गिद्ध के। मालुंक्यपुत्त! चाहे लोक नित्य है, यह दृष्टि रहे, चाहे लोक अनित्य है, यह दृष्टि रहे, दोनों ही हालात में जन्म है ही; जरा है ही; मरण है ही; शोक, रोना-काँदना, दुःख-दौर्मनस्य और परेशानी हैं ही, जिनके इसी जन्म में विघात (शमन के उपाय) को मैं बतलाता हूँ।'

जिन प्रश्नों का समाधान बुद्धि से नहीं हो सकता और जिनके ऊपर पाने या नहीं पाने से आदमी का कुछ बनता-बिगड़ता नहीं, वैसे सभी प्रश्नों को तथागत ने अव्याकृत (नहीं पूछने योग्य, नहीं जानने योग्य) कोटि में डाल दिया था और उनके पूछने की मनाही कर दी थी। दीर्घनिकाय के पोठ्ठपादसुत्त में वे कहते हैं : 'पोठ्ठपाद! लोक नित्य है, यही सच है, और दूसरा मत निरर्थक है, इसे मैंने अव्याकृत (कथन का अविषय) कहा है।' इसी प्रकार : 'लोक अनित्य है, लोक अन्तवान है, जीव और शरीर एक हैं, जीव और शरीर अलग-अलग हैं, तथागत मरने के बाद होते हैं, तथागत मरने के बाद होते भी हैं और नहीं भी होते हैं'– इन सारे प्रश्नों को बुद्धदेव ने अव्याकृत कहकर उनका पूछा जाना बन्द कर दिया था।

पोठ्ठपाद के यह पूछने पर कि 'किसलिए भंते भगवान ने इसे अव्याकृत कहा है?' तथागत ने बतलाया : 'इसलिए कि ये प्रश्न न तो अर्थयुक्त हैं, न धर्मयुक्त, न आदि ब्रह्मचर्य के उपयुक्त, न निर्वेद (वैराग्य) के लिए, न विराग के लिए, न निरोध के लिए, न उपशम के

लिए।' अर्थात्, इन प्रश्नों के विवेचन में पड़ने से मनुष्य को कुछ भी प्राप्त होनेवाला नहीं है।

हमारा अनुमान है कि अगर किसी ने बुद्धदेव से यह पूछा होता कि 'ईश्वर है या नहीं', तो वे कहते कि अगर ईश्वर है, तब भी मनुष्य के अच्छे कर्मों का अच्छा फल और बुरे कर्मों का बुरा फल होगा; अगर ईश्वर नहीं है, तब भी मनुष्य के अच्छे कर्मों का अच्छा फल और बुरे कर्मों का बुरा फल होगा। तब ईश्वर की बात कहाँ से आती है? बात तो सोचने लायक यह है कि अच्छे और बुरे कर्म क्या हैं।

जिन प्रश्नों को संसार के सभी धर्म मौलिक और महान समझते आए हैं, तथागत ने उन्हें इस योग्य भी नहीं समझा कि उनके उत्तर दिये जाएँ अथवा उनको लेकर थोड़ी देर भी माथापच्ची की जाए। उन्होंने ईश्वर का नाम नहीं लिया और न किसी देवता की भक्ति करने का उपदेश दिया, क्योंकि अदृश्य देवता को अपना भाग्यविधाता मान लेने से भी आदमी में शिथिलता आ सकती है। वह इस उम्मीद में अकर्म कर सकता है कि इससे जो पाप होगा, वह देवता से माफ करवा लूँगा। उन्होंने प्रार्थना की भी प्रथा नहीं चलाई, क्योंकि जब कोई देवता ही मानने योग्य नहीं रहा, तब फिर प्रार्थना किसकी की जाए? और प्रार्थना में भी कमजोरी की एक खिड़की तो है ही। जो मनुष्य प्रार्थना करता है, वह अगर अकर्मण्य और असावधान हुआ तो देवता से वह ऐसी चीज भी माँग सकता है, जो देवता के वरदान से नहीं, मनुष्य के उद्यम से पैदा होती है।

हिन्दुत्व से समानता

बुद्धदेव ने हिन्दू धर्म के जन्मान्तरवाद और कर्मफलवाद को ज्यों-का-त्यों स्वीकार कर लिया। उनका भी निश्चित मत है कि जीवन दुखी है और मनुष्य को यह दुःख भोगने के लिए बार-बार जन्म लेना पड़ता है। मनुष्य का जन्म इसलिए होता है कि उसके भीतर वासनाएँ शेष हैं। इन वासनाओं के कारण मनुष्य नाना कर्मों में प्रवृत्त होता है और अपने कर्मों के अनुसार ही वह मरकर उत्तम या अधम योनि में जन्म लेता है और फिर उन जन्मों में

वह जैसे कर्म करता है, जैसा संस्कार अर्जित करता है, वे संस्कार उसे नया जन्म ग्रहण करने को विवश करते हैं। इस प्रकार जन्म-मरण का प्रवाह लगातार चलता रहता है। इस जंजाल से निकलने का मार्ग भी बुद्ध ने वही रखा है, जो हिन्दुओं के यहाँ प्रचलित था, अर्थात् मुक्ति या मोक्ष, जिसे बुद्धदेव निर्वाण कहते हैं। फर्क यह है कि हिन्दू जहाँ आत्मा को निर्मल, मुक्त ब्रह्मस्वरूप एवं सभी अवस्थाओं में एकरस रहनेवाला और कूटस्थ मानते हैं, वहाँ बुद्धदेव का यह विचार है कि आत्मा कूटस्थ नहीं होती, वह भी शरीर के साथ बदलती रहती है। वह भी बूढ़ी, जवान, मलिन और निर्मल होती रहती है। कारण शायद यह है कि आत्मा को अगर पहले से ही निर्मल और कूटस्थ माना जाए, तो फिर मनुष्य को जरूरत ही क्या रह जाती है कि वह ज्ञान-ध्यान और तपश्चर्या से निर्मलता प्राप्त करे? निर्मल तो वह पहले से ही है। इसीलिए बुद्धदेव ने माना कि आत्मा में वे सभी विकार हो सकते हैं, जो शरीर में होते हैं। मनुष्य निर्मल है नहीं, निर्मल उसे बनना है। इसके सिवा, उन्होंने यह भी सोचा होगा कि अगर यह कहता हूँ कि मनुष्य की आत्मा ब्रह्मस्वरूप है, निर्मल और मुक्त है तो, सम्भव है, मनुष्य अपनी उन्नति करने के लिए प्रयास ही नहीं करे!

हिन्दुओं के समान ही बुद्ध भी परलोक और देवयोनि को मानते हैं, लेकिन यहाँ भी एक बात को लेकर फर्क है। वे और उनके शिष्य, जब-तब यह तो कहते हैं कि देव-योनि मानव-योनि से पवित्र है, किन्तु देवताओं को वे पूर्ण नहीं मानते, बल्कि उनका यह विचार है कि अपने उद्धार के लिए देवताओं को भी मनुष्यों के समान सतत साधना और उद्योग करना चाहिए। बुद्ध के शिष्य बुद्ध को देवताओं का भी त्राता मानते हैं। देवता मनुष्यों के ही समान सीमित और अपूर्ण हैं, यह भाव बुद्ध के हृदय में आरम्भ से ही समाया हुआ था। जब वे संन्यास के लिए घर छोड़ रहे थे, तब अपने कंथक नामक घोड़े से उन्होंने कहा था : 'तात! तू एक रात आज मुझे तार दे, क्योंकि मैं देवताओं समेत मनुष्यों को तारनेवाला हूँ।'

बुद्ध के देवता-विषयक इस भाव का बाद के हिन्दुत्व पर काफी प्रभाव पड़ा। रावण देवताओं से पानी भरवाता है। तुलसीकृत रामायण में देवता

या तो बाजे बजाते हैं या फूलों की वृष्टि करते हैं। ये सारे भाव बुद्ध के साहस की देन हैं।

बुद्धदेव ने ज्ञान और भक्ति–इन दोनों को छोड़कर केवल कर्म को पकड़ा और जीवन भर वे उसी का उपदेश देते रहे। कर्म है भी बहुत बड़ी चीज। ज्ञान-मार्ग एक तो कठिन मार्ग है, मन के ऊहापोह से भरा मार्ग है। उस पर भी अगर ज्ञानी के कर्म वैसे ही नहीं रहे, जैसे उसके विश्वास हैं, तो हम कहने लगते हैं कि यह ज्ञानी पतित हो गया, क्योंकि वह जो कहता है, वह करता नहीं है। यहाँ भी हमें कर्म का ही अभाव अखरने लगता है। इसी प्रकार, जब भक्तिमार्ग पर चलनेवाला मनुष्य किसी प्रकार के लोभ में आकर डगमगाने लगता है, तब भी हम कह उठते हैं कि देखो, यह ईश्वर का भक्त बनता है, लेकिन कर्म इसके अधम कोटि के हैं। इसलिए मानना पड़ेगा कि बुद्ध ने कर्म को बहुत सोच-समझकर अपना धर्म-मार्ग बनाया था। गांधी जी और बुद्धदेव में जो समानता है, वह सिर्फ इस कारण नहीं कि दोनों ही सुधारक अहिंसा और मैत्री के पुजारी थे, बल्कि मुख्यतः इसलिए कि दोनों का विश्वास ज्ञान की अपेक्षा कर्म में अधिक था।

जब से संसार में वैज्ञानिकता का प्रवेश हुआ और आज वाली नई सभ्यता फैलने लगी, तब से बौद्ध मत पढ़े-लिखे लोगों के बीच काफी लोकप्रिय हो गया है। इसका कुछ कारण तो यह है कि पिछले युगों में धर्म के साथ मन्दिरों, मस्जिदों, गिरजाघरों और मठों में जो लोभ और दुराचार देखे गए, उससे लोग धर्म के प्रति उदासीन हो गए और अब वे धर्म में केवल आचार देखना चाहते हैं। लेकिन इसका उससे भी प्रबल कारण यह है कि आज का मनुष्य, कभी तो सोच-समझकर और कभी बिना सोचे- समझे ही दिन-रात धर्म की आलोचना करने में सुख पाता है और बुद्धि से वह जो कुछ नहीं समझ पाता, उसे मानने को वह तैयार नहीं है। विज्ञान ने मनुष्य में जो जिज्ञासा जगा दी है, उससे प्रेरित होकर वह हर चीज पर शंका की उँगली उठा रहा है। इस प्रकार आज एक बार फिर वे प्रश्न जोरों से उठाये जा रहे हैं, जिन्हें बुद्धदेव ने अव्याकृत कहकर बन्द कर दिया था। जिस युग को विवेक धर्म के विषय में इस तरह

शंकालु बनाये हुए हो, उस युग में बुद्ध का विवेकपूर्ण (Rational) धर्म लोकप्रियता प्राप्त करे, तो इसमें आश्चर्य क्या है?

क्या बुद्ध नास्तिक थे?

जैसाकि पिछले अध्याय में बताया गया है, बुद्ध नास्तिक इसलिए माने गए कि उन्होंने वेद की खुलकर निन्दा की। और वेद-निन्दक होते हुए भी हिन्दुओं ने उन्हें दशावतार में इसलिए गिन लिया कि उनका चरित्र एक सच्चे आस्तिक का चरित्र था तथा वे इस बात में निष्कपटता से विश्वास करते थे कि आत्मा का आवागमन होता है और इस आवागमन से छुटकारा पाकर मनुष्य मोक्ष प्राप्त कर सकता है। किन्तु दो बातें हैं, जिन्हें लेकर पश्चिम के विद्वानों ने यह दिखलाना चाहा है कि बुद्धदेव नास्तिक थे, क्योंकि प्रथम तो वे आत्मा के अस्तित्व में विश्वास नहीं करते थे; दूसरे यह कि उनके निर्वाण का अर्थ व्यक्ति का अन्तिम विनाश है। भारत और एशिया में भी कुछ ऐसे बौद्ध संत और विद्वान हैं, जिनका विश्वास है कि बुद्धदेव ने जिस धर्म का प्रवर्तन किया, वह धर्म नास्तिक धर्म है, क्योंकि उसमें आत्मा नहीं, अनात्मा का सिद्धान्त माना जाता है।

असल में आत्मा और निर्वाण भी 'अव्याकृत' के ही विषय माने जाने चाहिए, क्योंकि इनके सम्बन्ध में शंका-रहित ज्ञान बुद्धिवाद से प्राप्त नहीं किया जा सकता। अगर यह सम्भव होता तो पुनर्जन्म के विषय में हिन्दू धर्म तथा बौद्ध धर्म से दुनिया के अन्य धर्मों का मतभेद नहीं होता। उपनिषदों ने आत्मा को शुद्ध, बुद्ध, चेतन और नित्य माना है तथा उनका कहना है कि चूँकि कर्म के प्रभावों की धूल उसे चारों ओर से ढँके हुए है, इसलिए हमें आत्मा का सम्यक् परिचय नहीं प्राप्त होता। आत्मा के ऊपर से इस धूल को हटाने का मार्ग साधना है और साधक जब कर्म के प्रभावों से ऊपर उठ जाता है तथा संसार के किसी भी कार्य या रूप में उसकी आसक्ति नहीं रह जाती, तभी वह आत्मज्ञान प्राप्त करता है। उपनिषदों के अनुसार आत्मज्ञान मोक्ष का एकमात्र उपाय है।

जहाँ तक मोक्ष के सिद्धान्त का सवाल है, बुद्धदेव का उपनिषदों से कोई मतभेद नहीं दीखता और मोक्ष के लिए जैसी साधना उपनिषदों ने निर्धारित की है, बहुत कुछ वैसी ही साधना बुद्ध-मार्ग में भी है। किन्तु आत्मा को लेकर बुद्ध और उपनिषदकारों में जो भेद है, उसे हम इस प्रकार से रख सकते हैं कि जहाँ उपनिषद् यह मानते हैं कि मोक्ष आत्मज्ञान से होता है, वहाँ बुद्धदेव का यह विचार है कि आत्मा का ज्ञान मोक्ष नहीं, जीव के बन्धन का कारण है। और वह इस प्रकार कि जब तक हम यह मानते चलेंगे कि आत्मा का अस्तित्व है, तब तक हम 'मैं और मेरा' के बन्धन से छूट नहीं सकेंगे। अगर आत्मा है तो वह शरीर से भिन्न करके देखी नहीं जा सकती और उसे शरीर से एकाकार मानने पर हम शरीर के मोह में पड़े ही रहेंगे। इसी तर्क से प्रेरित होकर उन्होंने अनात्मवाद या नैरात्म्यवाद का सिद्धान्त निकाल डाला, जिसके अनुसार आत्मा शरीर के ही समान नश्वर है। असल में हमारे मन में स्मृतियों और संस्कारों का जो संकलन है, उसे बुद्धदेव आत्मा का पर्याय मानते हैं। अनेक जन्मों में हमने जो संस्कार अर्जित किये हैं, उन्हीं की सुगंध या दुर्गन्ध हमारी आत्मा है। अतएव पुण्यात्मा की आत्मा पवित्र और पापी की आत्मा मलिन होती है। बौद्ध दर्शन के अनुसार मनुष्य के शरीर में या उसके भीतर कोई भी शाश्वत तत्त्व नहीं है। यह शरीर कुछ आधिभौतिक अणुओं और कुछ आध्यात्मिक या मानसिक अणुओं (स्मृति, चेतना, मानसिक कार्य, सनसनाहट आदि) के योग से बना हुआ है, जो सब-के-सब नाशवान् हैं। इस पर से यह शंका की जाती है कि तब इस प्रकार के नश्वर मिश्रण में वह कौन पदार्थ है, जिसे पुनर्जन्म लेना पड़ता है, जिसे एक जीवन में किये गए कार्यों के फल को दूसरे जीवन में भोगना पड़ता है? आत्मा नश्वर है, इस उपदेश पर तथागत के समय में भी एक शिष्य को शंका हुई थी और उसने पूछा था कि अगर आत्मा नश्वर है, तो फिर पुनर्जन्म किसका होता है? इस प्रश्न का उत्तर तथागत ने यह कहकर दिया कि जब हम ताली बजाते हैं, तब दूर की कन्दरा में प्रतिध्वनि होती है। तो क्या हम यह कहें कि हमारे करतल कन्दरा में भी विद्यमान हैं? इसी प्रकार, आत्मा तो नष्ट हो जाती है, किन्तु उसके संस्कार प्रतिध्वनि के समान पुनर्जन्म ग्रहण करते हैं।

आत्मा और निर्वाण

जो हिन्दू पुनर्जन्म के संस्कार में पला है, उसे तथागत की इस व्याख्या से तनिक भी आश्चर्य नहीं होता और वह यह समझ लेता है कि तथागत ने अपनी सुविधा के अनुसार एक खास तरह की भाषा का प्रयोग किया है। अन्यथा आत्मा हिन्दुओं के यहाँ भी निराकार ही मानी जाती है और उसका एक शरीर से दूसरे शरीर तक गमन करना, असल में, हमारे संस्कारों की ही यात्रा के समान है। किन्तु पश्चिम के अनेक दार्शनिक (पूसिन, हक्स्ले, फरकोहार, विल डुरांट आदि) बुद्धदेव की इस व्याख्या को ग्रहण नहीं कर पाते और सीधे कह देते हैं कि बुद्ध ने आत्मा की सत्ता में विश्वास नहीं किया है अथवा यह कि अनात्मा का सिद्धान्त बौद्ध धर्म की सबसे बड़ी कमजोरी है, क्योंकि अगर आत्मा का अस्तित्व ही नहीं होता, तो फिर पुनर्जन्म के सिद्धान्त में विश्वास करने की कोई खास जरूरत नहीं रह जाती है। डॉक्टर फरकोहार का भी मत है कि बुद्धदेव पुनर्जन्म को तो मानते थे, किन्तु आत्मा के अस्तित्व में उनका विश्वास नहीं था।

इसी प्रकार, बुद्ध की निर्वाण-विषयक कल्पना को लेकर भी पश्चिम के पंडितों में बड़ा विवाद है। उन्नीसवीं सदी के बहुत-से पाश्चात्य विद्वान यह मान बैठे थे कि बुद्धदेव विनाशवादी (Nihilist) हैं और जिसे उन्होंने निर्वाण कहा है, वह मानव-सत्ता की समाप्ति के सिवा और कुछ नहीं है। निर्वाण को लेकर पश्चिम के विद्वान इतना क्यों घबराए, इसका कारण यह है कि सामी (Semitic) धर्मों में यह कहा गया है कि आदमी के मरने के बाद उसकी रूह कब्र में पड़ी रहती है और जब न्याय का दिन आता है, तब सभी रूहों को कब्रों से उठकर भगवान के दरबार में हाजिर होना पड़ता है, फिर भगवान सबको उनके पाप-पुण्य के लेखा के अनुसार स्वर्ग या नरक भेजते हैं। यह भी कि भगवान गुनाहों को माफ भी करते हैं, बशर्ते कि रूहों ने मानव-जीवन काल में भगवान की काफी भक्ति की हो। गुनाहों की माफी की बात में लोग आशावाद की दलील देखते हैं, क्योंकि बुरे-से-बुरे मनुष्य पर भी परमात्मा की कृपा हो सकती है। लेकिन अगर

यह मान लिया जाए कि निर्वाण का अर्थ मनुष्य के जीवन का सब प्रकार विनाश है, तो इससे, सचमुच ही, मनुष्य के अन्तिम भाग्य के विषय में निराशा बढ़ती है यानी उसे मानना पड़ता है कि एक दिन उसका अस्तित्व समाप्त हो जाएगा।

भारत में सामान्यतः यही माना जाता है कि बौद्ध दर्शन का निर्वाण, उपनिषदों में वर्णित निर्वाण से भिन्न चीज नहीं है। उपनिषदों में वर्णित मोक्ष वह अवस्था है, जिसमें आत्मा परमात्मा से एकाकार हो जाती है, ठीक वैसे ही जैसे घट का व्योम घट टूट जाने पर महाव्योम में समा जाता है। बुद्धदेव निर्वाण का अभिप्राय समझाने के लिए अग्नि और दीपक की उपमा दिया करते थे। उनसे बार-बार यह पूछा जाता था कि निर्वाण के बाद तथागत किस रूप में रहते हैं। प्रथम तो इस प्रश्न को बुद्धदेव अव्याकृत कहकर टाल देते थे, मगर एक-दो बार उन्होंने कहा था कि 'ईंधन के बिलकुल निःशेष हो जाने पर जैसे यह नहीं जाना जा सकता कि जो आग सामने प्रज्वलित थी, वह कहाँ चली गई, इसी प्रकार कर्म-संस्कारों के समाप्त हो जाने पर यह नहीं जाना जा सकता कि जीव किस अवस्था में अथवा कहाँ चला जाता है।' जहाँ तक नश्वरता का प्रश्न है, बुद्धदेव ने बार-बार कहा है कि संत और महात्मा तथा स्वयं तथागत भी नश्वर परमाणुओं से बने हैं और जब वे मरते हैं, तब उनका कोई अंश शेष नहीं रह जाता है।

निर्वाण के विषय में हिन्दुओं, बौद्धों और जैनों के यहाँ जो कल्पनाएँ की गई हैं, उनकी तुलना से ऐसा लगता है कि जैनों की कल्पना बौद्ध कल्पना से कुछ अधिक सुखप्रद है। जैन का मोक्ष जीव का पूर्णरूप से निर्मल होकर परमात्मा की स्थिति को पहुँच जाना है, जहाँ से फिर उसे लौटना नहीं पड़ता, यद्यपि परमात्मा की स्थिति में पहुँचने से यह अनुमान निकलता है कि जीव किसी ऊँचे और सुखपूर्ण धरातल पर कायम रहता है। किन्तु निःशेष ईंधन की उपमा देकर बौद्ध दर्शन इस बात पर जोर डालता है कि निर्वाण का अर्थ जीव के अस्तित्व की सर्वविध समाप्ति है। उपनिषदों के जीव-ब्रह्म-मिलन में विरह के बाद संयोग का रूपक तो दीखता है, किन्तु वह जैन की अपेक्षा बौद्ध निर्वाण के अधिक करीब है।

यह भी सत्य है कि जैन कैवल्य की, उपनिषद् मोक्ष की और बौद्ध निर्वाण की एक समान प्रशंसा करते हैं। बौद्ध दर्शन भी मानता है कि निर्वाण की अवस्था अनिर्वचनीय सुख की अवस्था है, यद्यपि सुख का अनुभव कौन करता है अथवा कोई अनुभव करता भी है या नहीं, यह नहीं कहा जा सकता। मिलिन्द-प्रश्न में एक प्रसंग में कहा गया है कि परिनिर्वाण के बाद बुद्ध इस अवस्था में नहीं रहते कि वे शिष्यों और भक्तों की पुकार सुन सकें अथवा उनके द्वारा अर्पित पत्र-पुष्प को स्वीकार कर सकें। इसलिए मरे हुए महात्माओं की पूजा की परिपाटी मौलिक बौद्ध मत के विरुद्ध है।

असल में हिन्दू धर्म को समझे बिना बौद्ध मत की निर्वाण की कल्पना भी समझ में नहीं आ सकती। जब बुद्ध का आविर्भाव हुआ, उसके पूर्व ही इस देश में यह धारणा बद्धमूल हो चुकी थी कि मोक्ष-प्राप्ति मनुष्य का उच्चतम ध्येय है और यह मोक्ष एक ऐसे शाश्वत व्यक्तित्व की उपलब्धि में है, जिसमें फिर और जन्म लेने तथा मरने की सम्भावनाएँ शेष नहीं रह जातीं। महावीर और बुद्ध, दोनों ही उपनिषदों के इस अनुसन्धान के प्रभाव में थे और दोनों ने अपनी-अपनी भाषा में वही बात कही है, जो उपनिषदों में कही जा रही थी।

कदाचित् सच्ची बात यह है कि बुद्धदेव का निर्वाण विनाश की स्थिति नहीं होकर आत्मा के उसी विमल उल्लास की अवस्था है, जिस पर वेदान्त की इतनी भक्ति है। हक्स्ले, फरकोहार और पूसिन तो यह जरूर मानते हैं कि निर्वाण विनाश (Annihilation) की स्थिति है, किन्तु भारतीय विद्वानों का उनसे मतभेद है। डॉक्टर आनन्दकुमार स्वामी का मत है कि 'निर्वाण मृत्यु भी है और जीवन की पूर्णता भी। किन्तु यह कोई ऐसी वस्तु नहीं है जिसे हम स्थान-विशेष या काल-विशेष में देख सकें। बुद्धदेव ने निर्वाण के लिए जो साधन बताये हैं, वे निर्वाण तक जाने के सोपान नहीं हैं, बल्कि उनसे सिर्फ वे बाधाएँ दूर होती हैं, जिनके कारण हमें निर्वाण का अनुभव नहीं हो पाता। यह बात वैसी ही है, जैसे अँधेरे में चिराग के आ जाने से देखने की बाधा दूर हो जाती है।' डॉक्टर राधाकृष्णन् का कहना है कि 'निर्वाण विनाश का पर्याय है, इसका समर्थन

हमें बौद्ध साहित्य में नहीं मिलता। बौद्ध ग्रंथ हमें जिस निर्वाण की अवस्था का वर्णन सुनाते हैं, वह मृत्यु या विनाश की अवस्था नहीं है, बल्कि वह अवस्था है जो नैतिक आचरणों की पूर्णता से प्राप्त होती है, जो पवित्र धार्मिक जीवन की साधना का परिणाम है। निर्वाण वासनाओं से छुटकारे का नाम है। निर्वाण वह उज्ज्वल शान्ति है, जिसका कभी भंग नहीं होता।'

डॉक्टर आनन्दकुमार स्वामी का यह भी कहना है कि 'सारे बौद्ध साहित्य में कहीं भी यह उल्लेख नहीं मिलता कि आत्मा नहीं है अथवा जो शरीर रोगी, वृद्ध या मृत बन जाता है, उससे अलग मनुष्य में कोई शक्ति नहीं होती। बौद्ध धर्म के 'अनात्म' शब्द से यह निष्कर्ष निकालना कि आत्मा नहीं है, ठीक वैसी ही बात होगी, जैसे 'ईश्वर के विषय में भी सच्ची बात नहीं कही जा सकती', इस उक्ति से यह निष्कर्ष निकालना कि ईश्वर है ही नहीं।

राहुल जी ने इस विषय की व्याख्या करते हुए लिखा है कि बुद्ध के समय में आत्मा के स्वरूप के विषय में दो मत प्रचलित थे : एक तो यह कि आत्मा शरीर में बसनेवाली, पर उससे एक भिन्न शक्ति है, जिसके रहने से शरीर जीवित रहता है और जिसके चले जाने से वह शव हो जाता है। दूसरा मत यह था कि आत्मा शरीर से भिन्न कोई कूटस्थ वस्तु नहीं है। शरीर में ही रसों के योग से आत्मा नामक शक्ति पैदा होती है, जो शरीर को जीवित रखती है। रसों में कमोबेशी होने से इस शक्ति का लोप हो जाता है, जिससे शरीर जीवित नहीं रह पाता। बुद्धदेव ने अन्यत्र की भाँति यहाँ भी बीच की राह पकड़ी और यह कहा कि आत्मा न तो सनातन और कूटस्थ है, न वह शरीर के रसों पर ही बिलकुल अवलम्बित रहती है। वह असल में स्कन्धों [भूत (Matter) और मन (Mind)] के योग से उत्पन्न एक शक्ति है, जो अन्य बाह्य भूतों की भाँति क्षण-क्षण उत्पन्न और विलीन होती रहती है। हमारे सामने जो नदी बहती है, उसका जल हमें बराबर एक-सा दिखलाई पड़ता है, किन्तु सत्य यह है कि जल बराबर आगे निकलता जा रहा है और उसकी जगह पर नया जल आता जा रहा है। नदी के प्रवाह के समान ही हमारे भीतर आत्मा या चित्त का

भी प्रवाह है, जिसके जारी रहने से शरीर सजीव कहा जाता है। लेकिन शरीर के विनाश के साथ ही चित्त-प्रवाह का विनाश नहीं होता। वह संस्कारों का बोझ लिये हुए एक नये शरीर में प्रवेश करता है। एक शरीर से निकलकर दूसरे शरीर में प्रवेश करने के बीचवाले अवकाश में यह चित्त-प्रवाह कहाँ रहता है अथवा उसका नया जन्म कैसे होता है, इस विषय में बुद्धदेव मौन थे।

हिन्दुत्व का बौद्धीकरण

बौद्ध मत पर लिखते हुए एक पश्चिमी विद्वान ने एक विलक्षण बात कही है, जिससे हिन्दुत्व और बौद्ध मत का सम्बन्ध बहुत खुलकर सामने आता है। उन्होंने कहा है कि भारत के लिए बौद्ध मत कोई नवीन धर्म नहीं, प्रत्युत् हिन्दुत्व का ही बौद्धीकरण मात्र था। यह मत ठीक है, क्योंकि बौद्ध भावनाएँ, बौद्ध संस्थाएँ और बौद्ध विचार सचमुच ही हिन्दू-भावनाओं, हिन्दू-संस्थाओं और हिन्दू-विचारों के बौद्धीकृत रूप मालूम होते हैं। आवागमन और पुनर्जन्म तथा कर्मफलवाद के वे ही सिद्धान्त जो हिन्दुत्व में थे, नई शब्दावली में बौद्ध धर्म में भी मिलते हैं। बल्कि हिन्दुओं के यहाँ ईश्वर की जो कल्पना त्राता या रक्षक के रूप में चल रही थी, उसने भी बौद्ध-मत की महायान-शाखा में अपने लिए स्थान बना लिया। महायान-शाखा में भक्ति का जो पुट है, उससे भी यह अनुमान निकलता है कि हिन्दुत्व का विकास जिन-जिन दिशाओं में हो रहा था, उन-उन दिशाओं में बौद्ध-धर्म के भी कदम पड़ रहे थे और वह समकालीन हिन्दुत्व के प्रत्येक रूप का एक बौद्ध रूप प्रस्तुत करता जा रहा था। बौद्ध मत का बुद्धिवाद (यज्ञ, अनुष्ठान, अन्धविश्वास आदि का विरोध), उसकी नास्तिकता, उसकी ऊँची नैतिकता, उसका निराशावाद, उसकी जात-पाँत-विरोधी भावना, उसकी विनम्रता और मानवीयता–इन अनेक गुणों में से कोई भी गुण ऐसा नहीं है, जो सर्वथा बौद्ध मत का आविष्कार कहा जा सके। इन सबका कुछ-न-कुछ रूप हिन्दुत्व में पहले भी विकसित हो चुका था। बुद्धदेव ने आकर इन गुणों पर खास तौर से जोर डाला

तथा हिन्दुत्व के उस काल में अधिक प्रचलित रूप के विरुद्ध इन मूल्यों का मान बढ़ा दिया। अतएव वे हिन्दुत्व की परम्परा के शोधक थे, उसके संहारक नहीं।

यह भी स्मरण रखने की बात है कि जो लोग मुंडी बन जाते थे, बौद्ध धर्म का उजागर रूप उन्हीं में दिखलाई पड़ता था। पहले तो गृहस्थ बौद्ध बने ही नहीं, क्योंकि जनता का यह विश्वास था कि बौद्ध धर्म प्रधानतः उनके लिए है जो घर-बार छोड़कर संन्यास ले सकते हैं; किन्तु, पीछे जब गृहस्थ भी दीक्षा लेने लगे, तब भी वे बाकी बातों में हिन्दू ही रहे; क्योंकि विवाह और श्राद्ध, उपनयन और चूड़ाकरण-संस्कार—इन सबके बारे में बौद्ध मत ने गृहस्थों के लिए कोई नई व्यवस्था नहीं दी थी।

आगे चलकर बौद्ध धर्म से ब्राह्मणों का जो द्वेष आरम्भ हुआ, वह इस कारण नहीं कि बौद्ध मत कोई नवीन दर्शन लेकर आया था जो हिन्दुओं के दर्शन के विरुद्ध पड़ता था, बल्कि इस कारण कि बौद्ध धर्म जाति-प्रथा को तोड़कर मनुष्य मात्र को समान बनाना चाहता था और समाज में जातिगत एकता के फैलने से ब्राह्मणों का श्रेष्ठ पद खतरे में पड़ता था। ब्राह्मणों ने बौद्धों को वेद-निन्दक कहकर भी चिढ़ाया है, मगर यह बात आसानी से समझी जा सकती है कि वेद-निन्दक होना बौद्धों का कोई बड़ा कसूर नहीं था। उनका वास्तविक अपराध यह था कि उन्होंने यज्ञों का विरोध किया, जिससे ब्राह्मणों की रोजी चलती थी तथा उन्होंने लोगों को यह बतलाया कि जन्म से सभी मनुष्य समान हैं और श्रेष्ठता सबको कर्म से मिलती है। अतएव ब्राह्मण-वंश में भी जनमा हुआ अपकर्मी मनुष्य निन्दा का पात्र है तथा चांडाल-वंश में जनमा हुआ मनुष्य अगर सत्कर्म करता है, तो उसकी पूजा होनी चाहिए।

इस भेद के सिवा ब्राह्मण और बौद्ध धर्मों में कोई और बड़ा भेद नहीं मिलता। जैसे वेदान्त अथवा अन्य हिन्दू-दर्शनों ने संसार (जन्म-मरण की सरणि) का कारण अविद्या को माना है, वैसे ही बुद्धदेव भी अविद्या को संसार का कारण मानते हैं। जैसे वेदान्त का कहना है कि काम (किसी भी प्रकार की इच्छा या वासना) सभी दुःखों का मूल है, वैसे ही बुद्धदेव भी सभी दुःखों का मूल काम या तृष्णा को मानते हैं। काम की प्रचंडता का

उल्लेख–वेद और उपनिषद दोनों में मिलता है तथा दोनों में उसकी तुलना अग्नि से की गई है, क्योंकि अग्नि का यह स्वभाव है कि उसमें जितना ही ईंधन डाला जाए, वह उतनी ही अधिक प्रज्वलित होती है। कठोपनिषद् का कहना है कि जिस मनुष्य के हृदय का काम शमित हो जाता है, वह इसी जीवन में ब्रह्म बन जाता है। बुद्धदेव ने जब यह कहा कि सभी वेदनाओं का मूल काम है, तब वे वस्तुतः वेद, उपनिषद् और गीता के इसी मत को दुहरा रहे थे। निर्वाण को समझाने के लिए बुद्धदेव ने 'ईंधन का शेष होना', 'आग का बुझ जाना' आदि रूपकों का जो प्रयोग किया है, उसके पीछे भी उपनिषदों की काम-व्याख्या में दिये गए अग्निवाले उदाहरण का प्रत्यक्ष प्रभाव है। यह भी स्मरण रखना चाहिए कि बुद्धदेव के जीवन में सबसे बड़ी घटना उन पर मार की चढ़ाई थी और मार को जीतकर ही उन्होंने बुद्धत्व प्राप्त किया था। मार को जीतने के भीतर, वास्तव में, काम पर ही विजय पाने की बात समझाई गई है। और जैसे काम को जीतनेवाला व्यक्ति हिन्दुत्व में जीवन-मुक्त कहलाता था, वैसे ही मार को जीतकर गौतम ने बुद्धत्व का दावा किया।

वेदों के कर्म-मार्ग पर उपनिषदों के ज्ञान-मार्ग की प्रतिष्ठा बुद्ध के आविर्भाव के पहले ही हो चुकी थी। वेदों का कर्म-मार्ग सांसारिक भोगों को बढ़ावा देता था और चूँकि औसत आदमी भोग चाहता है, इसलिए वैदिक धर्म का समाज में काफी प्रचलन रहा। किन्तु ज्ञानमार्ग के उपदेशों को सुनकर धीरे-धीरे लोग भोग को नश्वर समझने लगे और सच्चे आनन्द की खोज में अपने भीतर डुबकी लगाने लगे। यही ध्यान या समाधि की प्रवृत्ति का आरम्भ था और आगे चलकर इसी प्रवृत्ति से योग की क्रियाओं का विकास हुआ। इन्द्रियों का निग्रह करने के लिए योग-क्रियाओं का अवलम्ब लोग बुद्ध से पूर्व ही लेने लगे थे और यह धारणा भी भली भाँति बँध चुकी थी कि आध्यात्मिक विकास के लिए किसी हद तक ब्रह्मचर्य का पालन आवश्यक है। असल में, ब्रह्मचर्य अति तप और अति भोग के बीचवाली साधना का पर्याय था, अतएव धर्म के इस अंग का बौद्ध मत में भी बहुत ऊँचा स्थान हुआ। यह भी ध्यान देने की बात है कि बुद्ध ने यद्यपि यह नहीं कहा कि ईश्वर है या नहीं, फिर भी उन्होंने ध्यान और समाधि को

साधकों के लिए आवश्यक बताया, बल्कि समाधि में गए बिना किसी भी साधक की प्रगति नहीं हो सकती थी। यहाँ यह प्रश्न उठता है कि जब ईश्वर ही नहीं है, तब हम ध्यान किसका करें? इसका उत्तर कदाचित्, यह कहकर दिया जा सकता है कि बुद्धदेव मन में किसी की मूर्ति को लेकर ध्यान करना नहीं सिखलाते थे, बल्कि उनका भाव यह था कि ध्यान इसलिए आवश्यक है कि उससे मनुष्य अपनी इन्द्रियों का निग्रह सीखता है, अपने मन पर नियंत्रण रखने की शक्ति पाता है और अपने भीतर डूबकर अपने पुनर्जन्मों की स्मृति तक पहुँच सकता है। ध्यान और समाधि को बौद्ध मत ने बहुत अधिक महत्त्व दिया तथा योग-मार्ग के विकास में भी कितने प्रयोग बौद्ध साधुओं ने ही किये।

बुद्ध का व्यक्तित्व

इस देश में वेद और ब्राह्मण की अवज्ञा करके तथा ईश्वर हैं या नहीं, इस विचिकित्सा से अपने को अलग रखकर भी बुद्धदेव हिन्दुओं के दशावतार में गिने गए, केवल इतनी-सी बात भी यह दिखाने को यथेष्ट है कि उनका व्यक्तित्व अनुपम रहा होगा तथा वे साधुता के जीते-जागते प्रतीक रहे होंगे। और सच पूछिए तो वेद और ब्राह्मण की निन्दा करना उनका कोई प्रमुख लक्ष्य नहीं था। यह चीज तो बाद को प्रमुख हुई, जब ब्राह्मण और बौद्ध आपस में द्वेषी हो गए। स्वयं बुद्धदेव निन्दा के लिए किसी की निन्दा करते हों, यह मानने की बात नहीं है। वे दया और मैत्री के आगार थे। उनके उपदेशों के जो ग्रंथ उपलब्ध हैं, उनसे मालूम होता है कि तथागत संकल्प के पक्के, विचारों में अडिग तथा वाणी और आचरण में अत्यन्त कोमल और विनम्र थे। उन्होंने यह दावा तो किया कि उन्हें बुद्धत्व की प्राप्ति हुई है, मगर यह नहीं कहा कि उन्हें किसी अदृश्य शक्ति ने प्रेरित किया है। वाद-विवाद में भी वे अत्यन्त धीर, सहनशील और उदार थे। लाओत्से और ईसा मसीह की तरह वे भी बुराई के बदले भलाई और घृणा के बदले प्रेम करने का उपदेश देते थे। कलंक, कुत्सा, निन्दा और विरोध का सामना उन्हें भी करना पड़ा था, किन्तु इन विरोधों के मुकाबले भी वे

बराबर अहिंसक और धीर बने रहे। 'अगर कोई व्यक्ति अज्ञानता के कारण मेरी निन्दा करता है, तो भी मैं उसे अपने प्रेम की छाया अवश्य दूँगा और वह जितनी ही बुराई करेगा, मैं उतनी ही उसकी भलाई करता जाऊँगा।' एक बार किसी मूर्ख ने तथागत को गाली दी। तथागत ने पूछा, 'तात! अगर कोई कुछ दान दे और लेनेवाला उसे लेने से इनकार कर दे तो वह दान किसका होगा?' गाली देनेवाले ने कहा, 'क्यों? उसका जो दान दे रहा है।' भगवान बोले, 'तो तात! अभी जो तुमने मुझे गाली दी है, उसे मैं ग्रहण करना अस्वीकार करता हूँ। इसलिए तुम उसे अपने ही पास रख लो।' संसार के अन्य अनेक महात्माओं के विपरीत, तथागत के स्वभाव में विनोदप्रियता भी थी।

वे संसार के शायद एक ही महात्मा हुए हैं, जिनमें दुराग्रह का बिलकुल अभाव था और जो अपने व्यक्तित्व के जोर से अपना धर्म चलाना नहीं चाहते थे। अपने शिष्यों से उन्होंने बार-बार यह कहा कि मेरी बातों को सिर्फ इसलिए मत मानो कि वे मेरे मुख से निकली हैं, बल्कि इसलिए कि उन्हें तुम्हारी अपनी बुद्धि उचित समझती है। उपनिषद्-काल में भारतवासियों का स्वाधीन चिन्तन जहाँ तक पहुँचा था, उसे उन्होंने वहीं से उठाया और बढ़ाकर वे उसे काफी दूर ले गए। स्वाधीन चिन्तन और बुद्धिवाद के वे अद्‌भुत प्रेमी थे और उन्होंने एक ऐसे युग में बुद्धिवाद की मशाल जलाई, जब भारत से बाहर तो क्या, भारत में भी यह कार्य जनरुचि के विरुद्ध था। नेता और ग्रंथ–इन दोनों से भिन्न उन्होंने एक स्वतंत्र राह पकड़ी और सत्य की खोज उन्होंने उस रास्ते से शुरू की, जो विवेक और बुद्धि की राह है। वे एक व्यावहारिक गुरु थे तथा ऐसे अनुमानों के फेरे में वे कभी भी नहीं पड़े, जो बुद्धिगम्य नहीं हों अथवा जीवन के लिए जिनका कोई उपयोग नहीं हो। जो शब्द में नहीं आ सकता, उसकी चर्चा छोड़ दो; जो बुद्धि से पकड़ा नहीं जा सकता, उसका पीछा करना व्यर्थ है, यह उनके दृष्टिकोण का निचोड़ है। धर्म का ऐसा व्यावहारिक नेता मनुष्य को सौभाग्य से ही मिलता है।

जब से संसार में बुद्धिवाद का जोर बढ़ा, बौद्ध धर्म भारत से बाहर और भारत में भी काफी लोकप्रिय हो उठा है। किन्तु इस लोकप्रियता का

कारण यह नहीं है कि आज का मनुष्य धर्म की राह पर आने को बेचैन है और तथागत के धर्म में उसे आत्मा की शान्ति का मार्ग दिखाई पड़ता है, बल्कि यह कि वह धर्म के प्राचीन संस्कारों से ऊपर उठना चाहता है और अन्धविश्वास के खिलाफ उसका भी संघर्ष जारी है। आज के मनुष्य की श्रद्धा संत और महात्मा बुद्धदेव पर नहीं, बल्कि विद्रोही और बुद्धिवादी बुद्धदेव पर है। नवीन मनुष्य को जो शंकाएँ झकझोर रही हैं, वे शंकाएँ भगवान बुद्ध के सामने भी आई थीं, इसीलिए आज का मनुष्य धर्म के अन्य नेताओं की अपेक्षा भगवान बुद्ध की ओर कुछ अधिक उत्साह से देखता है। डॉक्टर राधाकृष्णन् ने एक जगह लिखा है कि 'शंका, सन्देह और नास्तिकता से भरे हुए कितने ही साहित्य में बुद्धदेव का नाम आदर से लिया गया है। जो मानवतावादी हैं, वे बुद्धदेव का आदर यह समझकर करते हैं कि वे मानवतावाद के प्राचीनतम प्रवर्तकों में से हैं। जो लोग यह मानते हैं कि जीवन के अन्तिम सत्य को (इस बात को कि सृष्टि कहाँ से निकली है तथा मरने के बाद मनुष्य का क्या होता है) मनुष्य नहीं जान सकता, वे भी बुद्धदेव की दुहाई देते हैं और जिनका यह विश्वास है कि अन्तिम सत्य नाम की चीज ही नहीं है, वे भी उन्हीं का नाम लेते हैं। बौद्धिक शंकाओं से भरा हुआ पंडित, समाजवादी आदर्शों का प्रेमी नौजवान, नैतिक ऊहापोह में उलझा हुआ प्राणी और बुद्धिवाद की रोशनी में चलने का दावा करनेवाला पैगम्बर—ये सब-के-सब समय-समय पर बुद्धदेव का नाम लेते हैं और जगह-जगह अपनी बात को ऊपर करने के लिए उनके वचनों का उद्धरण देते हैं।'

असल में नास्तिकता की ओर जिसका भी थोड़ा झुकाव है या जो भी मनुष्य समाज में समता लाने की दिशा में प्रयास कर रहा है, उसे बुद्धदेव अपने से कुछ करीब जान पड़ते हैं।

सन् 1938 ई. में मिस हार्नर नाम की एक लेखिका ने अपनी पुस्तक 'बुक ऑव् डिसिप्लिन' में यह प्रमाणित किया था कि बौद्ध धर्म के मौलिक रूप का अध्ययन अभी अपने बचपन में है। तब से लेकर आज तक भी प्रगति में कोई खास तेजी नहीं आई है। मगर तब भी जितनी बातें संसार के सामने आ चुकी हैं, उन्हें देखते हुए यह अवश्य कहा जा सकता है कि

संसार के सभी धार्मिक नेताओं में से केवल बुद्धदेव ही ऐसे हैं, जिन्होंने अत्यन्त प्राचीन काल में भी बुद्धिवाद पर मनुष्य की आस्था जमाने का प्रयास किया, मन को भरमानेवाली दार्शनिक कल्पनाओं को व्यर्थ ठहराया और ईश्वरहीन धर्म की स्थापना करके मनुष्य को यह सन्देश दिया कि जो बातें बुद्धि में नहीं आतीं, उन्हें मानने से इनकार करके भी हम धार्मिक बने रह सकते हैं।

कर्म की महत्ता

बौद्ध धर्म एक ओर जहाँ निवृत्तिमार्गी है और यह शिक्षा देता है कि जन्म और जीवन सुख नहीं, दुःख के कारण हैं, वहाँ दूसरी ओर वह कर्म-मार्ग में भी पूरे जोर से विश्वास करता है और उसके उपदेशों का निचोड़ यह है कि मनुष्य की मुक्ति ज्ञान के कथन से नहीं, बल्कि आचार और कर्तव्य के पालन से होती है। बुद्धदेव मनुष्य से यह कहना चाहते थे कि अपने जीवन को बनाने और बिगाड़ने का सारा अधिकार तुम्हारे ही पास है और तुम्हें यह समझकर काम करना चाहिए कि तुम्हारा सहायक कोई और नहीं हो सकता। आरम्भिक बौद्ध धर्म में ऐसे किसी भी ईश्वर या देवता का स्थान नहीं है, जो मनुष्यों की सहायता कर सकता हो। बुद्ध अपने अनुयायियों को देवताओं की अधीनता से बचाना चाहते थे, क्योंकि उन्हें आशंका थी कि देवताओं का भरोसा करने से मनुष्य के आचार-पक्ष में ढिलाई घुस सकती है। देवताओं के अस्तित्व में विश्वास तो उनका भी था, किन्तु वे मानते थे कि देवता भी मनुष्य के ही समान दुखी और विषण्ण हैं तथा उन्हें भी धर्म-पालन की आवश्यकता है।

वैदिक युग का कर्मकांड उपनिषदों के काल में आकर निन्दित हो गया, किन्तु उपनिषदों ने ज्ञान का जो बड़ा अम्बार खड़ा किया, सामान्य मनुष्य की बुद्धि उससे भी घबराने लगी। अतएव बुद्धदेव ने औपनिषदिक ज्ञान के भीतर कर्म की रीढ़ डाल दी। ऐसा लगता है कि उपनिषदों के ज्ञान का उन्होंने उतना ही अंश लिया, जितने अंश के ग्रहण करने से कर्मनिष्ठा पर आँच नहीं आती थी। आत्मा को नित्य, चेतन और ब्रह्मरूप

मानने से मनुष्य में मिथ्या अहंकार भी प्रवेश कर सकता है और वह कर्म-विमुख भी हो जा सकता है। अतएव बुद्ध ने आत्मा को एकरस और सनातन मानने से इनकार कर दिया। उनका जोर धर्म के दर्शन नहीं, व्यवहार-पक्ष पर पड़ा। मनुष्य निष्पाप नहीं है, उसे निष्पाप बनना है। मनुष्य ब्रह्म की कोटि में नहीं है, उस कोटि में उसे पहुँचना है। मनुष्य जिस विमल रूप में प्रकट होना चाहता है, वह रूप उसे तभी मिल सकता है, जब उसके विचार विमल हों, वाणी विमल हो और कर्तव्य विमल हों। आत्मा सनातन और अपरिवर्तनशील नहीं है, यह बात बुद्धदेव ने किसी झोंक में आकर नहीं कही थी, बल्कि ऐसा कहे बिना उनका काम ही नहीं चल सकता था। उन्होंने यह देख लिया था कि धर्म के दर्शन-पक्ष के ऊहापोह में पड़ने से मनुष्य की बहुत-सी शक्ति यों ही विनष्ट हो जाती है। असल में धर्म से हमें जो वरदान मिलते हैं, वे उसके आचार-पक्ष की ही देन हैं।

बौद्ध धर्म की सीमाएँ

लेकिन जो चीज बौद्ध धर्म की असली ताकत थी, उसी से उसकी बीमारी भी पैदा हुई। अपने जानते बुद्धदेव ने बुद्धिमानी की थी कि उन विषयों को अव्याकृत कहकर अनचाहे ही छोड़ दिया था, जिनका निदान और समाधान बुद्धि की शक्ति के बाहर की बात है। मगर आदमी है कि दर्शनों के बिना जी नहीं सकता। जो विषय हमारी बुद्धि की थाह में नहीं आते, उनको भी थाहते रहने में हमें एक तरह का सुख मिलता है। अतएव बुद्धदेव के देहान्त के बाद उनके सम्प्रदाय में जो बड़े-बड़े पंडित और चिन्तक आए, उन्होंने उस धरातल पर कदम रखना शुरू कर दिया, जिस पर चलने से तथागत ने सबको रोक रखा था। नतीजा यह हुआ कि अनेक प्रकार के दर्शन और चिन्तन (बुद्ध के मरने पर) उनके अथवा उनके धर्म के नाम पर बाँध दिये गए। अगर बुद्धदेव ने अव्याकृत विषयों पर अपनी कोई निश्चित राय दे दी होती, तो आगे चलकर बौद्ध धर्म में इतने अधिक परस्पर-विरोधी दर्शन उत्पन्न नहीं होते।

दूसरी बात यह कि भक्ति और प्रार्थना के अवलम्ब के बिना मनुष्य निस्सहाय हो जाता है। बुद्धदेव ने मनुष्य की आत्मनिर्भरता और स्वावलम्बन को बचाये रखने के लिए उसे किसी की भी भक्ति नहीं सिखलाई थी, यहाँ तक कि मरने दम तक भी अपने शिष्यों से वे यही कहते रहे थे कि 'तुम्हें अपने विवेक के प्रकाश में चलना है। मेरे वचनों का भी प्रमाण तुम्हें तभी तक मानना चाहिए, जब तक तुम्हें उनसे सन्तोष मिलता हो।' एक बार उन्होंने यह भी कहा था कि 'जो आदमी मुझे सर्वज्ञ कहता है, वह मेरे बारे में यथार्थ बोलनेवाला नहीं है।' किन्तु इतना होते हुए भी उनके मरने के बाद जब बौद्ध धर्म की महायान-शाखा का जन्म हुआ, बौद्ध जनता ईश्वर के स्थान पर अपने गुरु की ही पूजा करने लगी, उन्हीं की भक्ति और उन्हीं की प्रार्थना उसका मुख्य धर्म बन गया। एक शब्द में, बुद्धदेव ने ईश्वर को जनता से दूर रखना चाहा था, लेकिन कालक्रम में वे खुद ईश्वर हो गए।

बौद्ध धर्म से समाज की तीसरी कु-सेवा यह हुई कि लोग घरबार छोड़कर संन्यासी होने लगे और सारा देश मठों एवं विहारों से भर गया। संन्यास की प्रवृत्ति उपनिषद्-काल में ही चल पड़ी थी। किन्तु वैदिक धर्म में यह विशेषता थी कि संन्यास के पहले लोग छात्र-जीवन और गार्हस्थ्य जीवन का स्वाद पूरा कर लेते थे और तब वानप्रस्थ अवस्था में प्रवेश करके संन्यास की तैयारी करते थे। इस तरह संन्यासी अधिकतर वे ही लोग होते थे, जो समाज का दायित्व पूरा कर चुके थे और जिन्हें अब हाथ-पाँव हिलाये बिना भोजन और वस्त्र पाने का अधिकार था। ये बूढ़े लोग अगर घर में रहते, तब भी खेती-बारी या वाणिज्य का काम तेजी से नहीं कर सकते थे। अतएव अगर वे संन्यासी हो जाते तो उससे समाज की कोई नुकसानी नहीं होती थी। लेकिन बुद्धदेव ने यह प्रथा चला दी कि बालक, बूढ़ा, नौजवान, जो जब चाहे, तभी संन्यास ले सकता है। नतीजा यह हुआ कि हड्डी-काठीवाले अच्छे-खासे लोग, जो खेतों में काम कर सकते थे अथवा किसी दूसरी जगह पर डटकर समाज की ठोस सेवा कर सकते थे, गेरुआ पहनकर भिक्षु बनकर डोलने लगे। देश में मठों की परिपाटी बौद्ध भिक्षुसंघों और विहारों से ही शुरू हुई।

एक बात और है जो बौद्ध धर्म से निकली हुई मालूम होती है। बौद्ध धर्म से पहले हमारे देश में स्त्रियों का भिक्षुणी होना, उनका मर्द साधुओं के साथ मठों में वास करना अथवा एक जगह से दूसरी जगह मारी-मारी फिरना प्रचलित नहीं था। बुद्धदेव भी आरम्भ में इसके लिए तैयार नहीं थे कि स्त्रियाँ संघ में दाखिल की जाएँ। किन्तु उनके परम प्रिय शिष्य आनन्द स्त्रियों के त्राता और बड़े उद्धारक थे। उन्होंने आग्रहपूर्वक बुद्धदेव से इस बात की मंजूरी ले ली। फिर क्या था? विहारों और संघों में झुंड-की-झुंड स्त्रियाँ माथा मुँड़ाकर दाखिल होने लगीं।

आनन्द को हम दोष नहीं दे सकते। वैदिक धर्म तो यह कभी नहीं कहता कि मोक्ष सिर्फ उसके लिए है, जो संन्यासी हो जाएगा। हिन्दुओं के यहाँ जनक-जैसे महात्मा हुए हैं, जो गृहस्थ होकर भी ज्ञानी थे और ऐसे ज्ञानी थे कि मुनि और ऋषिगण भी वन से चलकर उनके पास नगर में आकर अपनी शंकाएँ मिटाते थे। हमारे यहाँ गृहस्थ धर्म निन्दित नहीं, प्रशंसित रहा है। लेकिन बुद्धदेव ने कहा कि निर्वाण का अधिकारी वही होगा, जो गार्हस्थ्य धर्म का त्याग करके भिक्षु हो जाएगा।

केवल बौद्ध ही नहीं, जैन धर्म का भी यही विश्वास था कि मोक्ष संन्यास के बाद ही मिल सकता है। यही कारण है कि श्वेताम्बर पंथ में तो नारियाँ भिक्षुणी हो सकती थीं, किन्तु दिगम्बर पंथवालों ने साफ घोषणा कर दी थी कि मुक्ति नारियों के लिए नहीं है। नारियों को चाहिए कि वे सीमित धर्म का पालन करें, जिससे वे पुरुष होकर पुनर्जन्म ग्रहण कर सकें, क्योंकि मोक्षलाभ के समीप आने पर उन्हें पुरुष होकर जन्म लेना ही पड़ेगा।

असल बात यह है कि दिगम्बर पंथ में भिक्षुणी को नंगी रहना पड़ता, इस बात को दिगम्बर साधु भी अनुचित समझते थे। भला, इस उपदेश के बाद कौन ऐसी स्त्री होगी जो भिक्षुणी बन जाने को आकुल नहीं हो उठेगी? स्त्रियाँ स्वभाव से ही अधिक भावुक और धार्मिक होती हैं। उनका उलाहना सुनते-सुनते आनन्द का वीर हृदय घबरा उठा और उन्होंने शास्ता से उचित अनुज्ञा ले ली।

किन्तु बुद्ध के जीवन में ही इस नीति के दुष्परिणाम दिखाई पड़े और भगवान ने एक दिन आनन्द से कहा कि 'आनन्द! मैंने जो धर्म चलाया था, वह पाँच हजार वर्ष तक टिकनेवाला था, लेकिन अब वह सिर्फ पाँच सौ वर्ष ही चलेगा, क्योंकि हमने स्त्रियों को संघ में शामिल होने की प्रथा चला दी है।'

बाद को चलकर इस देश में जो भ्रष्ट साधुओं की संख्या बढ़ी और सिद्धों ने जो स्त्रियों के सहवास की महिमा गानी शुरू की, वे सारे-के-सारे दुष्कांड इसी भिक्षुणी-प्रथा से उत्पन्न हुए। केवल बौद्ध मठों में ही नहीं, हिन्दू-मन्दिरों में भी जो देवदासी की प्रथा चल पड़ी, वह बौद्धों की इस भिक्षुणी प्रथा की ही देन थी।

हिन्दुत्व का खरल

खरल उस बर्तन को कहते हैं, जिनमें वैद्य अनेक तरह की बूटियों को रखकर उन्हें कूटता और घोंटता है तथा सबको घोंटकर कोई एक दवा तैयार करता है। भारत की यह विशेषता रही है कि वह अनेक जातियों को घोंटकर एक जाति बना देता है, अनेक धर्मों को मिलाकर एक धर्म तैयार कर देता है और अनेक संस्कृतियों के मिश्रण से एक नई संस्कृति पैदा कर देता है। नीग्रो, औष्ट्रिक, द्रविड़ और आर्य–कम-से-कम ये चार जातियाँ थीं, जिनके परस्पर मिलन और मिश्रण से एक महाजाति पैदा हुई, जिसे हम हिन्दू कहते हैं। हिन्दू कहलानेवाली संस्कृति किस प्रकार इन चारों जातियों की संस्कृतियों के मिलने से पैदा हुई, यह कथा आरम्भ में ही कही जा चुकी है। यह समन्वित संस्कृति जब उपनिषदों के धरातल पर पहुँची, तब वहाँ से धर्म और विचार की अनेक धाराएँ फूट पड़ीं, जिनमें कुछ आस्तिक थीं, कुछ नास्तिक, कुछ वेद को माननेवाली, कुछ

नहीं माननेवाली। यह एक तरह की बौद्धिक अराजकता थी। एक तरह का चिन्तन का कोलाहल था, जिसे बाँधकर एक ओर को ले चलना आसान नहीं था। इसलिए, एक ही काल में, आस्तिक और नास्तिक दर्शनों की रचना होने लगी और सारा देश चिन्तकों के तरह-तरह के विचारों से जगमगा उठा। लेकिन हिन्दू धर्म अथवा भारतीय संस्कृति फिर भी अपना काम कर रही थी और इन अनेक मतवादों के बीच सामंजस्य कैसे पैदा किया जाए, एकता कैसे लाई जाए, इसके लिए उसका स्वाभाविक प्रयास जारी था।

असल में, जिन दिनों पुराणों की रचना हुई, उन दिनों समन्वय की प्रक्रिया खूब गाढ़ी हो गई थी और देश में फैली हुई हजारों दन्तकथाएँ साहित्य के स्तर पर पहुँचकर हिन्दू संस्कृति को सजाने लग गई थीं। बौद्ध और जैन भागकर जाते कहाँ? जिस जनता के बीच वैदिक धर्म का जन्म हुआ था, ये दोनों धर्म भी उसी जनता के बीच ्दा हुए थे। अतएव उसकी रुचियों का प्रभाव बौद्ध और जैन धर्मों पर भी पड़ने लगा और ये धर्म धीरे-धीरे बदलकर हिन्दुत्व के करीब आने लगे। करीब तो वे थे ही, जिन दो-एक बातों को लेकर वे हिन्दू धर्म से जरा अलग दीखते थे, ये बातें भी अब गौण होने लगीं और दोनों धर्म सिमटकर हिन्दुत्व के आलिंगन में बँधने लगे।

इतिहास में अक्सर यह लिखा होता है कि अमुक काल ब्राह्मण धर्म का और अमुक काल बौद्ध धर्म का था। इससे यह नहीं समझना चाहिए कि किसी भी काल में ब्राह्मण धर्म बिलकुल गायब या एकदम दबा हुआ था। भारत का अपना धर्म सनातन धर्म रहा है। अन्य धार्मिक आन्दोलन समय-समय पर इस बड़े धर्म में सुधार लाने की कोशिश करते रहे हैं। यहाँ समुद्र एक रहा है, चाहे लहरें तरह-तरह की उठती रही हों।

वेद और उपनिषद् एक आवाज में नहीं बोलते थे, किन्तु उनके भीतर से सारी जाति की चिन्ताधाराएँ प्रकट हुई थीं और ये धाराएँ कभी-कभी परस्पर-विरोधी भी होती थीं। इन धाराओं में से जिसको जो रुची, उसने उसी का विकास कर डाला। इस प्रकार बौद्ध, जैन तथा अन्य दर्शनों का जन्म हुआ। मगर एक ही उद्गम से उत्पन्न होने के कारण, इन सभी धर्मों

की, वैदिक धर्म के साथ, बराबर समानता रही और इन सभी धर्मों पर इस देश की जनता की रुचियों का प्रभाव भी पड़ता रहा, जो रुचि वैदिक-संस्कार से ओत-प्रोत थी।

बुद्ध और महावीर, दोनों ने कोशिश की थी कि किसी तरह जनता अन्धविश्वास से बचे, अदृश्य की भक्ति और प्रार्थना नहीं करे, मूर्तियों को नहीं पूजे और किसी परोक्ष सत्ता को अपना शासक मानकर कर्म में शिथिलता नहीं दिखलाए। लेकिन यह बात अधिक काल तक नहीं चल सकी। तत्त्व से तो हिन्दू धर्म निराकारवादी है, किन्तु हिन्दू जनता बराबर साकारोपासना की ओर झुकती रही है। अनेक निराकार दर्शनों को जन्म देकर भी हम सदैव यह मानते रहे हैं कि हमारी आँखों के परे जो शक्ति है, उसे हम देख तो नहीं पाते हैं, मगर उसका शासन सारी सृष्टि पर चल रहा है। यह हिन्दू धर्म की ही विशेषता नहीं, प्रत्युत मनुष्यमात्र का एक साधारण स्वभाव है। आदमी हर निराकार कल्पना को साकार बना देता है, क्योंकि निराकार को लेकर सन्तुष्ट रहनेवाले लोग बहुत कम और साकार की खोज एवं पूजा करनेवाले लोग बहुत ज्यादा होते हैं। हिन्दू धर्म की इस प्रवृत्ति से बचने के लिए जैन और बौद्ध धर्म काफी सतर्क थे। किन्तु आखिरकार वे इससे बच नहीं सके और साकारोपासना का उनके भीतर भी प्रवेश हो गया। जैन धर्म में साकारोपासना के प्रवेश के लिए पहले से ही एक खिड़की खुली हुई थी, क्योंकि जैन दर्शन यह मानता था कि जीवनमुक्त पुरुष ईश्वरकोटि के होते हैं। सभी तीर्थंकर इसी कोटि के थे। अतएव तीर्थंकरों की पूजा उसी प्रकार शुरू हो गई, जैसे ब्राह्मण अपने देवी-देवताओं को पूजते थे। पौराणिक युग में ही इन तीर्थंकरों के लिए मन्दिर बनवाए जाने लगे और उनमें उनकी मूर्तियाँ भी पधराई जाने लगीं। ईसवी सन् की पहली सदी में श्वेताम्बर और दिगम्बर जैनों में जो फूट हुई, उसका भी एक प्रबल कारण मूर्तियों की पोशाक के विषय में ही मतभेद था। और बौद्ध धर्म के भी आष्टांगिक मार्ग पर चलने का जनता में अब उत्साह नहीं रहा तथा अब उसे इस बात से निराशा होने लगी कि बुद्ध के मार्ग में भी निर्वाण या मुक्ति की आशा केवल संन्यासी ही कर सकते हैं, साधारण गृहस्थ नहीं। अतः ठीक पहली सदी (कनिष्क का राज्यकाल) में

ही बौद्ध धर्म की भी महायान-शाखा बढ़कर बड़ी हो गई और उसने धीरे-धीरे बुद्ध के बताये हुए मूल उपदेशों पर चलनेवाली हीनयान-शाखा को, सचमुच, हीन बना डाला।

महायान सम्प्रदाय

बौद्ध धर्म में आरम्भ से ही तीन मार्ग थे : एक उनके लिए, जो केवल अपनी मुक्ति चाहते थे। इस मार्ग का नाम 'श्रावक-यान' (या हीनयान) था। दूसरा मार्ग उन साधकों के लिए था, जो अपने साथ कुछ अन्य लोगों को भी तारना चाहते थे। अतएव इस मार्ग की साधना श्रावक-यान की साधना से अधिक कठिन होती थी। इस मार्ग को 'प्रत्येक बुद्ध-यान' कहते थे। इसके सिवा, एक मार्ग और था जिसको वे साधक अपनाते थे, जिनका उद्देश्य था सारे संसार को तारकर फिर अपनी मुक्ति पाना। इस मार्ग को 'बुद्धयान' कहते थे, क्योंकि बुद्धदेव का अपना यही मार्ग था। ये तीनों मार्ग बौद्ध धर्म में बहुत दिनों से चले आ रहे थे और बौद्धों के सब धार्मिक ग्रंथ तीनों को स्वीकार करते थे। उस समय किसी को खयाल भी नहीं होता था कि कभी ये मार्ग आपस में टूटकर अलग भी हो जाएँगे, क्योंकि तीनों-के-तीनों एक ही धर्म के अंग थे और साधक को यह आजादी थी कि वह अपनी इच्छा और योग्यता के अनुसार चाहे जिस मार्ग को भी अपना सकता है। 'बुद्धयान' को 'महायान' नाम महाकवि अश्वघोष ने दिया, जो राजा कनिष्क के दरबार में रहते थे। यह मतभेद बढ़ाने की बात नहीं थी, क्योंकि अश्वघोष ने बुद्ध-यान की प्रशंसा सिर्फ इसलिए की थी कि उसमें साधक अपनी ही मुक्ति के लिए कोशिश नहीं करता, सारी मानवता की मुक्ति चाहता है। जो केवल अपनी मुक्ति चाहता है, वह स्वार्थी और संकीर्ण है। जो सबकी मुक्ति के बाद अपनी मुक्ति की कामना करता है, वह परम उदार है। इसी भावना से उन्होंने बुद्धयान को महायान की पदवी दी थी। किन्तु इस स्थापना के बाद महायान के सामने अन्य दोनों यान मन्द पड़ने लगे और जहाँ-तहाँ उनकी निन्दा शुरू हो गई। इसी क्रम में श्रावक-यान की निन्दा करने के लिए लोग उसे 'हीनयान' कहने लगे।

सच पूछिए तो महायान की प्रशंसा के पीछे विशाल हिन्दू जनता का प्रभाव काम कर रहा था। बौद्धों का संन्यास-मार्ग जनता में कभी भी बहुत लोकप्रिय नहीं हो पाया था। संन्यासियों का लोग आदर तो बहुत करते थे, मगर सारी जनता संन्यास नहीं ले सकती थी। इसलिए जनता में एक आलोचना चला करती थी कि यह भी कैसा धर्म है, जिसमें गृहस्थों के लिए मुक्ति की व्यवस्था नहीं है। जनता की इस आवश्यकता की पूर्ति के लिए बौद्ध धर्म अपने को बदलने लगा। महायान के भीतर यह भाव था ही कि सबसे बड़ा साधक वह है, जो सबकी मुक्ति के लिए प्रयास करता है। अतएव बौद्ध धर्म ने चाहा कि वह सबका धर्म बन जाए। लेकिन सबका धर्म बनने की कोशिश में वह बुद्ध के बताये हुए असली धर्म से बहुत दूर निकल गया और प्रायः वैदिक धर्म से मिलकर एकाकार हो गया। इसीलिए माना जाता है कि 'महायान बौद्ध धर्म के हिन्दूकरण' का परिणाम था। असल में महायान के भीतर से हिन्दू धर्म ही अपनी बाँहें खोलकर बौद्ध धर्म को अपने भीतर समेट रहा था।

महायान में हम हिन्दू धर्म की पूरी नकल देखते हैं। बुद्ध ने चाहा था कि जनता किसी परोक्ष सत्ता में विश्वास नहीं करे; किन्तु महायान के अन्दर खुद बुद्ध ही सर्वशक्तिमान् मान लिये गए और यह बात भी मानी जाने लगी कि विष्णु की तरह वे भी समय-समय पर अवतार लेते हैं। कनिष्क के समय में ही पहले-पहल बुद्ध की प्रतिमा बनी और उसकी पूजा बड़े ठाठ-बाट से शुरू हो गई। बौद्ध पूजा में भी गीत-नाद, धूप-दीप, जुलूस और तड़क-भड़क की वे ही बातें आ गईं, जो ब्राह्मणों के यहाँ थीं। सभी चैत्य मन्दिर हो गए और उनमें रहनेवाले भिक्षुओं ने पुरोहितों का स्थान ले लिया। बौद्ध मत के नेताओं ने यह मान लिया कि बुद्धत्व प्राप्त करने के लिए संन्यासी होने की कोई खास जरूरत नहीं है। गृहस्थ भी बुद्ध बन सकता है। यह भी मान लिया गया कि स्वयं बुद्धदेव अपने पूर्वजन्मों में वासना का जीवन बिता चुके थे। इसलिए 'ब्रह्मचर्य की कोई खास कैद नहीं रह गई'।

कनिष्क के समय के आस-पास ही 'सद्धर्मपुंडरीक' नामक महायान-ग्रंथ की रचना की गई, जिसमें महायान धर्म का पूरा विवरण पाया जाता है।

वेदान्त और गीता के प्रभाव से बौद्ध मत में जो परिवर्तन हुए थे, वे सब इस ग्रंथ से झलकते हैं। 'बुद्ध सर्व-शक्तिमान् हैं। माया उनके अधीन है। माया का प्रयोग वे लीला के लिए करते हैं। पाप बढ़ने पर धर्म की रक्षा करने के लिए वे ही समय-समय पर अवतार लेते हैं।'—ये सारी बातें उस ग्रंथ में हैं और ये सारी बातें वे ही हैं, जो वेदान्त और गीता में हैं और जिन्हें बौद्ध पंडितों ने, अपने धर्म को जनता के बीच चलाने के लिए बुद्ध के चारों ओर सजा दिया है। पुंडरीक का भारत में बहुत प्रभाव हुआ। बाद को यह ग्रंथ चीन, जापान और नेपाल भी पहुँचा और महायान के प्रचार में इसने वहाँ काफी सहायता की। जापान में तो आज भी 'सद्धर्मपुंडरीक' बौद्ध धर्म का सर्वश्रेष्ठ ग्रन्थ माना जाता है। चीन और जापान में जो धर्म फैला, वह भी यही महायान धर्म था। इसके विपरीत लंका, बर्मा और स्याम में हीनयान का प्रचार हुआ। जैसे मुसलमानों के अन्दर शिया और सुन्नी सम्प्रदाय एक-दूसरे की आलोचना करते हैं, वैसे ही महायान और हीनयान सम्प्रदाय के लोग भी एक-दूसरे को नीची निगाह से देखते हैं।

बुद्धदेव ने ब्रह्म का स्थान तो ले लिया, किन्तु यही काफी नहीं था। हिन्दू जनता को ब्रह्म में विश्वास करते हुए भी अनेक देवी-देवताओं की पूजा करने की आदत थी। महायान ने चाहा कि वह जनता की इस आवश्यकता को भी अपने ही घेरे में पूर्ण कर दे, अतएव अनेक बोधिसत्त्वों की कल्पना चल पड़ी। बोधिसत्त्व उस जीव को कहते हैं, जो बुद्ध बनने के रास्ते में हैं। बुद्धदेव पूर्वजन्म में कब, किस योनि में जनमे और प्रत्येक जन्म में अच्छे-अच्छे कर्म करके किस तरह उन्होंने बुद्धत्व की ओर प्रगति की, यह दिखलाने के लिए बौद्ध धर्म में जातक-कथाओं का विशाल साहित्य उत्पन्न हुआ। ये सारी कथाएँ बोधिसत्त्व की कथाएँ हैं, जब बुद्ध को बुद्धत्व नहीं मिला था। बुद्धत्व तो उन्हें तब प्राप्त हुआ, जब वे गौतम होकर जनमे। इन बोद्धिसत्त्वों की अच्छी-अच्छी मूर्तियाँ रची जाने लगीं और उनके मन्दिर बनवाये जाने लगे। संक्षेप में, उनसे महायान के अन्दर अब वे ही काम लिये जाने लगे, जो ब्राह्मणों के असंख्य देवी-देवता किया करते थे। महायानियों ने तारा, प्रज्ञापारमिता, विजया आदि अनेक देवियों की भी कल्पना कर ली और उनकी पूजा धड़ल्ले के साथ चलने लगी। ये नये

देवी-देवता जनता में उत्साह के साथ अपनाये गए, क्योंकि समझा यह जाता था कि उनके भीतर बड़ी-बड़ी शक्तियाँ छिपी हुई हैं।

नागार्जुन का शून्यवाद

एक ओर तो महायान का लौकिक धर्म-पक्ष इतना साकार और स्थूल होता जा रहा था; दूसरी ओर, इस काल का बौद्ध दार्शनिक चिन्तन पहले से भी और ऊँचा उठ रहा था। महायान के दार्शनिक आचार्य नागार्जुन हुए, जो कनिष्क और अश्वघोष के समकालीन थे। वे ब्राह्मण से बौद्ध हुए थे। ईसा की पहली शताब्दी में उन्होंने शून्यवाद पर गम्भीरता से विचार किया और 'माध्यमिक कारिका' नामक अद्भुत दर्शन की रचना की, जिसे समझने में पंडितों का दिमाग आज भी चक्कर खाता है। रूस के प्रसिद्ध दार्शनिक और भारतीय विद्या के उद्भट विद्वान स्वर्गीय प्रोफेसर शेरवास्की ने 1927 ई. में अपनी किताब में लिखा था कि नागार्जुन की गिनती विश्व के बड़े-से-बड़े दार्शनिकों में की जानी चाहिए। यह भी कहा जाता है कि नागार्जुन नहीं हुए होते, तो भारत में शंकराचार्य के अद्वैतवादी दर्शन का आविर्भाव नहीं होता।

उपनिषद्, बौद्ध धर्म या नागार्जुन के चिन्तन में 'शून्यता' शब्द जिस अर्थ में प्रयुक्त हुआ है, वह वही नहीं है, जिसे हम अपने दैनिक जीवन में समझते हैं। हम लोग तो शून्य का अर्थ रिक्त या खाली मानते हैं, जिसमें कोई चीज नहीं रहती। लेकिन दर्शन में यह शब्द उस अवस्था का संकेत करता है, जिसमें से सारी चीजें उत्पन्न हुई हैं। नागार्जुन का मत है कि हर चीज शून्य है। सत्य के दो रूप हैं : एक, संवृति सत्य और दूसरा, परमार्थ सत्य। संवृति सत्य वह है जो दिखाई पड़ता है, किन्तु जो सत्य का असली रूप नहीं है। परमार्थ सत्य वह है, जो दिखाई नहीं पड़ता, किन्तु जो सत्य का असली रूप है। संवृति सत्य दिखाई पड़ता है, मगर उसका यह दिखाई पड़ना ही असत्य है। हम जो कुछ देखते हैं, वह शून्य है, स्वप्न है, कुछ नहीं में कुछ का मिथ्याभास है। तब भी व्यवहार में इसे सत्य मान लेना पड़ता है। हर चीज शून्य है, यह सुनने में विचित्र चाहे जितना भी लगे, लेकिन यही एकमात्र

अन्तिम सत्य है। इस सत्य पर विश्वास तभी होता है, जब मनुष्य बुद्धत्व प्राप्त करता है। बुद्धि से यह सत्य पकड़ा नहीं जा सकता। केवल अनुभव से ही हम उस शान्ति को सुन सकते हैं, जो अस्ति और नास्ति के परे है।

अगर बुद्धत्व के स्थान पर हम आत्मज्ञान या ब्रह्मज्ञान रख दें, तो यह बिलकुल शंकर का मत हो जाता है। जो लोग शंकराचार्य पर यह आरोप करते हैं कि उन्होंने बौद्ध धर्म को नेस्तनाबूद किया, वे सत्य के एक ही पक्ष पर जोर देते हैं। सच्ची बात यह है कि उपनिषद् और बौद्ध मत के बीच समन्वय स्थापित करने का कार्य नागार्जुन ने किया और शंकर ने अपने समय में आकर इस समन्वय को शुद्ध वैदिक रूप दे दिया। शंकर मत का बौद्ध मत से इतना मेल है कि शंकराचार्य को लोग प्रच्छन्न बौद्ध कहने लगे थे।

अमिताभ की कल्पना

महायान का एक दूसरा रूप भी विकसित हुआ, जो बहुत कुछ पौराणिक धर्म की प्रतिध्वनि के समान था। जैसे वेद और पुराण यज्ञों के बदले स्वर्ग का वादा करते थे, वैसे ही यह मत कहता था कि स्वर्ग के पश्चिमी भाग में जो बुद्ध रहते हैं, उनका नाम अमिताभ है। अमिताभ की पूजा करने से मनुष्य उसी स्वर्ग को प्राप्त करता है। 'सुखावटी व्यूह' इस मत का प्रधान ग्रंथ है, जिसमें स्वर्ग के सुखों का वर्णन किया गया है। यह ग्रंथ सन् 750 ई. के लगभग चीनी में अनूदित किया गया था और इसका चीनी अनुवाद आज भी उपलब्ध है। बौद्ध धर्म ने जो यह रूप लिया, उससे साफ प्रकट होता है कि वह जनता के बीच आदर पाने को बेचैन हो उठा था और इस बेचैनी में वह उलटकर उस अवस्था को जा पहुँचा जिस अवस्था के खिलाफ बुद्धदेव ने विद्रोह किया था।

हिन्दू धर्म पर बौद्ध धर्म का प्रभाव

हिन्दू धर्म पर बौद्ध धर्म का क्या प्रभाव पड़ा, इसे समझने का सही दृष्टिकोण यह है कि बौद्ध या जैन धर्म कोई विदेशी धर्म नहीं था, जो बाहर

से इस देश में आया हो तथा जिसके साथ बहुत-सी ऐसी बातें इस देश में आई हों, जो पहले यहाँ नहीं थीं। ये दोनों ही धर्म इसी देश में जनमे थे और दोनों का मूल उपनिषदों के चिन्तन में था। उपनिषदों के भीतर ही उन अनेक अन्य दर्शनों के भी बीज थे, जो समय पाकर प्राचीन भारत में विकसित होते गए। इसलिए बौद्ध मत के प्रभाव की व्याख्या इस बात की व्याख्या है कि उस मत ने यहाँ की जनता का ध्यान वैदिक धर्म की किन-किन बातों की ओर खास तौर से आकृष्ट किया और किन-किन बातों की उसने उपेक्षा या अवहेलना की। आज बौद्ध धर्म इस देश में नहीं के बराबर रह गया है। मगर तब भी उसके निशान वैदिक धर्म की उन बातों में मौजूद हैं, जो बुद्ध के पहले भी हिन्दू धर्म में थीं, मगर उस समय उन पर कोई खास जोर नहीं दिया जाता था। बौद्ध धर्म ने उन्हें खास तौर से जोर देकर ऊपर उठाया और पीछे हिन्दू धर्म ने भी उन्हें प्रमुख मान लिया।

निवृत्ति का प्रचार

बौद्ध और जैन मत का हिन्दू धर्म पर सबसे बड़ा प्रभाव निवृत्ति को प्रोत्साहन था। निवृत्ति जीवन को निस्सार और दुःखपूर्ण मानने के भाव को कहते हैं। 'जन्म लेना ही बुरा है, क्योंकि जन्म लेने से ही जीवन में कष्टों का सामना करना पड़ता है। इसलिए उचित यह है कि हम ऐसी कोशिश करें कि आगे हमारा जन्म ही नहीं हो।' यह बात भी उपनिषदों में ही जन्म ले चुकी थी और दार्शनिक दृष्टि से सोचने पर यह भयानक भी नहीं मालूम होती है। लेकिन जब हम जिन्दगी में ऐसे उपदेशों पर अमल करने लगते हैं, तब संसार हमारे लिए घृणा की वस्तु बन जाता है। यह भी एक निश्चित बात है कि जो जाति जीवन से घृणा करती है, वह जीवन पर विजय नहीं पा सकती। उसे तो जीवन से भागने में ही कल्याण सूझता है। बौद्ध और जैन मतों का भीषण प्रभाव यह हुआ कि उन्होंने संसार से घृणा और वैराग्य सिखा-सिखाकर यहाँ के लोगों को जीवन से विरक्त कर दिया, उनकी दृष्टि को 'आमुष्मिक' बना डाला यानी इन धर्मों के प्रभाव के कारण लोग इस जीवन से अधिक मरने के बाद प्राप्त होनेवाले जीवन की बातों पर विचार

करने लगे। प्रसिद्ध जर्मन दार्शनिक नीत्शे ने ईसाइयत के साथ बौद्ध मत पर भी निवृत्ति का प्रचारक होने का दोष मढ़ा है। पं. जवाहरलाल नेहरू ने एक जगह इस सम्बन्ध में यह शंका उठाई है कि ऐसा क्यों हुआ कि भारत में तो बौद्ध मत से लोगों को निवृत्ति की प्रेरणा मिली, किन्तु चीन या जापान में ऐसी कोई बात नहीं हुई? फिर उन्होंने स्वयं ही इसका यह उत्तर दिया है कि हर देश में यह ताकत होती है कि वह बाहर से लिये हुए धर्म को अपने स्वभाव के अनुरूप बदल दे। शायद निवृत्तिवादी दृष्टिकोण भारत की अपनी ही विशेषता है। डॉक्टर राधाकृष्णन् ने भी एक जगह लिखा है कि पश्चिमी जगत् के लोग तो जिन्दगी के भीतर घुसकर आनन्द का रस पी रहे हैं, मगर पूरब के लोग अन्धकार में जीवन का अर्थ ढूँढ़ने में ही व्यस्त हैं। निवृत्ति भारत की विचारधारा में बहुत दिनों से वर्तमान रही है। अतः बुद्धदेव और महावीर ने जब उस पर जोर डाला, तब भारत में तो निराशा और भी गहरी हो गई, मगर चीन और जापान, जो मूलतः प्रवृत्तिवादी (अथवा भारत से कम निवृत्तिवादी) थे, इनके जहर से बच गए। एक कारण यह भी समझा जाना चाहिए कि चीन और जापान में बौद्ध धर्म का महायान रूप ही प्रचलित हुआ था, जो संन्यास-प्रधान हीनयान मत की अपेक्षा कहीं आशापूर्ण और उल्लासमय था।

आचार पर प्रभाव

यहाँ के धार्मिक विश्वास या दर्शन पर बौद्ध मत का कोई व्यापक प्रभाव नहीं मिलेगा। अगर कहीं कोई बात मिलती भी है तो वह हिन्दू धर्म के ही विकास की सीढ़ी जैसी दीख पड़ती है। उपनिषद, नागार्जुन का शून्यवाद और शंकर का अद्वैत–ये तो हिन्दू अद्वैतवाद के ही विकास के सोपान हैं और नागार्जुन यहाँ मजे में हिन्दू-चिन्तक के रूप में खप जाते हैं। लेकिन आचारों और रीति-रिवाजों में बौद्ध धर्म का काफी प्रभाव है। उदाहरणार्थ अहिंसा की भावना हमारे देश में जो इतनी गाढ़ी होती गई, उसका कारण बौद्ध और जैन मत ही हैं। वैदिक आर्य खान-पान में मांस के बड़े प्रेमी थे, लेकिन बौद्ध और जैन प्रभावों के कारण मांस खाना इस देश में निषिद्ध

माना जाने लगा। खान-पान में जैन और सभी वैष्णव एक तरह के लोग होते हैं। दोनों के भोजनों में तामसिक पदार्थों का अभाव पाया जाता है और दोनों बात-बात में ऐसी पवित्रता और चौकसी बरतते हैं, जिससे उनकी जीव-दया आप-से-आप प्रकट हो जाती है।

जाति-प्रथा को चुनौती

जाति-प्रथा को चुनौती देकर भी बुद्ध ने इस देश में एक महान आन्दोलन का आरम्भ किया, जो प्रायः गांधी तक चलता आया है और आज भी चल रहा है। उन्होंने मनुष्य की मर्यादा को यह कहकर ऊपर उठाया कि कोई मनुष्य केवल ब्राह्मण-कुल में जन्म लेने से पूज्य नहीं हो जाता और न कोई शूद्र होने से ही पतित हो जाता है। उच्चता और नीचता जन्म पर नहीं, कर्म पर अवलम्बित हैं। इसलिए ब्राह्मण पतित भी हो सकता है और शूद्र भी अपने को पूजा के योग्य बना सकता है। इसी प्रकार वेदों ने यज्ञ का अधिकार केवल द्विजों को दिया था और जब उपनिषद् बढ़े, तब ब्राह्मणों ने उन्हें भी पराविद्या का नाम देकर शूद्रों और स्त्रियों की पहुँच से बाहर कर दिया। इसके विपरीत, बुद्धदेव ने चारों वर्णों और स्त्रियों को धर्म का अधिकार समान रूप से दे दिया। यह ब्राह्मण धर्म के खिलाफ सबसे बड़ी बगावत थी और बौद्धों का ब्राह्मणों ने जो भी विरोध किया, वह मुख्यतः उनके इसी विद्रोह के कारण। और बौद्ध धर्म की भी एक बड़ी विशेषता यह रही कि उसने जाति-प्रथा के खिलाफ अपने हथियार कभी नहीं डाले। महायान के आरम्भ के समय से हम बौद्ध धर्म को दिन-दिन बदलकर हिन्दू धर्म की नकल करते देखते हैं, लेकिन जाति-प्रथा का उसने कभी भी अनुकरण नहीं किया। यही कारण है कि महायान बिगड़कर जब मंत्रयान और वज्रयान बनने लगा तथा धर्म को उसने दुराचार का रूप दे दिया, तब भी जातिवाद के खिलाफ उसकी कार्रवाई जारी ही रही। बौद्ध धर्म ने जातिवाद का जो डटकर विरोध किया, उसी से मध्य काल में जाकर निर्गुण का प्रचार करनेवाले संतों को यह साहस हुआ कि वे भी जाति-प्रथा को नहीं मानें। निर्गुनियाँ संत, बहुत-सी बातों में बुद्ध के खानदान में पड़ते हैं

और उनका वैराग्य, उनकी निवृत्तिवादिता, उनका फक्कड़पन, उनका सभी जातियों को बराबर मानने का आग्रह और उनका यह विश्वास कि देवता मन्दिर में नहीं, मनुष्य के हृदय में हैं—ये सारी-की-सारी बातें बौद्ध धर्म की अच्छी और फिर बाद की बिगड़ी हुई परम्परा से निकली हैं। अगर बुद्ध नहीं हुए होते तो इस देश में दादू और कबीर, नानक और हरिदास निरंजनी में से कोई नहीं हुआ होता। जाति-प्रथा को शिथिल करके एवं वर्णाश्रम-धर्म को चुनौती देकर बुद्ध और उनकी परम्परा के अन्य साधुओं ने ही भारत में वह अवस्था उत्पन्न की, जिसमें निर्गुनियाँ संतों का मत फूल-फल सका। इस देश में विशाल मानवता का आन्दोलन बुद्ध का ही चलाया हुआ है और उनके समय से यह आन्दोलन बराबर चलता ही आ रहा है।

ध्यान देकर देखने से यह साफ मालूम होता है कि बुद्ध के समय से ही यहाँ दो तरह की विचारधाराएँ चलती आ रही हैं : एक वह, जो जातियों का भेद नहीं मानती और जो भारत के सभी मनुष्यों को एक समाज में बाँधना चाहती है। और दूसरी वह, जो वर्णाश्रम-धर्म का समर्थन करके विभिन्न जातियों को अपनी-अपनी जगह पर कायम रखना चाहती है। पहली धारा के नेता बुद्ध और उनके अनुयायी तथा बाद के निर्गुनियाँ संत हैं तथा उसके कवि सिद्ध साधु, कबीर और दादू दयाल हैं। इसी तरह, दूसरी धारा के नेता ब्राह्मण आचार्य हुए, जिन्होंने बार-बार बौद्ध धर्म को दबाकर वर्णाश्रम-धर्म को ऊपर उठाने की कोशिश की, और जो स्मृतियाँ रचकर जाति-प्रथा को और भी पुष्ट करते रहे। इस धारा के मुख्य कवि विद्यापति (नैबंधिक विद्यापति) और तुलसीदास हैं। वैष्णव मत में भी जहाँ कहीं यह विचार आता है कि कम-से-कम भगवान के भक्तों में जातियों का भेद नहीं होता, वह बुद्ध की ही परम्परा का प्रभाव समझा जाएगा।

उपनिवेशों की स्थापना

हिन्दू जाति कुछ आलसी और अपने ही घेरे में सन्तुष्ट रहनेवाली जाति रही है और इस आलस्य तथा सन्तोष का कारण यह नहीं है कि यहाँ की जलवायु में ही आलस्य भरनेवाला गुण है, बल्कि यह कि जीवन के सम्बन्ध

में हमारी दृष्टि यथेष्ट रूप से प्रवृत्तिमूलक नहीं रही है। 'जीवन कुछ नहीं है, संसार माया है। सुख वह नहीं है जो इस जीवन में मिलता है, बल्कि वह जिसका स्वाद हम मरने के बाद चखेंगे', घूम-फिरकर ये या ऐसी बातें यहाँ के सभी धर्मों में कही गई हैं। नतीजा यह है कि हम जिन्दगी में हलचल और बेचैनी को पसन्द नहीं करते। कुछ तो भाग्य का भरोसा करके और कुछ इसी वैराग्य के कारण, हम थोड़े में ही सन्तोष कर लेते हैं। भारतीय जीवन एक समुद्र है जो अपने-आपमें ही पूर्णता का अनुभव करता है। चौहद्दी से बाहर जाकर कुछ करने-धरने का जोश यहाँ के लोगों में कम रहा है। लेकिन बौद्ध धर्म जब देश के बाहर फैलने लगा, तब यहाँ के लोगों का विदेश के लोगों से एक सम्पर्क स्थापित हो गया और वे देश से बाहर जाकर भी बसने लगे। इस प्रकार, बौद्ध धर्म के उत्थान के समय ही भारत से बाहर भारत के कुछ उपनिवेश भी बसे। बाहरी दुनिया से भारत का वाणिज्य का सम्बन्ध तो पहले भी था, किन्तु उसकी प्रेरणा वाणिज्य तक ही सीमित रह गई थी। सौदागरों के सिवा दूसरे लोग विदेश नहीं गए, जो वाणिज्य छोड़कर किसी और बात में दिलचस्पी लेते। लेकिन धर्म प्रचार के द्वारा सांस्कृतिक सम्बन्धों का रास्ता खुला और भारत की संस्कृति भारत से निकलकर बाहर फैलने लगी। हमारे उपनिवेश भी आर्थिक दृष्टि से नहीं बसाये गए थे, जहाँ से धन ला-लाकर लोग अपनी मातृभूमि को सम्पन्न बनाते; बल्कि वे भारत के बाहर भारतीय संस्कृति के अड्डे थे, जहाँ पर लेन-देन का काम धर्म और संस्कृति तक ही सीमित था।

सिंहल, जावा, सुमात्रा, बोर्नियो, मलाया, तिब्बत, स्याम और बर्मा में भारतीय संस्कृति का व्यापक प्रचार बौद्ध मत के ही प्रचार से हुआ और वहाँ पाई जाने वाली मूर्तियों, धार्मिक विश्वासों और सामाजिक रीति-रिवाजों में भारतीय संस्कृति के जो प्रमाण मिलते हैं, वे भी उसी युग की देन हैं। और इन देशों ने अपनी-अपनी लिपियों में देवनागरी की वर्णमाला (अ, आ, इ, ई, क, ख, ग आदि) तक को अपना लिया, जो आज तक भी वहाँ चल रही है। 'जैसे बंगला, गुजराती, शारदा, उड़िया, तेलगू, कन्नड़, तमिल, मलयालम और सिंहली में वर्णमाला वही है जो नागरी की है, यद्यपि सभी लिपियों में अक्षरों के निशान अलग-अलग हैं, वैसे ही तिब्बती, बर्मी,

स्यामी और कम्बुजी लिपियों तथा कम्बुजी से निकली मलाया द्वीप की पुरानी लिपियों में से हर एक की वर्णमाला यही देवनागरी वाली वर्णमाला है' जयचन्द्र।

असल में, भारतीय संस्कृति का वह इतिहास पूरा नहीं समझा जाना चाहिए, जो सिर्फ भारत में मिलनेवाली सामग्रियों के आधार पर लिखा जाता है। भारत के पास के देशों और टापुओं में भी यहाँ की संस्कृति और सभ्यता के बहुत-से निशान बाकी हैं और सम्भव है, उनमें हमारा मौलिक रूप कुछ अधिक सच्चाई से झलकता हो!

श्री चमनलाल की 'हिन्दू अमरीका' नामक पुस्तक से यह प्रायः सिद्ध हो जाता है कि मेक्सिको में एक समय हिन्दू सभ्यता का पूरा प्रसार था। यह भी खोज का विषय है कि हमारी सभ्यता मेक्सिको कब पहुँची थी?

श्रीमद्भगवद्गीता

हिन्दू धर्म पर बौद्ध मत के प्रभावों की व्याख्या के सिलसिले में गीता की भी बरबस याद आ जाती है। विद्वानों का अनुमान है कि गीता पहले उपनिषद् ही रही होगी; बाद को चलकर बौद्ध धर्म के प्रभावों को हिन्दू धर्म में पचाकर गीता को किसी ने वर्तमान रूप दे दिया है। बौद्ध धर्म के प्रसंग में गीता के समझने का यह मार्ग है कि उपनिषदों ने शिष्ट हिन्दुओं को यह बतलाया था कि यज्ञ सिर्फ नश्वर सुख देने वाले हैं, चाहे वे सुख इस लोक में मिलें या परलोक में। इसलिए मनुष्य को चाहिए कि धर्म वह इन इनामों के लोभ में आकर नहीं करे, बल्कि इसलिए कि उसे जन्म-बंध से छुटकारा पाना है। बौद्ध धर्म और जैन धर्म ने भी अपने-अपने ढंग पर जनता को यही समझाया था। गीता में हम वैष्णव धर्म का जो रूप देखते हैं, वह बौद्ध और जैन धर्मों के इन प्रभावों को अपने भीतर पचाए हुए है।

उपनिषदों ने वैराग्य को तो मुक्ति का साधन माना, किन्तु शूद्रों को मुक्ति पाने का अधिकार नहीं दिया, क्योंकि वे वेद और उपनिषद् नहीं पढ़ सकते थे। बौद्ध और जैन धर्मों ने निर्वाण या मुक्ति का वादा तो सबके लिए किया, लेकिन उन्होंने भी शर्त लगा दी कि श्रमण या संन्यासी हुए

बिना मुक्ति किसी को नहीं मिलेगी। 'गीता मुक्ति का दरवाजा सबके लिए खोलती है' और यह भी कहती है कि गृहस्थी का काम करते हुए भी आदमी मोक्ष पा सकता है। गीता गृहस्थों का उपनिषद् है।

एक दूसरी दृष्टि से देखने पर ऐसा मालूम होता है कि हिन्दू धर्म बौद्ध एवं जैन धर्मों के द्वारा किये जानेवाले प्रयोगों को ठीक उसी तरह सहानुभूति से देख रहा था, जैसे घर का बूढ़ा घर के नौजवान लड़कों के कामों को चाव से देखता है–चाहे वे लड़के बूढ़े के कुछ खिलाफ ही क्यों नहीं हों! और लड़कों को जब कोई कामयाबी मिल जाती है, तब घर का मालिक भी उसकी कीमत लगाने लगता है। यही नहीं, लड़के जब गलती करते हैं, तब घर का मालिक उस गलती को सुधार भी देता है। इसी तरह बौद्ध और जैन धर्मों के प्रयोग से जो बात सच्ची निकली या जिस बात की सच्चाई और भी साबित हो गई, उस बात को हिन्दू धर्म ने अपने ऊँचे-ऊँचे विचारों के बीच स्थान दे दिया। साथ ही, एकाध ऐसी बातें भी थीं, जिनका प्रयोग तो ये नये धर्म कर रहे थे, मगर जिन्हें ठीक भाषा में वे कह नहीं पाते थे, गीता में हिन्दू धर्म ने ऐसे सत्यों को उचित भाषा में व्यक्त कर दिया।

वैदिक, औपनिषदिक, बौद्ध और जैन–इन चारों मतवादों के बीच विचारों के जो संघर्ष हुए, उनसे अन्त में जाकर सत्य का एक अत्यन्त सुलझा हुआ रूप प्रकट हुआ। वही सत्य गीता का ज्ञान है। और गीता में ही इन चारों मतवादों का समन्वय भी झलकता है।

गीता का ज्ञान-मार्ग सांख्य मत के अनुसार है और बौद्ध तथा जैन मतों से उसकी पूरी समानता है, क्योंकि ये मत भी (जैन कुछ अधिक, बौद्ध कुछ कम) निर्वाण या कैवल्य के लिए ज्ञान को आवश्यक बतलाते हैं। इस ज्ञान-मार्ग का पहला संकेत उपनिषदों ने किया था, बौद्ध और जैन धर्मों ने उसका वर्षों तक प्रयोग और प्रचार किया; और तब इस निखरे हुए सिद्धान्त को गीता ने अपने हृदय में स्थान दिया।

गीता का दूसरा प्रतिपाद्य मार्ग कर्म का मार्ग है। गीता से पहले, वेदों के कर्मकांड में कर्म का अर्थ यज्ञ समझा जाता था। उधर बौद्धों और जैनों ने कर्म का अर्थ व्रत, अनुष्ठान, सदाचार, तपस्या और ध्यान लगा लिया।

फिर, जब गृहस्थों से यह कहा गया कि उनकी मुक्ति संन्यास लिये बिना नहीं हो सकती, तब गृहस्थी के सारे कर्म धार्मिक कर्म के घेरे से बाहर छूट गए। असल में, बौद्ध और जैन महात्मा जितना ही इस बात का प्रचार करते गए कि मोक्ष के लिए संन्यास लेना जरूरी है, उतना ही समाज में इस भाव का प्रचार होता गया कि धर्म का असली मार्ग कर्म-न्यास यानी गृहस्थी के सभी कर्मों का त्याग कर देना है। इसी घबराहट से आजिज आकर बौद्धों ने महायान-मार्ग के खुलने पर यह मान लिया कि मुक्ति गृहस्थ रहने पर भी मिल सकती है। लेकिन असल में जो बात वे कहना चाहते थे, उसके उपयुक्त भाषा उन्हें तब भी नहीं मिली। इसीलिए हमारा विचार है कि कर्म की वास्तविक शिक्षा देने में बौद्ध आचार्य असफल रहे थे। कर्म के क्षेत्र में उन्होंने जो भी प्रयोग किया, उसका लाभ घर के बूढ़े यानी हिन्दू धर्म ने उठाया, क्योंकि यह खुलासा अन्त में, गीता में ही आकर हुआ कि कर्म-न्यास का अर्थ कर्म का त्याग (अथवा संन्यास) नहीं, बल्कि कर्म के फलों में होनेवाली आसक्ति का त्याग है। यह भी ध्यान देने की बात है कि गीता के कर्मकांड में केवल संन्यासी ही नहीं, गृहस्थों के भी कर्म शामिल हैं। यहाँ तक कि उससे युद्ध भी बाहर नहीं है, अगर वह न्याय के लिए लड़ा जाए और लड़नेवाला उसे कर्तव्य माने, वासना की वृद्धि का साधन नहीं।

गीता का भक्तिमार्ग ही एक ऐसी वस्तु है, जिसका बौद्ध धर्म से कोई सरोकार नहीं मालूम होता। भक्ति के बीज आर्यों के आगमन से पूर्व इस देश में मौजूद थे, यह बात ऊपर कही जा चुकी है। उपनिषदों में ये बीज जहाँ-तहाँ अंकुरित होने लगे थे। गीता में हम इस भक्ति का पुष्पित और पल्लवित रूप देखते हैं। भक्ति ने ठीक इसी समय पर आकर आकार क्यों लिया, इसका कारण यह है कि जिस वस्तु का बहुत अभाव होता है, उसकी कामना लोगों को और जोर से होने लगती है। चूँकि बौद्ध मत ने भक्ति के सभी दरवाजे बन्द कर दिये थे, इसलिए वह हिन्दू धर्म के हृदय में जोरों से बढ़ने लगी। मालूम होता है, जब गीता में प्रतिपादित भक्ति समाज को बहुत आकृष्ट करने लगी, तभी बौद्ध धर्म ने महायान के भीतर से बढ़कर उसे कबूल कर लिया। हिन्दू धर्म ने बौद्धों के कर्मवाद को कुछ सुधार के

साथ स्वीकार किया और बदले में उन्हें भक्ति सिखलाई। बौद्ध धर्म और हिन्दुत्व के बीच समन्वय का यह भी एक अच्छा उदाहरण है।

उपनिषद् वेद से निकले थे और गीता उपनिषदों से। लेकिन इस बीच में पशु-हिंसा के खिलाफ देश में जो आन्दोलन चलते रहे, उनका प्रभाव गीता पर खूब पड़ा। गीता में देवता की प्रसन्नता के लिए जीव-हिंसा करने का उपदेश नहीं है, बल्कि वह तो कृष्ण का पूजन पुष्प और पत्र से करने को कहती है। वैष्णव धर्म में जीव-हिंसा की जो मनाही है, वह भी अधिकांश में बौद्ध और जैन धर्मों की देन है।

प्राचीन भारत और बौद्धिक उत्कर्ष

पंडित जयचन्द्र विद्यालंकार ने लिखा है कि भारत में चिन्तन, खोज, अनुसन्धान और बौद्धिक उन्नति की प्रक्रिया, प्रायः, ईसा की छठी शताब्दी तक चलती रही। इसके बाद उसका अवरोध हो गया और तब से लेकर उन्नीसवीं सदी के आरम्भ तक, इस देश ने बुद्धि के क्षेत्र में कोई भी बड़ा काम नहीं किया। छठी शताब्दी से लेकर उन्नीसवीं शताब्दी तक का, प्रायः, बारह सौ वर्ष का समय इस देश ने व्यर्थ गँवाया। इस काल में हम गणित और विज्ञान की दिशा में कोई भी नई बात नहीं सोच सके और अगर शंकराचार्य को बाद दे दें तो, दर्शन और अध्यात्म के क्षेत्र में भी, इस काल में हमने कोई नया अनुसन्धान नहीं किया। कुछ काम आयुर्वेद के क्षेत्र में अवश्य हुए, मगर, वे भी युगप्रवर्तक नहीं थे। हाँ, इन बारह सौ वर्षों में यहाँ के पंडितों ने काव्य-शास्त्र पर खूब चिन्तन किया और शब्दों की शक्ति का पता लगाने में वे दुनिया के और देशों से कहीं आगे निकल गए। इलियट

ने लिखा है कि जब आलोचना बढ़ती है, तब रचना का ह्रास होता है। यह बात भारत पर भी लागू होती है, क्योंकि भामह (छठी शताब्दी) से लेकर हिन्दी के रीतिकाल तक इस देश में संस्कृत में जो भी काव्य-रचना की गई, वह वाल्मीकि और कालिदास की कोटि तक नहीं पहुँच सकी। उस साहित्य में हम अपने जातीय जीवन का स्पन्दन नहीं पाते। वह पच्चीकारी के सौन्दर्य से खचाखच भरा हुआ जरूर है, लेकिन उसमें जीवन को आलोड़ित करने की शक्ति का पूरा अभाव है। मध्यकालीन हिन्दी तथा अन्य देश-भाषाओं के भक्ति-साहित्य में नवीनता और ताजगी जरूर है, क्योंकि, वह सर्वथा नूतन प्रयोग था; मगर बाकी तो, देश-भाषाओं में भी (विशेषतः हिन्दी में) नीति के नाम पर संस्कृत का अनुकरण ही मिलता है। जब जाति का हृदय-सरोवर सूख जाता है, वह रचना को छोड़कर आलोचना में जा फँसती है। जब नई सूझें नहीं मिलतीं, तब कवि और कलाकार पुरानी चीजों पर ही पच्चीकारी और नक्काशी में चमत्कार दिखाने लगते हैं। अगर साहित्य जाति के भीतरी जीवन का प्रतिबिम्ब है, तो यह निस्सन्देह कहा जा सकता है कि सातवीं सदी से अठारहवीं सदी तक का भारत निर्जीव देश था। उसमें परम्परा से आगे बढ़कर सोचने की शक्ति नहीं रह गई थी और, धर्म के मामले में भी, वह बाहरी आडम्बरों तक ही देख सकता था। प्रायः हजार वर्षों के इस गलित काल में अगर भारत की सनातन आत्मा कहीं कुछ तेज दिखा सकी, तो वह संतों का साहित्य था। जब राजे उखड़ गए, पंडितों की आँखें फूट गईं और ब्राह्मण धर्म के दलाल मात्र रह गए, तब हमारे धर्म और साहित्य, दोनों ने संतों की शरण पकड़ी और वहीं वे अपने ढंग पर पलते और पुष्ट होते रहे।

मगर, यह केवल भारत का ही हाल नहीं था। इस काल में भारत से बाहर भी कहीं कोई बड़ा चिन्तन नहीं हुआ। असल में, छठी शताब्दी तक जो कुछ भारत में सोचा जा चुका था, वही ज्ञान विश्व भर की पूँजी हुआ और इस काल में भारत का चिन्तन जिन-जिन देशों में पहुँचा, उन-उन देशों में जिन्दगी की एक नई लहर दौड़ गई। खुद यूरोप में भी वैज्ञानिकता का आरम्भ सोलहवीं सदी में हुआ और अगर यह कहें कि यूरोप में रिनासाँ (बौद्धिक जागरण) का आरम्भ चौदहवीं सदी में होता है, तो भी इस

अनुमान के लिए आधार रह जाता है कि अरबों ने भारत से जो कुछ लिया था, यूरोप के रिनासाँ के पीछे उस ज्ञान का भी हाथ था।

बाहरी दुनिया से सम्पर्क

अभी हाल तक हिन्दू समाज में यह अन्धविश्वास जारी था कि विदेश जाना पाप है, बल्कि अब भी गाँवों में ऐसे लोग मौजूद हैं, जो समुद्र के पार जानेवाले हिन्दू को पतित समझते हैं। किन्तु अत्यन्त प्राचीन काल में समुद्र-यात्रा पाप नहीं समझी जाती थी। सिन्धु के मुहाने और ईरान की खाड़ी होकर भारत से यूरोप के बीच वाणिज्य-व्यापार को लेकर बड़ा ही गहरा सम्पर्क था। उन दिनों हाथीदाँत, बन्दर, वस्त्र और मयूर इस देश के प्रधान निर्यात थे। ई. पू. 975 में राजा सोलमन ने अपने राजमहल को सजाने के लिए भारत से बहुत-सी चीजें मँगवाई थीं, इसका प्रमाण मिलता है। यूनान से भारत का सम्पर्क सिकन्दर के जमाने से ही नहीं, बल्कि उसके बहुत पूर्व से था और दोनों देशों में दोनों देशों की भाषाओं के जानकार भी मौजूद थे। ग्रीस का यूनान नाम, असल में, उसके एक नगर आयोनिया के नाम पर चला था और आयोनिया से ही अरबों ने यूनान और भारतीयों ने यवन शब्द बना लिये।

पाणिनि (ई. पू. सातवीं सदी) में यवनानी लिपि का उल्लेख है, जिससे यह अनुमान होता है कि उससे बहुत पूर्व भारत और यूनान का सम्पर्क हो चुका था। इस काल में भारत और यूनान के सम्बन्ध की कड़ी फारस या ईरान था। कहते हैं, ई. पू. 480 में यूनान पर होनेवाले ईरानी आक्रमण में भारत के भी योद्धा शामिल थे और उस समय बहुत-से यूनानी लोग भी ईरानी साम्राज्य में अफसर थे तथा उनमें से कितने ही भारत में भी नियुक्त थे।

ईरान के जरिये भारत के साथ होनेवाले इस गहरे सम्बन्ध का प्रभाव यूनान के दर्शन पर पड़ा। यूनानी दर्शन का जनक थेल्स समझा जाता है। मगर इस दर्शन की असली नींव जेनोफेन, परमेनिडिज और जीनो ने डाली थी और इन दार्शनिकों के चिन्तन में हम प्रकृति में छिपे हुए किसी एक

परम तत्त्व की खोज को बहुत स्पष्ट पाते हैं, जो बहुत कुछ उपनिषदों की ब्रह्म-जिज्ञासा के ही समान है।

यूनान के प्रसिद्ध दार्शनिक पिथेगोरस का जन्म ई.पू 580 में हुआ था। उसके चरित-लेखक ने लिखा है कि पिथेगोरस ने मिस्र और असीरिया जाने के अलावा ब्राह्मणों की भी संगति की थी। पिथेगोरस पुनर्जन्म के सिद्धान्त में विश्वास करता था और अनुमान यह है कि जन्मान्तरवाद की शिक्षा उसने हिन्दुओं से ही ली थी। पिथेगोरस ने यूनान को धर्म, दर्शन और गणित के सम्बन्ध में जो भी ज्ञान दिया, वह सब-का-सब भारत में छठी शताब्दी के पहले ही विकसित हो चुका था। यह भी ध्यान देने की बात है कि पिथेगोरस महावीर और बुद्ध (जिनका वह समकालीन भी था) के समान ही जीव-हिंसा का विरोध करता था। पिथेगोरस और इम्पेडोकल्स, दोनों ने दावा किया है कि अपने पुनर्जन्म की बातें उन्हें याद हैं, जो भारत में बौद्ध साधकों का लक्षण माना जाता था। आगे चलकर, अफलातून ने इस पुनर्जन्म के सिद्धान्त के साथ कर्मवाद के सिद्धान्त को मिलाकर यूनान के लिए एक नवीन दर्शन की रचना की, जो बिलकुल भारतीय था। यही नहीं, अफलातून की 'रिपब्लिक' नामक पुस्तक से यह भी प्रकट होता है कि वह मानता था कि कर्मानुसार मनुष्य की आत्मा पशु-योनि में और पशु की आत्मा मनुष्य-योनि में जा सकती है। अफलातून के वार्तालाप में जो यह कल्पना की गई है कि पृथ्वी परमात्मा का शरीर, स्वर्ग मस्तक, सूर्य और चन्द्रमा आँखें और आकाश मन है, वह भी उपनिषदों की विराट् की कल्पना से अत्यन्त प्रभावित दीखती है।

ब्राह्मण, क्षत्रिय, वैश्य और शूद्र नाम से भारतवर्ष में मनुष्यों का जो विभाजन हुआ, उसकी प्रतिध्वनि भी अफलातून की 'रिपब्लिक' में सुनाई देती है, जहाँ उसने समाज को तीन भागों (1. Guardians, 2. Auxiliaries और 3. Craftsmen) में बाँटने की बात कही है। यह भी आश्चर्य की बात है कि जैसे भारत में ये चार वर्ण ब्रह्मा के चार अंगों से उत्पन्न बताये गए हैं, वैसे ही सुकरात भी उन्हें परम-पुरुष से उत्पन्न बताता है।

सिकन्दर के भारत आगमन के बाद भारत और यूनान के बीच का सम्बन्ध और भी गहरा हो गया। सीरिया में यूनानी दरबार था जहाँ से राजदूत

भारत को आते ही रहते थे। मेगस्थनीज पाटलिपुत्र कई बार आया था। उसके बाद, पाटलिपुत्र में सीरिया का राजदूत डैमेक्स नियुक्त हुआ। बिन्दुसार ने राजा एंटियोकस प्रथम से शराब मँगवाई थी, यह कथा भी मिलती है। अशोक ने अपने पड़ोसी राजाओं को बौद्ध बनाने का मंसूबा बाँधा था और उसके प्रचारक एशियाई देशों में जाने के सिवा मैसिडोनिया भी पहुँचे थे।

मौर्य-साम्राज्य के टूटने के बाद बैक्ट्रियन यूनानियों का राज्य पंजाब तक आ पहुँचा और स्यालकोट (सागल) के राजा मिनेंडर ने बौद्ध धर्म कबूल कर लिया, यह बात मिलिन्द-प्रश्न से प्रत्यक्ष है।

ईसा की पहली सदी में यूनानियों का राज्य युचि या कुशान जाति के हाथों आ पड़ा। कनिष्क इसी जाति का राजा था जो बौद्ध हो गया था। कनिष्क के राज्यकाल में ही बुद्ध की पहली मूर्ति बनी। कहते हैं, कनिष्क के मूर्तिकार भारत, यूनान, ईरान और चीन–सभी देशों से आए थे और उसके समय में गांधार-कला का जो विकास हुआ, उसमें इन सभी देशों के कलाकारों का हाथ था।

कुशान राजाओं के समय रोम का साम्राज्य फुरात नदी के किनारे तक फैला हुआ था, अतएव भारत के राजाओं से रोम का निकट का सम्बन्ध था। भारत के राजाओं के दूत रोम के दरबार में जाते ही रहते थे, इसके अनेक प्रमाण मिलते हैं।

दक्षिण भारत में उपजनेवाली कुछ चीजों की रोम के बाजारों में अच्छी खपत थी। इसलिए मालाबार से लेकर रोम तक का समुद्री रास्ता दोनों देशों के लिए आम हो गया था। ईसा की पहली सदी में यूरोप और भारत के बीच स्थल की राह जितनी छोटी थी, सन् 1838 ई. के पूर्व तक (जबकि नवीन स्थल-मार्ग निर्धारित किया गया) वह उतनी छोटी कभी नहीं हो पाई थी। कहते हैं, पहली सदी में भारत के लोग इटली तक सिर्फ सोलह सप्ताहों में पहुँच जाते थे। तमिल की एक पुरानी कविता में यवन-देश से आनेवाले जहाजों का उल्लेख है। ये यवन म्लेच्छ तो जरूर समझे जाते थे, लेकिन राज-दरबारों में उन्हें अच्छी-अच्छी नौकरियाँ भी दी जाती थीं। पेरिप्लस के एक लेख से पता चलता है कि किसी तमिल राजा के रनिवास के लिए कुछ यवनानियाँ यूनान से मँगाई गई थीं।

ईसवी सन् के आरम्भ होते-होते, भारत का दर्शन एशिया माइनर और मिस्र के इलाकों में बहुत प्रख्यात हो गया था और तक्षशिला के विद्यालय में केवल भारतीय ही नहीं, बहुत से बाहरी देशों के छात्र भी विद्या पढ़ने आते थे। अफलातून के दर्शन की नई व्याख्या (Neo-Platonism) करनेवाले प्लाटिनस को तो भारत के ब्राह्मण से मिलने की इतनी उत्सुकता थी कि वह ईरानी साम्राज्य पर होनेवाली चढ़ाई में इसीलिए साथ हो गया था कि कहीं उसे कोई ब्राह्मण मिल जाए। प्लाटिनस की मुलाकात किसी ब्राह्मण से हुई या नहीं, इसका कोई प्रमाण नहीं मिलता है, लेकिन अफलातून के दर्शन की उसने जो व्याख्या की है, उस पर ब्राह्मण धर्म की स्पष्ट छाप है। 'जो आत्माएँ शुद्ध हो चुकी हैं और शरीर पर जिनका तनिक भी मोह नहीं है, वे फिर से शरीर धारण नहीं करेंगी। पूर्ण रूप से अनासक्त होने पर वे चैतन्य वास्तविकता में विलीन हो जाएँगी।' यह और कुछ नहीं, उपनिषदों के मोक्ष और बौद्ध मत के निर्वाण की प्रतिध्वनि है, जिसकी साधना भारत में की गई थी और जिसके नाद से उस समय का सारा संसार गूँज रहा था।

क्लिमेंट (अलेक्जेंड्रिया : 150-218 ई.) ने लिखा है कि 'अलेक्जेंड्रिया में बौद्धों की संख्या बहुत है और यूनानवालों ने इन्हीं बर्बरों से दर्शन चुराया है।' अलेक्जेंड्रिया में बसनेवाले बौद्धों और हिन्दुओं की तादाद बहुत काफी थी, इसके और भी अनेक प्रमाण मिलते हैं।

बौद्ध जातकों और ईसाई धर्म ग्रंथों की बहुत-सी कथाएँ एक-सी लगती हैं। इस पर से मैक्समूलर ने यह अनुमान लगाया था कि ईसाई धर्म ग्रंथों पर बौद्ध जातकों का स्पष्ट प्रभाव है। अलेक्जेंड्रिया के ईसाइयों में माला फेरने और कृच्छ्र साधना का जो रिवाज था, वह भी उस नगर में बौद्धों के प्रभाव से ही प्रचलित हुआ था। तक्षशिला के ही समान अलेक्जेंड्रिया भी विद्या का प्रख्यात केन्द्र थी। इस नगर का पतन 642 ई. में (मुहम्मद साहब के मरने के दस साल बाद) हुआ, जब हजरत उमर मुसलमानों के खलीफा थे। कहते हैं : 'अलेक्जेंड्रिया के पुस्तकालय में इतनी पांडुलिपियाँ थीं कि मुसलमान उन्हें छह महीनों तक जलाकर नहाने का पानी गरम करते रहे' एच.जी. राबिल्सन।

अरबी सभ्यता के प्रधान केन्द्र बगदाद, कैरो और कारडोवा में बने। बगदाद की स्थापना सन् 762 ई. में हुई और तभी से वह भारत और यूरोप के बीच व्यापार का प्रमुख अड्डा बन गया। इस नगर का विध्वंस सन् 1258 ई. में मंगोल लुटेरों ने किया। मगर, जब तक यह शहर कायम था, इसके जरिये भारत का ज्ञान यूरोप में पहुँचता रहा।

अरबों के पास अपनी खुद की सांस्कृतिक पूँजी कम थी। उन्होंने जो कुछ भी लिया, भारत या यूनान से लिया। अलबेरुनी, जो महमूद गजनवी के साथ भारत आया था, अरब देश का ही वासी था। उसे हिन्दू-सभ्यता से अनुरक्ति थी और यहाँ की सभ्यता की बहुत-सी बातें उसके मार्फत भी अरब और वहाँ से फिर यूरोप पहुँचीं।

यह भी ध्यान देने की बात है कि प्राचीन काल में भारत ने स्वयं अथवा यूनान का यत्किंचित् प्रभाव लेकर जिन विद्याओं का विकास किया था, वे विद्याएँ अरबों के द्वारा फिर यूरोप पहुँचीं और इस प्रकार प्राचीन विश्व में ज्ञान का जो आदान-प्रदान हुआ, उसी की नींव पर आधुनिक जगत् की विद्याएँ बढ़ी हैं। एक यह भी विलक्षणता है कि भारतीय पंडितों ने तो अक्सर यूनान का ऋण स्वीकार किया है, किन्तु अरब पंडित ऐसी किसी स्वीकृति की सूचना नहीं देते। उदाहरण के लिए, हमारे ज्योतिष-ग्रंथों में एक ग्रंथ रोमक-सिद्धान्त भी है, जिससे रोमन नाम का संकेत मिलता है। एक दूसरे ग्रंथ पौलिष-सिद्धान्त के बारे में भी यह कहा जाता है कि वह अलेक्जेंड्रिया के विद्वान पौल के सिद्धान्तों पर लिखा गया था। इन ग्रंथों के साथ भारत के अन्य ज्योतिष एवं गणित-सम्बन्धी संस्कृत ग्रंथों का अनुवाद पहले अरबी में हुआ और तब लैटिन में। इस प्रकार, भारत का ज्ञान सारे संसार की पूँजी बन गया।

आयुर्वेद के प्रधान आचार्य चरक कनिष्क के दरबार में रहते थे। अतएव, अनुमान यह किया जाता है कि उन्होंने अपनी संहिता की रचना में यूनानी आयुर्वेद से भी सहायता ली होगी। बाद को 'चरक-संहिता' भी अरबी में अनूदित हुई और अरबी से यह ज्ञान भी लैटिन भाषा में पहुँचा।

अरब में भारतीय संस्कृति और ज्ञान का काफी आदर था, इस विषय में सन्देह नहीं है। अरब जाति के लोग जिज्ञासु थे तथा इसी जिज्ञासा से

प्रेरित होकर उन्होंने भारत के अनेक ग्रंथों का अनुवाद अपनी भाषा में किया था। हिजरी सन् की दूसरी सदी में, उन्होंने बौद्ध साहित्य का अरबी में अनुवाद किया, जो 'किताबुल-बुद' और 'बिलावर या बुदासिफ' के नाम से मशहूर है। इसी प्रकार, ज्योतिष और गणित की पुस्तकों का अनुवाद उन्होंने 'सिन्द हिन्द' (सिद्धान्त) के नाम से, सुश्रुत का अनुवाद 'सुश्रुद' के नाम से, चरक का अनुवाद 'सिरक' के नाम से, पंचतंत्र का अनुवाद 'कलीला-वदमना' (करटक-दमनक) के नाम से तथा चाणक्य-नीति का अनुवाद 'शानक' के नाम से और हितोपदेश का अनुवाद 'बिदपा' के नाम से किया। कहते हैं, किताब 'सिन्दबाद' की रचना भी भारतीय कथाओं के आधार पर की गई थी। इसके सिवा, भारतीय संस्कृति और धर्म के विषय पर अनेक अरबी यात्रियों ने (अलबेरुनी, अल-असारी, अल-नदाम आदि) भी अपनी किताबों में अध्याय के अध्याय लिखे। अलकिन्दी ने भारतीय धर्म पर एक स्वतंत्र ग्रन्थ ही लिख डाला। इसी प्रकार, सुलेमान और मसूदी ने भी, यात्राओं के प्रसंग में, भारत-विषयक जो ज्ञान संचित किया था, उसका उपयोग उन्होंने अपनी किताबों में खूब किया। शतरंज (चतुरंग) का भारतीय खेल भी अरब होकर ही यूरोप पहुँचा। भारत में इस खेल का प्रथम उल्लेख बाण (625 ई.) की रचना में मिलता है।

और तो और, जिन अंकों को हम अन्तरराष्ट्रीय कहते हैं, वे भी भारत से ही अरब गए थे और अरबों से वे यूरोप को मिले, जिसका प्रमाण यह है कि अरबी में अभी तक अंकों का नाम 'हिन्दसा' है। इसी तरह, अरबी का नौबहार भारत के 'नवविहार' का रूपान्तर-मात्र है। अचरज यह है कि अरबों ने अपने चिकित्सा-शास्त्र को यूनानी क्यों कहा, जबकि भारत के आयुर्वेद से उसका इतना मेल है? यह भी सम्भव है कि उन्होंने चिकित्सा-सम्बन्धी कुछ बातें यूनान से भी पाई हों और, इस प्रकार, इस विद्या का यूनानी नाम ही उन्हें पसन्द आ गया हो!

इसका भी प्रमाण मिला है कि भारत में प्रचलित कथाएँ (जातक, पंचतंत्र, हितोपदेश, शुक-सप्तति आदि) बहुत प्राचीन काल से देश के बाहर पहुँचती रही हैं। सिंह की खाल ओढ़नेवाले गधे की कहानी अफलातून की किताब में मिली है। शुक-सप्तति भी ईरान में 'तूतीनामा' के नाम से

प्रचलित थी और वहीं से वह यूरोप पहुँची। अरेबियन नाइट्स की कहानियों की मूल रचना सन् 950 के आसपास हारूँ-अलरशीद के राज्यकाल में बसरा में हुई थी। इसके लेखक ने स्वीकार किया है कि इन कहानियों का आधार ईरानी, यूनानी और भारतीय कहानियाँ हैं।

ईशप्स फेबल्स में जो जीव-जन्तु विषयक कहानियाँ हैं, वे भी पूरब से ही पश्चिम को गई हैं। इसका सबसे बड़ा प्रमाण यह है कि उनमें आनेवाले जीव सिंह, शृगाल, हाथी और मयूर—ये सब-के-सब भारतीय हैं। भारत का शृगाल ही यूरोपीय साहित्य में बदलकर लोमड़ी हो गया है। राबिल्सन का यह भी खयाल है कि शेक्सपियर के नाटक में एक पौंड मांस की जो कथा है, वह भी जन्म से भारतीय है, यद्यपि यह पता नहीं चलता कि यह कहानी शेक्सपियर को मिली कैसे!

गणित, ज्योतिष और विज्ञान

विज्ञान की उत्पत्ति के सम्बन्ध में विल डुरांट का मत है कि सारी सभ्यता के समान, यह भी कृषि से ही विकसित हुआ होगा। ज्योमेट्री (रेखागणित) का अर्थ ही जमीन नापना होता है। फसल और ऋतु के सम्बन्ध में सोचते-सोचते आदमी का ध्यान नक्षत्रों की ओर गया होगा और उसे जंत्री, पंचांग या कैलेंडर जैसी कोई चीज तैयार करने की बात सूझी होगी, जिससे अन्त में ज्योतिष का आविष्कार हुआ। गणितों में ज्योतिष, शायद, प्राचीनतम विद्या है और ज्योतिष में भी फलित ज्योतिष ही पहले आया होगा। गणित ज्योतिष का विकास उन लोगों की आवश्यकता से हुआ होगा, जिन्हें नाव लेकर समुद्र पार करना पड़ता था। वाणिज्य-व्यापार में लगे रहनेवालों ने अंकगणित की आवश्यकता महसूस की होगी और आदिम उद्योग स्थापित करने के सिलसिले में ही पदार्थ विज्ञान और रसायनशास्त्र का आरम्भ हुआ होगा।

आरम्भ से ही, धर्मप्राण होने के कारण, भारत के विषय में यह अनुमान है कि यहाँ विज्ञान का भी जन्म धर्म की गोद में हुआ है। आर्य ग्रहों और नक्षत्रों की ओर पूजा के भाव से देखते थे। ग्रहों की चाल

समझकर वे पर्व-त्योहार का दिन निश्चित करते थे। इसी प्रक्रिया से यहाँ ज्योतिष का विकास हुआ। इसी प्रकार, मंत्रों का पाठ शुद्ध-शुद्ध हो, इस आवश्यकता से यहाँ व्याकरण और निरुक्त विकसित हुए। रेखागणित भी यज्ञ की वेदी बनाने के सिलसिले में रेखाओं की माप-जोख से जनमा हो तो कोई आश्चर्य की बात नहीं।

अन्यत्र की भाँति यहाँ भी फलित ज्योतिष पहले और गणित ज्योतिष बाद को विकसित हुआ और इसका कारण यूनान का प्रभाव मानते हैं, क्योंकि वराहमिहिर ने अपने ऊपर यूनान का ऋण स्वीकार किया है। ज्योतिष और गणित के प्राचीन आचार्यों में आर्यभट का स्थान भारत में ही नहीं, सारे विश्व में बहुत ऊँचा माना जाता है। उन्होंने ग्रहण की भविष्यवाणी करने की विधि निकाली थी और पहले-पहल संसार को यह ज्ञान उन्होंने ही दिया था कि सूर्य स्थिर है, उसके चारों ओर पृथ्वी ही घूमती है, जिससे दिन और रात होते हैं। आर्यभट के बाद दूसरे आचार्य ब्रह्मगुप्त हुए, जिन्होंने भारत की ज्योतिष-विद्या को संगठित रूप दिया; किन्तु वे आर्यभट की पृथ्वी के घूमनेवाली घोषणा से सहमत नहीं हो सके। ब्रह्मगुप्त के बाद होनेवाले आचार्यों ने ज्योतिष का और विकास किया तथा पंडितों का अनुमान है कि इस काल में आकर हमारे ज्योतिषशास्त्र पर बैबिलोन के भी ज्योतिषियों का प्रभाव पड़ा। 'इस काल में भारतीय पंडितों को यह पता चल गया था कि पृथ्वी में गुरुत्वाकर्षण-शक्ति है, जिससे वह चीजों को अपनी ओर खींच लेती है' विल डरांट आवर ओरियंटल हेरिटेज।

एक से नौ तक के अंक, शून्य का गणित-सम्बन्धी महत्त्व और दशमलव की पद्धति–इन सारी बातों का आविष्कार भारत में ही हुआ था और यहीं से ये चीजें अरब होकर पहले यूरोप और पीछे सारे संसार में फैलीं। जिन्हें हम अन्तरराष्ट्रीय अंक या 'अरेबिक न्यूमरल्स' कहते हैं, वे अरब में नहीं, भारत में उत्पन्न हुए थे। अरब में पाए जाने के कोई एक हजार वर्ष पूर्व इन अंकों का प्रयोग अशोक के शिलालेखों (ई. पू. 256) में हुआ था।

दशमलव-पद्धति का ज्ञान आर्यभट और ब्रह्मगुप्त के समय इस देश में काफी प्रचलित था। बौद्ध धर्म-प्रचारकों के जरिये यह ज्ञान चीन पहुँचा और बगदाद में इसका प्रचार सन् 850 ई. के लगभग हुआ।

बीजगणित का विकास भारत और यूनान–दोनों ही देशों में, शायद, स्वतंत्र रूप से हुआ था, यद्यपि कुछ पाश्चात्य पंडितों का ही यह भी अनुमान है कि यह विद्या पहले भारत में जनमी और यहीं से वह यूनानवालों को मिली थी। अंग्रेजी में इस विद्या को 'अलजबरा' कहते हैं, जो अरबी शब्द (अल-जबर) है। किन्तु इससे इतना ही सिद्ध होता है कि अन्य अनेक विद्याओं की तरह यह विद्या भी यूरोपवालों को अरब के मार्फत मिली है।

कहते हैं, रेखागणित (ज्योमेट्री) का स्वतंत्र विकास भारत में नहीं हो पाया था और इस विद्या के विकास की प्रक्रिया यहाँ यूनान के प्रभाव के कारण सम्भव हुई। किन्तु, आर्यभट और भास्कराचार्य रेखागणित के भी आचार्य थे, यह बात भुलाई नहीं जा सकती। सूर्य-सिद्धान्त के बारे में भी यह माना जाता है कि उसमें ट्रिग्नोमेट्री का ऐसा उन्नत रूप मिलता है, जो तत्कालीन यूनान के अनुमान के भी बाहर था।

पदार्थ विज्ञान की दिशा में पहला नाम कणाद का माना जाना चाहिए, जिनका मत था कि सृष्टि अणुओं से बनी हुई है। अणुवाद का समर्थन जैन दर्शन भी करता है। उदयनाचार्य का मत था कि प्रकाश एवं उष्णता का एकमात्र कारण सूर्य है और वाचस्पति मिश्र प्रकाश को भी परमाणुओं से निर्मित मानते थे। कहा जाता है कि ईसवी की दूसरी शताब्दी में हिन्दुओं के यहाँ एक प्रकार के दिग्दर्शक यंत्र का भी प्रचार था, जो लोहे का होता था, तेल में रखा जाता था और जो बराबर उत्तर दिशा की ओर इंगित करता था।

रसायनशास्त्र का विकास यहाँ आयुर्वेद और उद्योग की वृद्धि के कारण हुआ। गुप्तकाल में भारत का उद्योग बहुत बढ़ा-चढ़ा था और रोमवाले यह मानते थे कि कपड़ा रँगने, चमड़ा चढ़ाने, साबुन बनाने और शीशा तथा सीमेंट बनाने में भारत के कारीगर सभी देशों के कारीगरों से आगे हैं। स्वर्ण, लौह, मोती, तांबे और पारे की रासायनिक क्रिया का ज्ञान यहाँ खूब विकसित हो चुका था तथा छठी-सातवीं सदी में औद्योगिक रसायन के क्षेत्र में भारत सारे संसार का अग्रणी था। लोहा गलाने के काम में तो भारत, अभी हाल तक, यूरोप से आगे था।

चिकित्सा के क्षेत्र में तो प्राचीन विश्व में, शायद, भारत सबका गुरु था। सुश्रुत (ई.पू. पाँचवीं सदी), चरक (दूसरी सदी), वाग्भट (छठी सदी) और भावमिश्र (1550 ई.)–ये आयुर्वेद के चार प्रधान आचार्यों के नाम हैं, जिन्होंने शरीर-विज्ञान और औषधि-विज्ञान की इस देश में बहुत उन्नति की। आयुर्वेद का विकास यहाँ बहुत दिनों तक होता रहा और जब भी कोई नई बीमारी उत्पन्न हुई, आचार्यों ने उसकी चिकित्सा का उपाय जरूर सोचा। उपदंश का उल्लेख भावमिश्र की पुस्तक में मिलता है, यद्यपि, यूरोप से यह रोग भारत में, पुर्तगालवालों के जरिये, अभी-अभी पहुँचा था। उन दिनों यहाँ के वैद्य केवल औषधियों का ही प्रयोग नहीं करते थे, बल्कि चीर-फाड़ से भी उन्हें कोई घृणा नहीं थी। शल्य-चिकित्सा के यहाँ कोई सवा सौ औजार प्रचलित थे और गैरिसन का कहना है कि 'ऐसा कोई भी बड़ा ऑपरेशन नहीं था, जिसे प्राचीन हिन्दू सफलतापूर्वक नहीं कर सकते थे।' जब भारत के पतन का दिन आया, हमारा धर्म जड़ हो गया और मिथ्या पवित्रता की रक्षा के लिए जैसे लोग समुद्र-यात्रा को पाप समझने लगे, वैसे ही उन्होंने शल्य-चिकित्सा को भी छोड़ दिया। आज तो आयुर्वेद में शल्य-चिकिरसा की बात ही कपोल-कल्पित-सी लगती है मगर प्राचीन भारत में इसका व्यापक प्रचार था। बौद्ध ग्रंथ में एक कथा आई है कि जीवक नामक वैद्य ने एक सेठ के मस्तक का ऑपरेशन किया था। हैवेल ने लिखा है कि खलीफा हारूँ-अल-रशीद भारत की चिकित्सा-पद्धति का पूरा कायल था और अपने राज्य में अस्पतालों का संगठन करने के लिए उसने भारत से अनेक वैद्य बुलवाए थे। लाला लाजपत राय ने अपनी 'अनहैप्पी इंडिया' में लॉर्ड एम्पथिल का यह मत उद्धृत किया है कि 'मध्यकालीन तथा अर्वाचीन यूरोप को चिकित्सा-सम्बन्धी सारा ज्ञान अरबों से मिला था और अरबों को भारत से।'

प्राचीन भारत और नवीन यूरोप

भारत का प्राचीन ज्ञान जब विदेशों में काफी जोर से फैलने लगा, तब तक भारत स्वयं पतन की राह पर आ गया था। किन्तु सांस्कृतिक विजय की गति

तब भी धीमी नहीं होती, जब विजयी देश स्वयं थककर लेट जाता है। मध्य काल में भारतीय ज्ञान को लेकर सारी दुनिया जग रही थी। सिर्फ उस ज्ञान का दाता भारत धीरे-धीरे सोता जा रहा था। यह बहुत कुछ वैसी ही बात है, जैसे कुछ ग्रहों की ज्योति कई सौ वर्षों के बाद धरती पर पहुँचती है। परिणाम यह होता है कि ऐसे ग्रहों का जो रूप हम देख पाते हैं, वह उनका आज का रूप नहीं होता, बल्कि यह वह रूप होता है, जो कई सौ वर्ष पूर्व था।

भारत ने विश्व को जो दान दिया था, उसे बाहरवाले भी भूल गए और इस देश के लोग भी। भारत का मन शास्त्रों के कपटजाल में उलझ गया और वह मानने लगा कि अस्पृश्यता ही धर्म है, समुद्र के पार नहीं जाना ही धर्म है तथा शास्त्रों की गूढ़ बातों को शूद्रों से छिपाए रखना ही धर्म है। उसे याद नहीं रहा कि किसी समय अस्पृश्यता का भय यहाँ के लोगों को बाहर जाने से रोक नहीं सकता था और वे जो कुछ सोचते थे, उसका नतीजा वे शूद्रों की कौन कहे, तथाकथित म्लेच्छों और यवनों को भी सुना आते थे।

बहुत दिनों की विस्मृति के बाद यूरोप के विद्वानों ने अठारहवीं-उन्नीसवीं सदी में हमारे प्राचीन रूप को पहचाना और वे हम पर विस्मय करने लगे। उनके विस्मित होने से हममें आत्मविश्वास की भावना जगी और तब हम भी अपने प्राचीन रूप को श्रद्धा और आश्चर्य से देखने लगे। तब तक यूरोपवालों को यह पता ही नहीं था कि यूनान को छोड़कर सभ्यता कहीं अन्यत्र भी पनपी थी। मगर संस्कृत-साहित्य के समुद्र में अलभ्य मोतियों का जो खजाना उन्हें दिखाई पड़ा, उससे वे अचानक चौंक पड़े और पाश्चात्य जगत में सांस्कृतिक जागरण की लहर वैसे ही दौड़ गई, जैसे वह पन्द्रहवीं सदी में रिनासाँ (सांस्कृतिक जागरण) के समय दौड़ी थी।

प्राचीन भारतीय ज्ञान ने केवल प्राचीन और मध्यकाल में ही नहीं, आधुनिक काल में भी यूरोप की संस्कृति को प्रभावित किया है। सन् 1808 ई. में जर्मन कवि और दार्शनिक श्लीगल की 'ऑन द लैंग्वेज एंड विजडम ऑफ द इंडियंस' विषय पर जर्मन भाषा में लिखित वह पुस्तक निकली, जिसमें उसने उपनिषदों की भूरि-भूरि प्रशंसा की थी। जर्मनी के विख्यात दार्शनिक शापनहार की दृष्टि जब उपनिषदों के अनुवाद पर पड़ी, उसे

महसूस हुआ, मानो ईश्वरीय ज्ञान का उत्स उसकी आँखों के सामने आ गया हो! उपनिषदों की प्रशंसा में कहा गया उसका यह वाक्य अत्यन्त प्रसिद्ध है कि जो आनन्द, उच्चता और लाभ उपनिषदों के अध्ययन में है, वह विश्व के और किसी भी ग्रंथ में नहीं है। तब से जर्मनी के दर्शन और साहित्य पर संस्कृत का प्रभाव पड़ना आरम्भ हो गया। शापनहार और हार्टमैन के द्वारा संस्कृत दर्शन ने जर्मनी के अतीन्द्रियतावादी दर्शनों पर व्यापक प्रभाव डाला। कांट के सिद्धान्तों पर उपनिषदों का असर है और कालिदास के 'मेघदूत' के अनुकरण पर ही शीलर ने 'मेरिया स्टुअर्ट नाम्नी' कविता में एक नये मेघदूत की कल्पना की है। कहते हैं, जर्मन कवि हाइने की भी कई कविताओं पर संस्कृत-कविताओं का प्रभाव है। 'शकुंतला' का जर्मन भाषा में अनुवाद सन् 1791 ई. में फार्स्टर ने किया था। इस अनुवाद को देखकर गेटे उसी प्रकार आनन्दोन्मत्त हो गया था, जैसे उपनिषदों को देखकर शापनहार। जर्मनी का सर्वश्रेष्ठ कवि गेटे भारतीय संस्कृति का निन्दक था, किन्तु 'शकुंतला' को देखकर वह भी भारतीयता से प्रेम करने लगा। गेटे ने अपने नाटक 'फास्ट' का आमुख कालिदासीय नाटकों के आमुख को देखकर लिखा, जो यूरोपीय नाटकों के गुणों में एक नया इजाफा था।

उन्नीसवीं सदी में यूरोप को देखकर पहले तो भारत ही चमत्कृत हुआ, किन्तु ज्यों-ज्यों संस्कृत-साहित्य का रहस्य खुलता गया, त्यों-त्यों यूरोपवाले भी भारत को देखकर चमत्कृत होने लगे। फर्क यह था कि भारत का विस्मय यूरोप के नवीन रूप पर था और यूरोप का विस्मय भारत के प्राचीन रूप पर। आरम्भ में संस्कृत-विद्या का परिचय यूरोपवालों को इंग्लैंडवालों ने दिया, क्योंकि शकुंतला, भगवद्गीता और हितोपदेश के प्रथम अनुवादक तीनों-के-तीनों अंग्रेज थे। किन्तु भारत के लिए यूरोप में श्रद्धा की जो लहर उठी, उसे देखकर अंग्रेज विद्वानों का भारत विषयक उत्साह शिथिल हो गया और तब से भारतीय विद्या की मुख्य प्रशस्ति फ्रांस और जर्मनी में गाई जाने लगी। मैक्समूलर ने तीस वर्ष के अध्ययन और खोज के पश्चात् सायणाचार्य के प्राचीन वैदिक भाष्य का सुसम्पादित संस्करण निकाला और संस्कृत को ही आधार मानकर फ्रांज बाप ने आधुनिक भाषाविज्ञान की नींव डाली।

जर्मनी के माध्यम से भारतीय दर्शन ने कोलरिज और कारलाइल के विचारों तथा अंग्रेजी कविता के रोमांटिक आन्दोलन को कहाँ तक प्रभावित किया, इसका लेखा अभी तैयार नहीं किया गया है। यह ठीक है कि शेली और वड्र्सवर्थ की प्रेरणा फ्रांस से आती थी, जर्मनी से नहीं। फिर भी जर्मनी की नई चेतना से वे बिलकुल अप्रभावित रहे होंगे, यह मानने की बात नहीं है। यों भी इन कवियों में सर्ववाद का जो रूप मिलता है, वह प्लेटो के सिद्धान्तों की नवीन व्याख्या से प्रभावित है और इस प्रकार प्रभावित होने के कारण भारतीय दर्शन से उसका दूर का सम्बन्ध अवश्य है, क्योंकि इस व्याख्या का कर्ता प्लाटिनस भारत के धर्म से प्रभावित हो चुका था और नियोप्लेटोनिज्म पर हिन्दुत्व एवं बौद्ध मत का स्पष्ट प्रभाव है। संस्कृतियों का प्रभाव कितनी दूरी से तथा कैसे-कैसे मार्ग से चलकर आता है, यह एक विलक्षण बात है। हिन्दुओं के मायावाद का जो रूप शेली में मिलता है, उससे अधिक प्रखर रूप तो भारतीय साहित्य में भी नहीं मिलता।

1. The one remains, the many change and pass.
   Heaven's light for ever shines, Earth's shadows fly (एडोनेस)

[केवल वही बचता है जो एक है; अनेकता का परिवर्तन भी होता है और विनाश भी। स्वर्ग की ज्योति सदा चमकती रहती है; मरनेवाली वस्तु तो पृथ्वी की छाया है।]

और वड्र्सवर्थ अगर भारतीय दर्शन से प्रभावित नहीं था, तो फिर उसने पुनर्जन्म में विश्वास बतानेवाली ये पंक्तियाँ क्यों लिखीं?

2. Our birth is but a sleep and a forgetting,
   The soul that rises with us, our life's star
   Hath had elsewhere its setting
   And cometh from afar. (ओड टू इमॉर्टिलिटी)

यही नहीं, वड्र्सवर्थ की कविताओं में पेड़-पौधे के सजीव होने का जो सत्य सुनाई पड़ता है, उसके पीछे भी जैन दर्शन का प्रभाव है, ऐसे बहुत से विद्वान मानते हैं।

अमरीका में जो अतीन्द्रियतावादी आन्दोलन चला, उस पर भी भारतीय चिन्तन का पूरा प्रभाव था। एमर्सन ने संस्कृत और पालि साहित्य को

केवल अनुवाद में पढ़ा था, लेकिन भारत के जो विचार उसके मस्तिष्क में बैठ गए, वे रह-रहकर उसके निबन्धों और कविताओं में अभिव्यक्ति पाते रहे। Born of the Infinite to the Infinite it returns (अनन्त से जन्म लेकर जीवन फिर अनन्त में ही समा जाता है)–इस पंक्ति में वेदान्त का निचोड़ आ गया है। यही नहीं, बल्कि 'ब्रह्म' शीर्षक धर कर उसने एक स्वतंत्र कविता भी लिखी थी, जिसमें उपनिषद और गीता का सत्य ज्यों-का-त्यों चित्रित मिलता है।

जिसे हम जन्म कहते हैं, वह हमारी निद्रा की अवस्था है, विस्मृति का काल है। जो आत्मा हमारे जीवन के नक्षत्र के समान हमारे साथ आई है, वह (यहाँ उदय लेने के पूर्व) कहीं अन्यत्र डूब चुकी है। (और इस जीवन तक) वह कहीं बहुत दूर से आई है।

3. If the red layer think, he slays.
Or if the slain think, he is slain.
They know not well the subtle ways.
I keep, and pass, and turn again.
They reckon ill who leave me out;
When me they fly, I am the wings;
I am the doubter and the doubt,
And I the hymn, the Brahmin sings.

[अगर वधिक यह समझता है कि मारनेवाला मैं ही हूँ या मरा हुआ जीव यह समझता है कि मृत्यु मेरी ही हुई है, तो इन दोनों में से वास्तविक रहस्य का ज्ञान किसी को भी नहीं है। वस्तुतः जीवन, मृत्यु और पुनर्जन्म मेरे (ब्रह्म के) कारण होते हैं।

जो मुझे भूलकर तत्त्व जानना चाहते हैं, उनका ज्ञान गलत है। क्योंकि जब वे मुझे छोड़कर उड़ते हैं, तब भी उनके पंखों में मेरा ही वास होता है। शंका मैं हूँ और शंका करनेवाला भी मैं ही हूँ। और मैं ही वह प्रार्थना हूँ, जिसे ब्राह्मण (मेरी प्रसन्नता के लिए) गाया करता है।]

यह कविता अंग्रेजी में होते हुए भी शुद्धतः भारतीय है। और आश्चर्य होता है कि एक अमरीकी कवि की कलम से वह कैसे उतरी!

लेकिन इसमें आश्चर्य की कोई बात नहीं क्योंकि विवेकानन्द के ब्रह्मवाद से एक समय सारा अमरीका आन्दोलित हो उठा था और जब ब्रह्मसमाज के नेता केशवचन्द्र सेन ने इंग्लैंड में भारतीय ब्रह्मवाद पर भाषण दिया, तब दूसरे ही दिन उनके नाम की चर्चा वहाँ के घर-घर में सुनाई देने लगी। ब्रह्म-सम्बन्धी भारतीय कल्पना का प्रभाव केवल एमर्सन पर ही नहीं, खोज करने से उसका रंग अंग्रेजी कविता के रोमांटिक आन्दोलन में भी मिलेगा।

भारतीय संस्कृति का पश्चिम पर पड़नेवाला यह प्रभाव आज भी अवरुद्ध नहीं हुआ है, इसका प्रमाण कवि टी.एस. इलियट की वर्तमान कविताएँ हैं। इलियट की कविताओं को देखकर तो ऐसा लगता है कि जो कवि और चिन्तक वर्तमान जड़ता से ऊबकर कहीं और चल देना चाहते हैं, उनके लिए आज भी आश्रय का स्थल वही है, जिसका निर्माण प्राचीन भारत में हुआ था। इसी प्रकार जार्ज रसल (ए.ई.) और डब्ल्यू.बी. यीट्स की कविताओं में जो नवीन सन्देश उतरा, वह मूलतः भारत की ही आत्मा का सन्देश था।

✪✪✪